VALERIE SALBERG

Therme, Morde, Sahnetorte –
Das Skelett im Kurpark

Weitere Titel der Autorin:

Therme, Morde, Sahnetorte – Kurschatten sterben jung
(als E-Book erhältlich)

Über die Autorin

Unversehens gelangte Valerie 1986 ohne eigenes Zutun auf die Welt. Sie lernte lesen und schreiben und fraß sich auf dem Weg ins bibliophile Schlaraffenland durch eine Mauer ungezählter Bücher. Später geriet sie in eine Reha-maßnahme, erlebte (obwohl auf alles gefasst) dabei unerwartete Abenteuer, teils in der umbaubedingten Wirklichkeit, teils in aufs höchste durch Baustaub ange-regter Fantasie. Sie beschloss daraufhin, ihren eigenen ZAUBERBERG zu verfassen. Die Gelegenheit bot sich schneller als erwartet, als zeitnah ein Virus ganz ohne Vorwarnung das Leben lahmlegte und die Variantenwel-len die Autorin ins Cosy-Crime-Genre spülten.

Valerie Salberg

THERME, MORDE, Sahnetorte

Das Skelett im Kurpark

Lübbe

Dieser Titel ist auch als Hörbuch und E-Book erschienen

Die Bastei Lübbe AG verfolgt eine nachhaltige Buchproduktion. Wir
verwenden Papiere aus nachhaltiger Forstwirtschaft und verzichten
darauf, Bücher einzeln in Folie zu verpacken. Wir stellen unsere
Bücher in Deutschland und Europa (EU) her und arbeiten mit den
Druckereien kontinuierlich an einer positiven Ökobilanz.

Vollständige Taschenbuchausgabe
der bei Bastei Lübbe erschienenen E-Book-Ausgabe

Dieses Werk wurde vermittelt durch die
Langenbuch & Weiß Literaturagentur.

2 4 5 3 1

Sie finden uns im Internet unter luebbe.de
Bitte beachten Sie auch: lesejury.de

*Gewidmet dem anonymen Kurgast für »Highway to Hell«
sowie den unermüdlichen Mitarbeitern und dem medizinischen Personal im echten Bad Hasendorf*

Prolog

Freitag, 13. August, Bad Hasendorf im Westfälischen

Doro

Doro äugte noch einmal in die regenfeuchte Grube. Sie war nun hellwach.

Heute war wirklich Freitag, der Dreizehnte! Sie musste unbedingt jemandem von ihrer Entdeckung erzählen. Bestimmt gab es eine vollkommen harmlose Erklärung dafür.

Mit zittrigen Händen zog Doro ihr Handy hervor – doch sie hatte im Chaos des gestrigen Tages vergessen, den Akku zu laden. Puh, erst einmal kräftig durchatmen, ermahnte sie sich. Die Straße war zu dieser Morgenstunde menschenleer, also war sie auf sich allein gestellt. Was nun? Im Grunde war die Sache klar: Sie musste zurück zur Klinik!

Doro schob das Telefon in die Tasche, ihre Beine waren bereits in Bewegung. Wieso passierte so etwas immer ihr?

Sie stürzte los und war gut zwanzig Meter gerannt, ehe sie merkte, dass sie in die falsche Richtung lief. Doro wollte auf dem Absatz kehrtmachen, da hörte sie das Quietschen von Bremsen auf nassem Asphalt.

Sie versuchte noch, sich mit einem Sprung in Sicherheit zu bringen, aber zu spät ...

Eiskalte Dusche

Einen Tag zuvor
Donnerstag, 12. August, Bad Hasendorf

Doro

Bepackt wie ein Muli eilte Doro durch den Eingang auf den Empfang der *Salzquelle*-Klinik zu. Schweiß rann ihr den Rücken hinab, und sie zog in jeder Hand einen Koffertrolley hinter sich her. Aus ihrem halb offenen Rucksack ragte ein Bonsai.

Doros Knie protestierten wie zuletzt nach einem Zehn-Kilometer-Lauf. Die Tage auf dem Handballfeld waren nicht folgenlos geblieben, und die Arthrose tat ihr Übriges. Allerdings war Doro erst zweiundfünfzig – liebe Güte, das machte doch gerade mal sechsundzwanzig Jahre pro Knie!

Anreisetag, 12. August, Ankunft bis 11 Uhr, hieß es im Schreiben der Reha-Klinik. Sie warf einen Blick auf die Fitnessuhr. Jetzt war es bereits eine Dreiviertelstunde später. *Immer mir, immer mir*, hämmerte es im Takt der klackernden Trolleys durch Doros Kopf. *Wenn Doro eine Reise tut, dann kann sie sich schön quälen!*

Diesmal hatte ein Stau ihre Pläne durchkreuzt, obwohl sie gar nicht selbst hinter dem Lenkrad gesessen hatte. Sie war im Auto ihrer Tochter Julia in eine Autobahn-Baustelle geraten, in der ausgerechnet ein Wagen mit qualmendem Motor liegen geblieben war. Quälend langsam hatten sich die anderen Fahrzeuge durch das entstandene Nadelöhr schieben müssen.

Nach der Anreise im sonnendurchglühten Auto war es angenehm kühl in der Eingangshalle. Das Gebäude wirkte verschlafen. Bestimmt saßen alle im Speisesaal und aßen zu Mittag. Unwillkürlich schnupperte Doro, doch da lag nicht das kleinste Aroma in der Luft, das ihre Neugierde hätte befriedigen können.

An der Rezeption im klassischen Glaskasten-Stil, der bei Doros Kollegen in der Praxis nur das »Aquarium« hieß, telefonierte jemand. Auf dem Stuhl daneben wartete eine aufgebracht wirkende Dame Mitte vierzig mit üppigen schwarzen Haaren.

Doro spitzte die Ohren.

»Es geht um zwei Gepäckstücke, aufgegeben unter folgendem Namen.« Die Frau am Telefon buchstabierte: »E-S-M-E-R-A-Y, K-A-D-E-S-C-H.« Pause. Es folgte ein kurzer Wortwechsel, dann legte die Dame – das Namensschild auf dem Tresen wies sie als *Frau Sperling* aus – kopfschüttelnd auf. »Es tut mir leid, aber das Gepäck ist noch nicht ausgeliefert, Frau Kadesch.«

»Dabei habe ich die Koffer pünktlich aufgegeben!« Die Schwarzhaarige ließ den Kopf hängen.

Frau Sperling schenkte ihr ein beruhigendes Lächeln. »Ihr Gepäck kommt bestimmt mit der Nachmittagslieferung.«

Während Frau Kadesch zwei Krücken zur Hand nahm und sich langsam erhob, wandte sich die Empfangsdame Doro zu. »Ja, bitte?«

»Dorothea Hammerblech«, sagte Doro wie aus der Pistole geschossen und schob ihr Schreiben über das polierte Holz des Tresens. »Ich bin leider spät dran. Da war eine Baustelle auf der Autobahn und ...«

»Nur die Ruhe! Ich statte Sie gleich zusammen mit Frau Kadesch aus. Bei ihr gab es auch eine ungeplante Verzögerung.«

Frau Kadeschs Kommentar bestand aus einem Geräusch, das man beim besten Willen nur als »Grumpfen« bezeichnen konnte. Sie kam langsam heran, und Doro zog den Trolley ein Stück zurück, damit für die Krücken genug Platz blieb.

»So, hier haben wir für sie beide ein Willkommenspaket: Tasche, Fragebogen und Info-Material«, erklärte die Empfangsdame und schob alles auf den Tresen. Sie drehte sich zum Schlüsselbrett, konsultierte eine Liste und stutzte. Ihr Gesicht rötete sich zusehends, während sie sich am Computer zu schaffen machte.

Doro trommelte mit den Fingern auf dem Tresen. Sie wollte nur auf ihr Zimmer, sich die verschwitzten Klamotten vom Leib reißen und eine kalte Dusche nehmen!

»Das gibt's doch nicht.« Von Frau Sperlings Rechner ertönte hektisches Tastengeklapper und Mausklicken. Schließlich drehte sie sich wieder zu ihnen um: »Es tut mir sehr leid! Die Reservierungen sind durcheinandergeraten, und ich muss erst mal sehen, wo ich Sie unterbringe.« Sie lächelte entschuldigend.

»Wie kann denn das passieren?« Doro versuchte vergeblich, sich den nörgeligen Unterton zu verkneifen. Als Sprechstundenhilfe bei einem Hautarzt erlebte sie täglich Dramen, die Pläne durchkreuzten, und wusste, dass es niemandem half, wenn sie jetzt unfreundlich wurde.

Frau Sperlings Lächeln büßte ein wenig Strahlkraft ein. Sie schluckte sichtlich und richtete das Wort an Frau

Kadesch. »Ihr Zimmer wurde aus Versehen doppelt belegt, und der Patient ist schon eingezogen.«

»Aber Sie haben doch Platz für mich, oder?« Frau Kadesch klang besorgt. »Im Internet stand etwas von dreihundert Zimmern, über die Ihre Klinik verfügt.«

»Nun, wir sind voll ausgelastet.« Die Empfangsdame wandte sich an Doro.

Der schwante Übles.

»Und Ihre Anreise, Frau Hammerblech, steht erst für die kommende Woche im System. Und darum ist Ihr Zimmer natürlich auch noch bis voraussichtlich nächsten Donnerstag belegt.«

»Was?« Doro hielt das Einladungsschreiben mit dem heutigen Datum als Beweisstück hoch. Sie dachte an die stressige Fahrt in Julias Auto ohne Klimaanlage. An die Lauferei für die Reha-Unterlagen. Die vergebliche Hundesitter-Suche, sodass ihr Liebling, der Langhaardackel Cabanossi, am Ende doch bei Julia und dem windigen Jonas hatte unterkommen müssen. »Ich fahre jetzt auf keinen Fall zurück!« Wie auch? Julia war längst auf dem Rückweg.

»Das müssen Sie nicht.« Frau Sperling hatte ihr professionell-optimistisches Lächeln zurückgewonnen. Sie deutete auf eine Sitzgruppe. »Es kann einen Augenblick dauern. Nehmen Sie beide doch Platz, bis alles geklärt ist. Die Situation ist wegen der Baumaßnahmen neu für uns.«

Das Wort mit B echote Unheil verkündend in Doros Gedanken. »Welche *Baumaßnahme?*« Sie war gerade erst der Kölner Dauerbaustelle entkommen und fühlte sich, als hätte man ihr einen Elektroschock versetzt. *Brizzel!*

Die Prospekte, die mit der Bewilligung der Reha ins Haus geflattert waren, beschrieben Bad Hasendorf als ruhigen Kurort, der seine Wurzeln bis in die Zeit früher

Salzgewinnung zurückverfolgen konnte. Ein Städtchen an der Soester Börde mit viel Grün, gerade recht zur Erholung von Leib und Seele.

»Die ganze Innenstadt wird umgebaut, das habe ich im Internet gefunden«, meldete sich Frau Kadesch. Sie hatte sich eine Krücke zwischen die Beine geklemmt wie ein Steckenpferd und wirkte eindeutig erleichtert, dass sie sich nicht allein in dieser misslichen Lage befand.

»Das stimmt«, erklärte Frau Sperling. »Unsere Klinik wird ebenfalls erweitert, ebenso das Kurzentrum. Es gibt deswegen eine Menge Veränderung in den gewohnten Vorgängen, gerade auch für uns Mitarbeiter.«

»Was für ein Schlamassel.« Jetzt brauchte Doro dringend den angebotenen Sitzplatz.

Schleichkatzes Hobby

Donnerstag, 12. August, Bad Hasendorf

Manuela

>>Der Mercury Drive war gegen drei Uhr morgens wie ausgestorben. Der Vollmond tauchte das Gelände an diesem 26. Mai zur Jahrtausendwende in helles Licht. Eine Silhouette schob sich auf die Mauer, die den Kiesweg zur Nummer drei einfasste. Erst auf Höhe des Fliederbuschs, der den Garten von der Straße aus abschirmte, stieg sie wieder hinunter. Mit einem Satz über den schmalen Kiesstreifen hinweg landete sie beinahe geräuschlos im Blumenbeet.

Aber jemand im Haus musste etwas gehört haben. Hinter einem Fenster ging Licht an. Die allein lebende Henrietta Burns spähte hinaus.

Die Gestalt duckte sich ins Beet und hinterließ dabei in der feuchten Erde beim Flieder einen Abdruck der Größe 48.

Stille. Nur das Dröhnen kreisender Jets durchdrang alle paar Minuten die Nacht. Der dunkel Gekleidete wartete minutenlang wie ein Profi, bis das Licht im Schlafzimmer erlosch und Ruhe im Haus einkehrte. Als das Flugzeug erneut mit donnernden Motoren über die Siedlung zog, setzte er den Schraubenzieher am Fenster an und hebelte es vorsichtig auf.

Die Gestalt räumte die Blumentöpfe sorgfältig zur Seite und kletterte ins Haus. Eine knappe Stunde verging, dann kam der Eindringling auf dem gleichen Weg heraus und schob auch die Pflanzen an ihren Platz zurück. Schließlich zog er mit dem Absatz Erde über die Trittspuren am Fenster – nur den am Fliederbusch vergaß er.

Das Blut des Opfers war auf seiner dunklen Kleidung nicht zu sehen, als er in der Nacht verschwand …

>>Nekrolog @Schleichkatze: Nette Märchenstunde. Es wurden aber keine Einbruchsspuren entdeckt.

Ha, dachte Manuela und tippte eilig weiter:

>>Schleichkatze @Nekrolog: Die Nachbarin des Opfers hat ausgesagt, dass Mrs Burns häufig die Schlüssel vergaß und ein- oder zweimal mit ihrer Hilfe durchs Fenster ins Erdgeschoss eingestiegen ist. Ältere Spuren am Fensterrahmen können also von den neuen abgelenkt haben.

>>Wladislav-der-Pfaehler: Zeugen haben außerdem von einem fremden Fahrzeug berichtet, das am Vorabend der Tat ungewöhnlich oft durch den Mercury Drive gefahren ist. Es muss so ein Modell sein:

Anhang.jpg

>> BestBestFriend: Hübsche Karre!

Das Bild zeigte einen grauen Lieferwagen, dessen Front ein wenig eingedrückt wirkte, was das Fahrzeug wie die Schnauze einer Bulldogge aussehen ließ.

Das Foto erinnerte Manuela König an etwas. Sie richtete sich abrupt auf, und ein Stechen vom Feinsten zog in der Lendengegend durch ihren Rücken. Dämliche Bandscheiben!

Sie öffnete einen Ordner auf dem Computer und suchte.

Manuela hatte vor dem Kurlaub einen Großteil der gespeicherten Fotos vom Handy auf den Laptop übertragen und aus Platzgründen vom Smartphone gelöscht.

Da war es! Sie schickte den Scan der Zeitungsmeldung ins Spürnasen-Forum.

>>BestBestFriend @Schleichkatze: Übersetzung, bitte! ♥ ♥

Manuela postete eine kurze Zusammenfassung des englischen Textes.

>>Schleichkatze: Es gab in derselben Nacht einen Unfall mit Fahrerflucht nur vierzig Meilen vom Mercury Drive entfernt. Der Geschädigte hat von einem »geknautschten silbernen Pick-up« gesprochen. Da es sich um einen anderen Bundesstaat handelt, hat die Polizei das vielleicht übersehen.

>>Nekrolog @Schleichkatze: Wow! Zwei Crash-Autobesitzer mit fraglichem Geschmack. Wo soll denn da die Verbindung sein?

Manuela atmete aus und nahm mit einer bewussten Bewegung die Finger von der Tastatur. Ärger und Rückenschmerzen waren eine teuflische Kombination. Aber die Zeit war ohnehin fast abgelaufen. Sie gestand sich für die Dauer ihres Kurlaubs lediglich eine Stunde Bildschirmarbeit zu, um auch den strapazierten Augen mal eine Pause zu gönnen. Digital Detox – light!

Also loggte sie sich gleich aus dem Forum für Internet-Detektive aus und fuhr den Laptop herunter. Ein mehr als zwanzig Jahre zurückliegender Raubmord konnte noch einen weiteren Tag warten, ihr Massage-Termin im Thermalbad allerdings nicht. Doch während sie den Blick durch die gemütliche kleine Ferienwohnung wandern ließ, dachte sie darüber nach, wie es wäre, zur Abwechslung mit echten Menschen Auge in Auge über ungelöste Kriminalfälle zu spekulieren, statt mit Internet-Bekanntschaften.

Zwei im Doppelbett

Doro

Die beiden Frauen gingen bald zum »Du« über, schließlich saßen sie im selben Boot. Während Doro die Neuigkeiten verdaute, trauerte Esme brummelnd den Koffern hinterher. »So weit ist der Weg von Gelsenkirchen ja nun wirklich nicht!« Sie knautschte die Henkeltasche auf ihrem Schoß, aber man erkannte darauf trotzdem das markante Gesicht Frida Kahlos. Tatsächlich ähnelte Esme der mexikanischen Malerin.

Doro berichtete von der Anfahrt in Julias rollendem Backofen. »Den ersten Tag habe ich mir ganz anders vorgestellt! Bei dir scheint ja auch einiges schiefgelaufen zu sein.«

Esme nickte eifrig. »Ich bin mit dem Zug gekommen und hab die Koffer vorgeschickt, wie von der Klinik empfohlen. Gepäck kann ich wegen der Hüft-OP nicht tragen, weil das Bein nur zu siebzig Prozent belastet werden darf.« Esme stampfte mit der Krücke auf den Boden, um ihrem Unmut Luft zu machen. »Es ist Hochsommer, und ich habe keine Kleidung zum Wechseln dabei. Und nicht mal ein Zimmer!«

»Das wird schon wieder!«, versuchte Doro zu trösten. Die Sache mit der Unterkunft wurmte sie weit weniger als die Aussicht auf Bagger, Presslufthämmer, tutende Planierraupen und kreischende Sägen. Doro konnte kaum fassen, in welcher Form ihr spezielles »Reiseglück« diesmal zugeschlagen hatte. »Warum hat uns keiner vorgewarnt? Wie soll man sich bei Baulärm im Haus zwischen den Massagen entspannen?«

»Die buddeln seit Anfang der Woche, hieß es im Internet«, wusste Esme zu berichten. »Wie Frau Sperling schon meinte, muss sich alles erst einspielen.«

In diesem Moment kehrte die Empfangsdame zurück, wie gerufen. »Es ist im Augenblick wirklich schwierig«, entschuldigte sie sich. »Aus Sicherheitsgründen muss eine Reihe Zimmer frei bleiben. Aufgrund der Baumaßnahme haben wir daher erheblich weniger Manövriermasse.«

Halb hoffte Doro inzwischen, heimgeschickt zu werden. Dann kam sie vielleicht zeitnah in eine andere Klinik. Eine, an der nicht im laufenden Betrieb gebaut wurde.

Doch Frau Sperling hatte einen Vorschlag. »Es ist ein Doppelzimmer frei, das eigentlich für mitreisende Ehepartner gedacht ist. Können Sie sich vorstellen, dort vorerst zusammen unterzukommen?«

Die beiden schauten einander an. Doro atmete langsam aus. Sie hatte sich auf ein privates Refugium gefreut, mit Blick auf den Park … Allerdings konnte man sich im Krankenhaus die Mitpatienten genauso wenig aussuchen.

»Wir würden zwei Fliegen mit einer Klappe schlagen«, fügte Frau Sperling betont fröhlich hinzu. »Nur so lange, bis ein Zimmer frei wird. Uns sagen regelmäßig

Patienten ab, die wegen Problemen nach einer OP nicht reisefähig sind.«

Bestimmt wuchsen die Chancen auf eine gelungene Reha, nachdem das Reisepech schon am Anfang so heftig zugeschlagen hatte! Das jedenfalls flüsterte die Stimme in Doros Innerem, die sie ihre »Frohnatur« getauft hatte. »Für ein paar Tage ...«

Esme nickte nachdrücklich. »Ich schnarche auch nicht.«

Frau Sperling atmete auf. »Sie müssten sich ein Postfach teilen, da drüben.« Lächelnd drückte sie beiden je einen Schlüssel mit Anhänger und einen Laufzettel in die Hand. »Gucken Sie ruhig mehrmals täglich nach, dort finden Sie Ihren jeweils aktuellen Therapieplan. Dann wäre da noch die Aufnahmeuntersuchung. Die müssen wir sofort angehen, weil die Doktoren nur vormittags im Hause sind: Sie können in zehn Minuten zu Dr. Kegel ins Sprechzimmer, Frau Hammerblech. Und auf Sie, Frau Kadesch, wartet Frau Dr. Walder.«

Doro warf einen Blick auf den Terminzettel: *Dr. Kegel, Raum 21, Obergeschoss MK.* »»MK‹, was bedeutet das?«

»Die Abkürzung für ›Moorklinik‹. Unsere Schwesterklinik nebenan.« Frau Sperling räusperte sich. »Frau Kadeschs Koffer kommen bestimmt am Nachmittag. Aber falls nicht ...« Sie sah Doro an. Sah noch länger hin, und endlich machte es *Klick!* Frau Sperling hatte von zwei Fliegen mit einer Klappe gesprochen ...

»Natürlich. Wenn nötig, helfe ich Esme mit Klamotten aus«, bot Doro an. Sie beide hatten ungefähr die gleiche Größe. Doro war froh, sich für die Reha-Maßnahme schicke Nachtwäsche geleistet und ihre alten Fähnchen zu Hause gelassen zu haben, die sie als Single sonst bevorzugte. So würde sie sich vor Esme nicht mit einem verwaschenen Nachthemd mit Dackelmotiv blamieren.

Doro klimperte mit dem Schlüssel. »Dann bringe ich nur rasch das Gepäck aufs Zimmer.«

Frau Sperling hüstelte. »Stellen Sie das ruhig solange hier unter, sonst verlieren Sie vor dem Termin zu viel Zeit.« Sie wies auf einen leeren Schreibtisch, wo Doro das Gepäck verstaute, und begab sich zurück an den Computer.

Gehetzt suchte Doro den Umschlag mit ihren Knie-Aufnahmen in der Kofferaußentasche. Esme studierte in der Zwischenzeit den Grundrissplan der Klinik.

»Dann mal los«, sagte Doro.

Auf der Suche nach dem Ausgang entdeckte sie eine gläserne Doppeltür mit der Aufschrift *Speisesaal*. Der Raum dahinter war dunkel, menschenleer. Sogar Stühle und Tische fehlten. Eine Mitteilung klebte an der Tür, und Doro überflog die Nachricht. Im selben Moment fühlte sie sich wie im falschen Film. Sie guckte sich nach einer versteckten Kamera um. Wartete darauf, dass ihr Schwiegersohn um die Ecke bog. Doro traute Jonas durchaus zu, so etwas aufzuziehen, um ein Video von ihrem belämmerten Gesicht zu machen, das er bei Gelegenheit genussvoll herumzeigen konnte.

Nein, das wäre selbst für Jonas eine Nummer zu schräg.

»O Mann!« Ein Kribbeln breitete sich in ihrer Magengrube aus.

»Was ist los?«, wollte Esme wissen, und Doro wies fassungslos auf den leeren Saal.

»Küche und Speisesaal der *Salzquelle*-Klinik sind momentan geschlossen. Die Patienten sollen für ihre Mahlzeiten die Räumlichkeiten der *Moorklinik* mitbenutzen.«

»Lass mich raten«, erwiderte Esme trocken. »Wegen des Umbaus?« Sie hing sich die Henkel der Frida-Kahlo-

Tasche um den Hals, um zu verhindern, dass sie damit den Krücken ins Gehege kam, und wollte losgehen.

Doch Doro blieb stehen wie ein stures Muli. »So viel Zeit muss sein«, sagte sie rigoros und klopfte wieder an die Scheibe der Rezeption. Sie konnte es immer noch nicht recht glauben: »Der Speisesaal ist geschlossen. Wir bekommen also in der *Moorklinik* unser Mittagessen?«

Frau Sperling schien sich unter Doros Blicken unbehaglich zu fühlen. »Richtig. Der Küchentrakt wird abgerissen. Die *Salzquelle*-Patienten erhalten ab heute deswegen *alle* Mahlzeiten auswärts.« Sie drückte ihnen direkt zwei Zettel mit den Essenszeiten in die Hand und erklärte, dass in drei Schichten gespeist wurde, damit die Bewohner der *Moorklinik* ebenfalls versorgt waren.

Ein richtiger Kuddelmuddel! »Und wo genau müssen wir da lang?«, wollte Doro wissen.

»Das ist von hier aus ganz einfach«, versicherte Frau Sperling. »Sie fahren mit dem Aufzug in den ersten Stock. Dann wenden Sie sich nach links, und dort verläuft der Hellweg-Tunnel, ein überdachter Übergang ...« Es folgte eine längere Erklärung, von der Doro erst mal nur mitnahm, dass die Schwesterklinik definitiv *nicht* direkt nebenan lag.

Abgehetzt traten Doro und Esme aus dem Fahrstuhl und bogen in die Glasröhre. Weil die Sommersonne ungehindert eindrang, stand die stickige Luft förmlich darin. Schweiß brannte Doro in den Augen.

Die beiden folgten dem Tunnel, der über einen Streifen verwilderter Holunderbüsche und Brombeergestrüpp hinwegführte. Die Röhre beschrieb einen kleinen Knick, sodass man wegen der spiegelnden Glasfläche nur bis zur Hälfte sehen konnte. Markierungen, die Fünfzig-Meter-Streckenabschnitte anzeigten, sollten die

Patienten zu Gehübungen motivieren. Eine Bank in einer Ausbuchtung lud zum Rasten ein. Doro hätte sich gerne gesetzt, doch dafür fehlte schlichtweg die Zeit.

Ihr schwirrte noch der Kopf von der Wegbeschreibung, aber wenigstens war die Route eindeutig. Der Gang mündete nach gut dreihundert Schritten an einer sich automatisch öffnenden Doppeltür in ein belebtes Foyer.

»Puh, war ja einfach«, murmelte Doro. Menschen hasteten umher, Anzeigetafeln und beschriftete Pfeile wiesen zu den verschiedenen Anwendungen: *Elektrotherapie, Massagekabinen, Moorbad, Ergotherapie.* Den zweiten Aufzug, den Frau Sperling erwähnt hatte, entdeckte Doro auf Anhieb nicht, dafür sprang ihr ein Schriftzug ins Auge: *Kurzentrum.*

»Was?« Sie blieb stehen. »Wir können unmöglich falsch abgebogen sein.«

»Das ist unser erster Zwischenstopp!«, verkündete Esme, die glücklicherweise den Überblick behalten hatte. »Hier sollte irgendwo ein Aufzug sein.«

Erster Zwischenstopp, das konnte ja heiter werden!

Doro entdeckte eine vorspringende Säule, etwa auf halber Länge des Flures. »Da, der Lift!« Sie eilte los, um die Kabine zu sichern. Ihre innere Frohnatur streckte vorsichtig das Köpfchen hervor wie ein Schneeglöckchen Ende Februar.

Der Aufzug gleich neben einem gesperrten Treppenhaus führte zu weiteren Therapieräumen und einem Studio. Ärztenamen fand Doro keine. Dafür wogten im hinteren Teil des Flurs Schwaden, doch sie rochen nicht wie Saunaaufguss oder trockene Luft, sondern nach deftiger Baustellennote.

Nun erklang auch noch das typische Stakkato von

Presslufthämmern: *Tata Tata Tata Tata Tata Tata Tata Tata Ta Ta … Grrrrrrrrrrrrrrggggg.*

Geisterhaft bleiche Gestalten in Rollstühlen, an Krücken oder mit umgehängten Sporttaschen kämpften sich durch die Staubwolken wie Nomaden in einem Sandsturm.

»Hierher, Esme!« Doro versuchte, gegen den Baulärm anzukommen, und zeigte auf den Liftschacht. Doch ihre Begleiterin machte sie auf ein kleines Pfeilschild *Moorklinik* an der Decke aufmerksam, das in den Staub hineinwies. »Da lang, schau!«

»Nee, oder?« Die Frohnatur verkroch sich wieder. Doro hielt sich auf dem Weg durch den Staubschleier den Arm vor Mund und Nase. Am dichtesten standen die Wolken, wo Arbeiter in einem angrenzenden Trakt die Wände attackierten.

Danach waren es knapp dreißig Meter bis zu einem weiteren Fahrstuhl. Eine winzige Infotafel am Durchgang in ein Treppenhaus verriet, dass sie tatsächlich auf den Übergang in die *Moorklinik* gestoßen waren.

»Sie hätten noch eine Lupe dazu anbringen sollen«, meinte Doro kopfschüttelnd.

Esme lehnte sich abgekämpft in die Krücken. Mit den vom Staub ergrauten Haaren und der bedächtigen Gehweise wirkte sie um Jahrzehnte gealtert.

Sie ließen sich zwei Stockwerke nach oben fahren, und langsam verklangen die Stemmgeräusche. Die Kabine bot höchstens drei Personen Platz. Doro konnte sich lebhaft vorstellen, was hier los war, wenn sämtliche Patienten der *Salzquelle* gleichzeitig zu den Mahlzeiten wollten. Die Treppe diente als Bypass, aber sie war ein echtes Hindernis für Rollstuhlfahrer, Leute mit Rollatoren oder Krücken.

Doro nutzte die Gelegenheit, um den Staub abzuwischen, der ihr im Gesicht klebte. Sie sahen beide aus wie Überlebende eines Erdbebens, wie sie bei einem Blick auf die Spiegelwand des Lifts feststellte.

Der Aufzug entließ sie … in einen weiteren Fußgängertunnel! Die Röhre schwang sich auf einer Länge von vielleicht einhundertfünfzig Metern über ein niedriges Gebäude und eine Straße. Auch in diesem Gang standen vereinzelt Stühle für die Ermatteten und Beladenen bereit.

»Möchtest du dich einen Moment setzen?«, fragte Doro Esme, die sich schnaufend vorwärtsschob. Sie selbst hätte sich nur zu gerne ausgeruht.

»Nein«, krächzte ihre Begleiterin und kämpfte sich verbissen weiter.

Der verglaste Tunnel mündete in einen Korridor. Dort hingen ein paar vergrößerte Fotos (die verdächtig nach Baustellen aussahen, aber in Wahrheit wohl archäologische Grabungen zeigten) und Infotafeln an der Wand. Doro nahm deren Inhalt nur flüchtig im Vorübergehen auf. *Westfälische Handelsroute Hellweg*, las sie. *Mittelalterliche Salzgewinnung …* Wenigstens waren keine Knochen abgebildet, das fehlte ihr noch. Doro stand seit der Ausbildung mit Gebeinen jeder Art auf Kriegsfuß. Treppenauf- und -abgänge zweigten vom Flur ab, dann gelangten sie – endlich und recht unspektakulär – in die *Moorklinik.* Von irgendwoher drangen Stimmengewirr und Besteckklappern. Doros Magen stimmte in den Chor ein, doch der Arzttermin hatte Vorrang.

Doro trat aus dem Sprechzimmer und sah Esme gerade noch um die Ecke biegen. Sie legte einen Zahn zu und spürte bei jedem Auftreten Stiche in den Knien.

»Mittagessen?«, fragte sie, nachdem sie die Zimmergenossin eingeholt hatte. Esme nickte. Doch im Speise-

saal empfing sie erschöpftes Servicepersonal mit leer ge-
räumten Tabletts. Sie waren zu spät.

Wo war noch gleich das Blatt mit den Essenszeiten
hingekommen? Doro suchte in ihren Taschen.

»Meine Schmerztablette ist fällig!«, sagte Esme gequält. »Und dafür muss ich etwas in den Magen bekommen.«

Bedröppelt sah sich Doro um. »Also, hier gibt es jedenfalls nichts mehr.«

»Da war ein Café, gleich bei unserer Klinik.«

»Unserem Schlafsaal«, murmelte Doro, der erst jetzt
aufging, dass wirklich *alle* Termine auswärts stattfinden
würden und was das für ihren Tagesablauf bedeutete.
»Ist sowieso Zeit für einen Cappuccino.« Und ein Stück
Torte!

Wenigstens war das Zimmer geräumig und entsprach
den Beschreibungen im Prospekt. Auf dem Tisch warteten Mineralwasserflaschen, von denen Doro gleich eine
halbe trank, sowie zwei Laken. Doro überlegte schon, ob
sie damit das Bett selbst beziehen sollten, aber ein dane-
benliegender Zettel erklärte, dass die Laken als hygieni-
sche Unterlage für die verschiedenen Anwendungen
dienten.

Doro trat auf den sonnendurchfluteten Balkon hinaus, und ihr erster Blick fiel auf eine Parkanlage schräg
gegenüber. Allerdings ebenso auf Bauzäune, Absperrungen und Bagger, sowohl bei der Klinik als auch am Park.
Auf dem kleinen, von Bäumen eingefassten Klinikhof
unterhalb des Balkons türmte sich ein riesiger Sandhaufen.

Entschlossen wandte Doro sich ab und löste die
Schlaufe des Rucksacks mit dem Bonsai. Sie hatte den
Topf sicher im Inneren verstaut, die Klappe jedoch halb

offen gelassen, sodass sich das Bäumchen frei entfalten konnte. Der Bonsai fand Platz auf der abgeschalteten Heizung unter der durchgehenden Fensterfront.

Esme trat neugierig näher, nachdem sie sich lobend über die Ausmaße des Fernsehers geäußert hatte. Da ihr ganzes Gepäck aus der Frida-Tasche bestand, gab es für sie nicht viel wegzupacken. »Wen hast du da mitgebracht?«, fragte sie und tätschelte den Topf wie ein Haustier.

»Eine Japanische Mädchenkiefer!«, erklärte Doro und erwärmte sich noch mehr für ihre Mitbewohnerin. »Ein echter Bonsai, dreiundzwanzig Jahre alt.« Er war Doros ganzer Stolz. An den anmutigen Zweigen hingen winzige Nadeln und kleine Zapfen. »Warum nimmst du einen Mini-Baum mit zur Kur?«

»Ich kann ihn schlecht zu Hause lassen. Du weißt, was man über böse Schwiegermütter erzählt?«

Esme nickte. »Darum habe ich gar nicht erst geheiratet!«

Doro lachte trocken. »Tja, ich wünschte, meine Tochter dächte genauso. Jonas ist ein Schwiegersohn aus der Hölle.«

Esme riss die Augen auf.

Doro beeilte sich zu erklären: »Zu Julia ist er nett, doch …«

»Gemein zu dir?«

»Jonas kann durchaus charmant sein. Aber ebenso gedankenlos und unsensibel.« Doro berührte den Topf. Sie holte tief Luft. »Bei meinem letzten Urlaub hat Julia angeboten, die Blumen in der Wohnung zu gießen. Ich habe genaue Pflegeanweisungen für die Bonsais aufgeschrieben.« Sie schluckte. »Als ich von Santorin zurückkam, war der Ahorn zu Tode gewässert. In den Töpfen tummelten sich diese Lego-Figuren aus der Ninjago-Reihe. Jonas hat sogar einige der Krieger zwischen die Äste geklemmt und dem Bonsai so den Todesstoß versetzt.« Doros Freude über die Heimkehr war augenblicklich verpufft.

»Waren das möglicherweise deine Enkelkinder?«, fragte Esme taktvoll, ihre Mundwinkel jedoch zuckten verräterisch. »Meine Neffen und Nichten vergessen beim Spielen alles, und immerhin passen japanische Minibäume und asiatische Figuren doch zusammen.«

»Selbst wenn ich Enkel hätte, könnten die sich nicht kindischer benehmen als mein Schwiegersohn. Das war Jonas, und zwar für ein furchtbar lustiges Foto unter dem Hashtag *#spaßbeiSchwiemu*«, stellte Doro klar. »Er verschwendet keinen Gedanken daran, was er mit seinen Ideen anrichtet. Genau wie mein Ex-Mann.« Ihre Augen wurden feucht. Es war hauptsächlich der Vertrauensbruch, der wehtat, mehr noch als der Verlust. »Wenn Jonas bei den blöden Fotos wenigstens aufgepasst hätte. Ich habe Humor, aber das ging zu weit. Darum musste die Kiefer jetzt eben mit!« Entschlossen rückte Doro die Mädchenkiefer in den Schatten. Die volle Sonne auf der Südseite wollte Doro dem Bäumchen nun nicht gerade zumuten.

Sie machte eine Zehn-Sekunden-Atemübung, um den Ärger aufzulösen, der sich in ihrem Bauch breitmachte. In dieser Kur sollte alles anders werden, und sie wollte den Stress weniger an sich heranlassen.

Doro dachte an ihren geliebten Langhaardackel, der für die nächsten drei Wochen bei Julia logierte. Wenigstens konnte sich Cabanossi gegen Jonas' Übergriffe verteidigen. Wenn dem jungen Mann hinterher ein Finger fehlte, war er selbst schuld.

Ehe sie sich wieder unter Menschen wagen konnten, stiegen beide nacheinander kurz unter die Dusche, um den Baustaub abzuspülen. Doro lieh Esme ein T-Shirt, das zwar reichlich um ihre Brust schlackerte, doch wenigstens frisch gewaschen war.

»Ich habe nicht mal einen BH oder einen frischen Schlüpper dabei!«, klagte Esme beim Anziehen.

»Einen was?«, wollte Doro wissen, während sie in ein luftiges, limonengrünes Sommerkleid und Sandalen schlüpfte.

»Schlüpper, Unterbuxe ... die guten Stücke, die gerade irgendwo durch die Republik reisen.«

Ah, Esme redete von Unterwäsche. »Vielleicht finden wir ja etwas im Ort. Sonst musst du eben zwei Beinlöcher in deine Stofftasche schneiden – und ...« Oh! Ihr Wortschwall versiegte angesichts des Mienenspiels ihrer Zimmergenossin. »Hey, das war nur ein Witz! *Der* Schlüpfer wäre doch vieeeel zu groß für dich«, fügte sie um Schadensbegrenzung bemüht hinzu.

Esme sah ein wenig gekränkt aus. Sie drückte ihren Frida-Beutel an sich. »Den hat meine Nichte genäht, weil ich ein Riesenfan bin.«

Fieberhaft suchte Doro nach einer unverfänglichen Antwort. »Frida ist ... umwerfend. In der Schule ist mal eine Frida-Manie ausgebrochen. Der halbe Kunstkurs hat sich an ihrem Markenzeichen versucht, der Monobraue. Bis jemand verbreitet hat, Leute mit durchgehenden Augenbrauen seien Werwölfe und wirklich *überall* behaart. Und ...« Sie warf einen Blick auf Esmes Gesicht, wo vereinzelte, dunkle Haare oberhalb der Nase sprossen. *Ups!*

»Also, ich habe bei Vollmond immer besonderen Appetit.« Esme lachte.

Doro

Das Café *Sterngucker* war in einer ehemaligen Salzsiede-hütte untergebracht. Vergilbte Fotos zwischen den mächtigen, dunklen Balken zeigten Arbeiter und Kur-gäste in Kleidern des letzten Jahrhunderts. Von der De-cke hingen Sälzerhaken und andere Gerätschaften, mit denen man früher das Salz der hiesigen Solequellen ge-wonnen hatte.

Die Theke bot eine reiche Auswahl an Obstkuchen, Sahnetorten und einiges dazwischen. Doro bestaunte die Ausmaße der Tortenstücke. »Guck mal, wie riesig die sind.« Sie entschied sich für eine Milchreistorte mit Him-beerfüllung, Esme nahm ein Stück Flockensahne. Dazu gönnte sich jede einen großen Pott Kaffee.

Der üppige Milchreis des maurerkellengroßen Stücks schmolz förmlich im Mund, er war bestimmt mit Sahne aufgekocht. Und die aromatischen Himbeeren entzünde-ten ein Geschmacksfeuerwerk direkt auf Doros Zunge.

Nachdem Doro das Kuchenstück in kleinen Schritten bewältigt hatte wie ein Bergsteiger einen Achttausender im Himalaya, erzählte sie von ihrem Dackel Cabanossi und zeigte Esme die niedlichsten Schnappschüsse auf dem Smartphone.

Esme zückte ebenfalls ihr Telefon. »Ich sollte mal kurz zu Hause nachhorchen, ob alles beim Rechten ist.«

»Ist jemand krank?«

Man hörte das Freizeichen, und Esme machte eine entschuldigende Geste, die »gleich« bedeuten mochte.

Doro versuchte, Julia anzurufen, um sich bei ihr über den verkorksten Tag auszulassen. Doch die meldete sich nicht. Während Esme schnell – und deutlich lauter wer-dend – in einer fremden Sprache mit jemandem telefo-nierte, fischte Doro sich das Boulevard-Magazin *Picnic* aus dem Zeitschriftenkorb, der etwas vergessen unter der Garderobe stand.

Veralteter Promiklatsch, Mode von vorgestern und das Porträt eines Politikers, den längst ein Skandal zu Fall gebracht hatte, all das fesselte Doro wenig. Sie war zu satt für ein zweites Kuchenstück und zu erhitzt für einen weiteren Kaffee. Ein Eis vielleicht?

Esme telefonierte immer noch. Zwischendrin verstand Doro ein paar Begriffe wie »Koffer«, »Doktor«, »Geschäft« oder »Hasendorf«. Andere waren, der Betonung zufolge, exklusiv für den Mitarbeiter reserviert, der Esmes Gepäck verschlampt hatte. Es konnte sich dabei sowohl um farbenfrohe Ruhrpottbeschimpfungen als auch um Fremdworte handeln.

Doro blätterte weiter durch die kunterbunte Zeitschrift und blieb an einem Beitrag hängen. *Mysteriöse Todesfälle: Bad Westernkotten – Tod am Königsood!*

Das war im Nachbarort – Doro hatte den Namen bei der Ankunft auf einem Straßenschild gelesen. Es gab ein nachgestelltes Foto, auf dem ein Mann in einem Becken trieb. Weil sie gewissermaßen nebenan wohnte, überflog Doro die grausigen Details, statt einfach weiterzublättern, wie sie es sonst getan hätte.

Heiko R. war vor dreizehn Jahren leblos in einem Brunnen mitten im Städtchen aufgefunden worden. Ein Umstand hatte die Ermittler besonders irritiert: Mund und Magen des Toten waren voller Salz gewesen, weit mehr, als ein Mensch vertrug. Es schien unwahrscheinlich, dass sich das jemand freiwillig antat. Und obwohl die Polizei die Bevölkerung um Mithilfe gebeten hatte, waren keine Zeugen aufzutreiben gewesen.

Es war still geworden am Tisch. Doro sah von der Zeitschrift auf. Esme hielt ihr Telefon umklammert. Sie schäumte sichtlich. »Das ist die Höhe! Meine Nichte hat einen Anruf bekommen, dass die Koffer in Hassendorf unter der Adresse nicht zugestellt werden konnten.«

»Hassendorf?«, wiederholte Doro.

»Ja. Mit zwei s. In Niedersachsen! Da gibt es zufällig auch eine Schneiderstraße fünf.«

»Und wieso rufen die da deine Nichte an?«

Esme gestikulierte derart heftig mit dem Telefon, dass Doro angst und bange um ihren Kaffee wurde. »Weil ich auf dem Formular aus Gewohnheit die Nummer des Ladens angegeben habe, wo ich tagsüber immer zu erreichen bin. Xenia passt aufs Geschäft auf, bis Frau Montalbani, die Verkäuferin, aus dem Urlaub zurück ist.«

»Was denn für ein Laden?«, wollte Doro nun wissen.

»Schuhmode, mit Spezialabteilung für Brautschuhe. Wir haben noch für jede Braut das passende Schuhwerk gefunden«, sagte Esme mit Stolz in der Stimme. »Dabei ist diese Sorte Kundschaft unglaublich pingelig.«

»Das kann ich mir denken, wenn die alle mit gesammelten Centstücken bezahlen wollen.« Doro überlegte, ob der tägliche Kontakt mit anstrengenden Heiratskandidatinnen möglicherweise eine Rolle bei Esmes Familienstand spielte.

»Großvater kam als Gastarbeiter ins Land«, erklärte Esme. »Meine Eltern haben den Laden aufgebaut, und ich konnte mit der Spezialisierung dazu beitragen, dass dem Geschäft das Schicksal anderer Betriebe erspart blieb. Etwas Besonderes wie Brautschuhe will man eben persönlich auswählen, nicht per Klick kaufen.«

Doro kehrte zum eigentlichen Thema zurück. »Da sind die Koffer also in Niedersachsen gestrandet.«

»Ja!« Esme sah aus, als wollte sie mit den Zähnen knirschen, steckte jedoch entschlossen das Handy ein. »Und das bedeutet, wir machen jetzt ein bisschen Shopping!«

Eine Drogerie bot die Innenstadt zwar nicht. Dafür viele Cafés, eine Buchhandlung und ein Schützenhaus (was auch immer das war). An Bekleidungsgeschäften herrschte kein Mangel. Zuerst deckte Esme sich in der Apotheke mit Zahnbürste und einigen Hygieneartikeln ein, zu … nun, Apothekenpreisen.

Anschließend klapperten sie drei Modegeschäfte in der Fußgängerzone ab, ohne jedoch fündig zu werden.

Im vierten Laden blieb Doro bei den Badeanzügen hängen, während sich Esme an dem Ständer mit Spitzenunterwäsche zu schaffen machte. Doro kaufte einen feschen Zweiteiler, der wegen eines abgerissenen Knopfs im Preis reduziert war.

Schließlich entschied sich Esme für das Set mit den wenigsten Rüschen. »Hier ist null Auswahl«, klagte sie.

»Aber das ist doch wirklich hübsch«, lobte Doro den fliederfarbenen Spitzentraum, auf den Esmes Wahl gefallen war. Obwohl sie im Alltag sportliche Kleidung bevorzugte, hatte sie durchaus eine Schwäche für verspielte Dessous.

Esme seufzte. »Spitzen sehe ich tagein, tagaus an Brautkleidern und Schuhen. Das hier ist viel zu zart für Gymnastik und Training. Ich brauche etwas Praktisches: einen Schlüpper ohne Chichi. Zu Hause hätte ich so eine Garnitur für die Hälfte bekommen.«

»Ja, die Preise sind gesalzen«, bestätigte Doro. Sie wollte sich für ihr Bonmot am liebsten auf die Schulter klopfen. »Hauptsache, du hast erst mal Wäsche zum Wechseln. Und falls das nicht genügt, borge ich dir was. Damit Frida heil bleibt.«

Die Innenstadt mit ihren verwinkelten Gassen bot allerhand Sehenswertes, und ehe sie sich's versahen, hatten sich Doro und Esme zwischen urigen Fachwerkhäusern, Speiselokalen und kleinen Geschäften in

Nebenstraßen verirrt. Schließlich nahm Esme zum Verschnaufen auf einer der allgegenwärtigen Bänke Platz. »Ich habe Durst.«

Doro seufzte und glättete ihren knittrigen Kleidersaum. »*Mh.* Und ich brauche nach dem Kuchen von vorhin unbedingt etwas Herzhaftes. Es ist ja bald Zeit fürs Abendbrot.« Sie sah auf die Fitness-Uhr. *17:12 Uhr.*

»Wann war das noch?«, wollte Esme wissen.

Doro zückte den Terminzettel – und schluckte. »Das Abendessen hat um siebzehn Uhr angefangen. Wer isst denn so früh zu Abend?«, sagte sie, zu gleichen Teilen verärgert über die eigene Verspätung wie über die Organisation.

»Eine Klinik ist kein Wunschkonzert«, meinte Esme mit so deutlich gespieltem Tadel, dass Doro grinsen musste.

»Wenn ich ehrlich bin, habe ich keine Lust, mich jetzt abzuhetzen und am Ende wieder abgeräumte Platten vorzufinden. Du etwa?« Doro hatte die Enttäuschung vom Mittag noch nicht verdaut.

Esmes Schultern sackten ein Stück tiefer. Sie wirkte ausgelaugt. »Ich lege bestimmt keinen Spurt mehr hin.«

»Dann nehmen wir doch die *Kutsche.*« Doro wies auf den rustikalen Landgasthof schräg gegenüber, in dessen Vorgarten als Hingucker ein wurmstichiger Landauer stand.

Von alten Küchengeräten, Werkzeugen bis hin zu einem echten Karussellpferd mit charmant abblätterndem Lack passte alles wunderbar ins Landlust-Ambiente des Lokals.

Doro überflog die deftig ausgelegte Speisekarte. Etwas Würziges nach dem schweißtreibenden Tag kam ihr gerade recht. »*Westfälische Gulaschsuppe*, klingt gut. Hast du was gefunden?«

»*Schlachtplatte*«, las Esme schaudernd vor. Und: »*Schweinesülze*. Also das auf gar keinen Fall! Ich hätte gerne etwas Fleischloses.«

»Mh, könnte schwierig werden.« Die regionalen Spezialitäten waren definitiv nichts für Vegetarier.

Schließlich bestellte Esme den Möhreneintopf *ohne* Mettwurst. Sie überließ Doro auch ihren Teil vom »Gruß aus der Küche«, Variationen von westfälischem Schinken, die sich als entzückende Minibrote entpuppten, üppig belegt und mit einem Griebenschmalz- sowie einem Zwiebel-Aufstrich serviert.

Doro fühlte, wie sie sich nach dem turbulenten Reha-Auftakt endlich entspannte. Vielleicht half das dunkle, süffige Bier, das sie sich als Absacker gönnte und das sie endgültig für das entgangene Klinikessen entschädigte.

Während sie den Rest der krossen Brotkruste knabberte, die zur Gulaschsuppe gereicht worden war, studierte sie einen Veranstaltungskalender am Stützbalken ihrer Nische. An den Wochenenden war in Hasendorf einiges los. Da gab es einen Salzmarkt, ein Schützenfest und am Samstag ein Krimifestival.

»Ich bin froh, dass wir uns getroffen haben«, meinte Esme schließlich. Sie berichtete von den Schwierigkeiten, die ihr als Alleinreisende begegneten. »Du weißt schon, die Ein-Personen-Tische in der Ecke bei der Küche oder den Toiletten.«

Doro nickte bloß verständnisvoll. Sie stand dem Thema selbst zwiespältig gegenüber. Doch wenn sie jetzt von ihrem hartnäckigen Reisepech anfing, könnte Esme das ganz falsch aufnehmen. Und einen weiteren Fauxpas wie den »Frida-Schlüpper«-Zwischenfall wollte Doro nicht heraufbeschwören!

Auf dem Rückweg gaukelten die ersten Nachtfalter im zart pflaumenblau überhauchten Himmel um die Laternen. Die Frauen waren spät dran, weil Doro zum Abschluss ein interessant klingendes Dessert probiert hatte. Daraufhin hatte sich Esme ebenfalls eine frittierte Eiskugel bestellt. Danach gab es ein Freigetränk aufs Haus. Kurz, sie amüsierten sich prächtig und bekamen noch eine Wegbeschreibung gratis.

Auch andere Nachtschwärmer genossen den lauen Sommerabend. Auf Höhe des Kurzentrums saßen drei Teenager-Mädchen auf einer Bank und sangen inbrünstig, aber schief *Döner macht schöner*. Karnevalslieder im August!, dachte Doro. Für junge Leute musste in Hasendorf wirklich der Hund begraben liegen.

Das Kurzentrum glich einer mit rosa Zuckerguss verzierten Glaspyramide und wirkte jetzt dunkel und verlassen. Von hier durch den Hellweg-Tunnel direkt in die *Salzquelle*-Klinik abzukürzen konnte man vergessen. Also ging es außen herum.

»Hoffentlich ist in der Klinik noch nicht Zapfenstreich«, sagte Doro. »Sonst fallen wir unangenehm auf.«

Esme zeigte zu den Fenstern, aus denen blaues Licht und Fernsehstimmen drangen. »Die sind wach.«

Kichernd wie Schülerinnen auf Abschlussfahrt schlichen sie durch den Hintereingang und guckten im Vorbeilaufen noch in ihrem Fach nach den Terminen für den morgigen Tag.

Doro bewunderte die logistische Meisterleistung, die Termine an unterschiedlichen Orten genau so zu legen, dass durch das dauernde Hin und Her ein Maximum an körperlicher Betätigung erreicht wurde. »Hier bekommt man noch etwas für sein Geld!«, sagte sie, als ihr auffiel, dass offensichtlich auch an anderen maroden Stellen gearbeitet werden sollte, nicht bloß den Knien.

»O nein!«, entfuhr es Esme. »Ich habe morgen früh gleich Wassergymnastik.«

»Wie gut, dass ich heute den Tankini gekauft habe. Dann darfst du ihn einweihen.«

Zeit fürs Bett. Sie öffneten die Balkontür und ließen frische Luft in das aufgeheizte Zimmer.

Doro fand die Matratze wunderbar bequem, Esme anscheinend ebenso, denn sie döste innerhalb von Sekunden auf dem Rücken liegend ein. Kurz darauf flog Doro in einer Märchenkutsche mit vorgespannten Karussellpferden ins Traumland.

Da schnaufte es neben ihr vernehmlich, und sie schreckte hoch. Holzpferde schnaubten nicht mal im Traum! Doro schaute sich um. Stille, leises Atmen vom Nebenbett. Sie rollte sich zusammen und schlief weiter. Nur fünf Minuten vergingen – so schien es –, dann drang wieder das Prusten an ihr Ohr.

»Was?«, fragte Doro schlaftrunken. Sie öffnete ein Auge und bemerkte, dass Esme sich zu ihr herumgedreht hatte. Ihre Lider waren geschlossen, und Esme holte gleichmäßig Luft.

Diesmal stellte sich Doro schlafend und kam so tatsächlich dem Rätsel auf die Spur: Esme hatte beim Thema »Schlafgeräusche« geflunkert. Sie schnarchte sehr wohl, genau ein Mal, bei jedem Herumdrehen. Das war anfangs irritierend, doch im Lauf der Nacht gewöhnte sich Doro daran. Oder sie schlief selbst einfach zu fest.

Irgendwann erwachte sie, diesmal von einem Rauschen. Verschlafen äugte sie zu Esme, aber die stellte sich als unschuldig heraus.

Die Gardinen vor der offenen Balkontür wehten unheimlich. Doro lief ein eisiger Schauer über den Rücken, als das brausende Geräusch lauter wurde.

Noch keine fünf Uhr morgens. Begannen diese Wahnsinnigen etwa schon zu nachtschlafender Zeit mit den Bauarbeiten?

Kühler, frischer Regenduft drang ins Zimmer, und nun konnte Doro das Prasseln zuordnen. Mit einem erleichterten Seufzer kuschelte sie sich unter die Decke und schlummerte zum auf- und abschwellenden Regenplätschern ein.

Nur um irgendwann von einem Rappeln und Klappern hochgeschreckt zu werden, als führe eine Mini-Bahn direkt unterhalb des Zimmers vorbei. Mit schlafschwerem Kopf versuchte Doro, den Lärm zu identifizieren und zu entscheiden, ob sie nachsehen sollte. Kurz darauf rollte erneut etwas scheppernd über die Pflastersteine vom Gebäude weg. Lag der Hintereingang der Klinik etwa genau unter ihrem Fenster?

Per pedes

Freitag, 13. August, Bad Hasendorf

Dorothea Hammerblech:
Blutabnahme 7–7:45 Uhr (Salzquelle) – Mit Wartezeit.
Bitte kommen Sie <u>nüchtern</u>!
Frühstück 7–7:30 Uhr (Moorklinik)
Walking 7:45–8:45 (Salzquelle Hintereingang)
Reizstrom-/Elektro-Therapie 9–9:30 Uhr (Kurzentrum)
Krankengymnastik einzeln 10–10:30 Uhr (Salzquelle)
Mittagessen 11:30–12 Uhr (Speisesaal Moorklinik)
Medizinische Trainingstherapie 13:00–13:30 Uhr
(MTT – Moorklinik)
Abendessen 17–17:30 Uhr (Speisesaal Moorklinik)

Erscheinen Sie bitte zehn Minuten vor Beginn Ihrer Thera-
pien und bringen Sie aus hygienischen Gründen das bereitge-
stellte Laken zu jeder Anwendung mit.

Doro

»Ich muss los«, meinte Doro, während sie in legere

Sportkleidung schlüpfte. »Ins Vampirlabor.« Das befand sich passenderweise im Keller.

»Halte mir bitte einen Platz beim Frühstück frei!«, rief Esme aus dem Bad.

»Wenn ich es rechtzeitig schaffe, gern.« Doro musste sich schon sehr beeilen, damit die Zeit reichte, um zwischen den *Salzquelle*-Terminen noch ein Brötchen in der *Moorklinik* einzuschieben.

Der Lift der *Salzquelle* schob Doppelschichten, doch die Schlange der Wartenden wurde kaum kürzer. Außerdem strömten Menschen die Treppe daneben hinab, bepackt wie für eine Wüstenexpedition: Badesachen, Sportkleidung, Wasserflaschen und die allgegenwärtigen riesigen Bettlaken, die als Unterlagen auf Massagebänke und Gymnastik-Matten kamen. Sie hatten sich von vornherein mit allem Nötigen für die auswärtigen Anwendungen ausgerüstet, um nicht immer hin- und herlaufen zu müssen. Das lief zwar auf eine elende Schlepperei hinaus, aber Doro behielt es für die Zukunft im Hinterkopf.

Vor dem Eingang zum Hellweg-Tunnel knubbelten sich hungrige Menschen mit demselben Ziel. Wenn das so weiterging, konnte Doro ihr Frühstück vergessen. Sie machte kehrt und trat durch die Hintertür in den taufrischen Morgen. Der futuristische Glas-Tunnel war vielleicht die kürzeste Route – aber im Moment nicht die schnellste. Man kam ja auch außen herum, wie sie am Vortag festgestellt hatte.

Die Welt erwachte gerade, und obwohl bereits ringsum Baumaschinen in Stellung gebracht worden waren, ruhten die Arbeiten. Doro atmete auf. Sie war die Einzige auf der Kurpromenade. Vögel zwitscherten im Park nebenan, und sie hörte gelegentlich Autos auf der angrenzenden Eisenstraße.

Von fern glitzerte eine Fontäne im Sonnenlicht. Sie leitete Doro zu einem farbenprächtigen Mosaik-Brunnen. Hier weitete sich die Promenade zu einem kleinen Rondell, von dem aus Wege tiefer in die Grünanlage, die Fußgängerzone sowie grob in Richtung *Moorklinik* führten.

Doro wollte gern die Stille genießen und die Tropfen des Springbrunnens beobachten. Aber Zeit war ein knappes Gut.

Die Bagger waren bereits am vergangenen Tag über den Rand des Rondells hergefallen. Rot-weiß gestreifte Absperrungen umgaben die Baugrube bei der Parkmauer, verengten jedoch auch den Durchgang. Wasserlachen spiegelten die Morgensonne. Ihren weißen Sneakers zuliebe tänzelte Doro auf Zehenspitzen das freie Stück direkt bei der Baustelle entlang. In der Grube stand schlammiges Wasser, der nächtliche Wolkenbruch hatte die Seitenwände der Ausschachtung ausgespült und sogar Baumwurzeln freigelegt.

So seltsame Wurzeln hatte Doro noch nie g…

Sie gab einen erstickten Laut von sich. Was nach in die Baugrube ragenden Pflanzenteilen aussah, war ein Fußknochen!

Manuela

Manuela König gähnte mit halb geschlossenen Augen, als sie gegen sieben Uhr dreißig den Toyota Yaris kaum schneller als in Schrittgeschwindigkeit über die Eisenstraße beim Park steuerte. Ein Physiotherapie-Termin in aller Herrgottsfrühe war nicht gerade die erholsamste Art, den Tag zu beginnen. Wenigstens hatte sie genug Zeit eingeplant und das Frühstück ausfallen lassen. Sie benötigte morgens im Grunde nur einen Espresso, um den Startknopf zu drücken. Bedauerlicherweise fehlte in der Ferienwohnung eine entsprechende Maschine. Manuela würde im Ort schon etwas Koffeinhaltiges auftreiben oder Diana in der Physiopraxis ein Tässchen Kaffee abschwatzen. Wieder musste sie gähnen, und nun blendete auch noch die Sonne.

Als die Gestalt hinter dem mannshohen Lattenzaun hervor auf die Straße schoss, blieb Manuela kaum Zeit zu reagieren. Sie stieg auf die Bremse. Ruckartig kam der Toyota zum Stehen – nur Zentimeter von der Verrückten entfernt.

Obwohl der Wagen sie eigentlich nicht berührt haben konnte, verlor die Frau das Gleichgewicht. Sie rollte über die Motorhaube und stoppte, Nase voran, an der Windschutzscheibe. Entgeistert starrten die blauen Augen aus dem vom Glas geplätteten Gesicht.

Mit zittrigen Fingern löste Manuela den Gurt und stieg aus. Der Schreck war ihr in alle Glieder gefahren. »Sind Sie verletzt?«, fragte sie die Frau in der Sportjacke.

Die Blonde hatte sich schon aufgerappelt. Manuela sah kein Blut, allerdings wirkte die Dame fürchterlich geschockt. Wieso hatte sie beim Joggen nicht auf den Verkehr geachtet?

»Kommen Sie.« Vorsichtig wollte Manuela die Frau von der Straße ziehen, doch die schüttelte energisch den Kopf.

»Po…Polizei!«, stammelte sie. »Bringen Sie mich bitte schnell zur Polizei.«

Obwohl Manuela die kreidebleiche Joggerin lieber beim Arzt abgeliefert hätte, fuhr sie sie zum Präsidium. Falls die Frau bei der Polizei zusammenklappte, wussten die bestimmt, was zu tun war.

»Es tut mir sehr leid«, versicherte sie ihrer Beifahrerin, die sich als Dorothea Hammerblech vorgestellt hatte. »Aber Sie sind mir einfach vors Auto gerannt. Ich war kaum schneller als …«

»Mit mir ist alles okay«, unterbrach Frau Hammerblech. »Ich habe nur gerade …«

Sie war ganz offensichtlich ein Kurgast, denn sie erzählte eine konfuse Geschichte von einem Tunnel, dem Frühstücksraum der Klinik und einem Fuß in der Baugrube am Kurpark.

Was für eine skurrile Sache! Manuela sagte »Mh … mh« und nickte. »Sind Sie sicher, dass es sich um menschliche Überreste handelt?«, fragte sie. »Echte Knochen sehen anders aus als die sauberen Gerippe, die man in Filmen zu Gesicht bekommt. Können Sie die Farbe beschreiben?«

»So genau habe ich nicht hingeguckt!« Frau Hammerblech klang pikiert. »Aber ich weiß, wie Fußknochen aussehen!«

»Schade. Es wäre hilfreich, um herauszufinden, wie alt die Überreste sein könnten.«

Frau Hammerblech musterte sie befremdet. Schlagartig wurde Manuela bewusst, dass sie nicht mit jemandem aus ihrem Kriminalforum sprach.

»Ich habe mit Blut überhaupt kein Problem«, betonte Frau Hammerblech. »Aber ich finde, Knochen sollten einfach hübsch angezogen sein und nicht nackig herumliegen.«

Irgendwie schräg! Das heraufbeschworene Bild mit den »nackigen Knochen« erinnerte Manuela an etwas. »Ich glaube, ich weiß, was da los ist. In der Stadtchronik stand, dass der ummauerte Teil des Parks früher ein Friedhof war. Vielleicht sind durch die Erdbewegungen der Baustellen Überreste eines Grabes verrutscht oder weggesackt.«

»Die haben einfach Rasen darüber gesät?« Frau Hammerblech wirkte empört.

Manuela nickte. »Das passiert, je nach Alter der Anlage.«

Ein sichtlicher Schauder ließ ihre Beifahrerin erbeben.

Rasch fügte Manuela hinzu: »Natürlich werden die Gebeine in solchen Fällen geborgen und umgebettet.« *Oder man lässt buchstäblich Gras über die ganze Sache wachsen.*

»Meinen Sie, es wurde ein Knochen übersehen?«, wollte Frau Hammerblech wissen, als sie zur Polizeiwache einbogen.

»Gut möglich. So was kann passieren«, bestätigte Manuela. Sie ließ die Mitfahrerin aussteigen und fragte lediglich aus Höflichkeit, weil es ihr gerade gar nicht in den Zeitplan passte: »Soll ich Sie begleiten?«

Glücklicherweise lehnte Frau Hammerblech das Angebot ab.

Es klang nicht, als wollte sie eine Anzeige wegen des Unfalls aufgeben, doch Manuela mochte sich keine Fahrerflucht anhängen lassen. Daher tauschten sie vor dem Abschied Handynummern und Adressen aus.

Anschließend kramte Manuela den Terminzettel und das Handy hervor. *Zehn Minuten.* Eigentlich sollte sie mit Vollgas losbrausen. Doch sie drückte den Sperrbildschirm weg, der wechselnde Lieblingsfotos zeigte, kündigte bei der Physiotherapie eine Verspätung an und stopfte den Zettel zurück.

Sie starb beinahe vor Neugier herauszufinden, was die Joggerin tatsächlich gesehen hatte. Vielleicht hatte Frau Hammerblech einfach Blech erzählt, und es war nur ein Stein oder eine Wurzel. Aber falls es sich um einen Knochen handelte, würde die Polizei früher oder später aufkreuzen. Und dann wäre die Gelegenheit für

Fotos vorüber. So eine Sache konnte sich Manuela nicht entgehen lassen.

Manuela beugte sich für die Aufnahmen so weit über die Baustellenabsperrung, wie ihre Bandscheiben es zuließen. Sie spielte mit dem Gedanken, über die Barriere zu steigen, aber die Vorstellung, am lockeren Rand in die nasse Grube zu rutschen, schreckte sie zu sehr ab.

Sie erkannte auch ohne schmerzhafte Verrenkungen genug. Der Sturzregen der letzten Nacht hatte ganze Arbeit geleistet und einen knöchernen Fuß freigelegt, der auf halber Höhe der Ausschachtung im annähernd Fünfundvierzig-Grad-Winkel aus der Erde ragte.

Manuela zoomte mit fliegenden Fingern die Bilder der Handykamera näher heran, um den Fund bei Vergrößerung genauer zu betrachten. Waren das überhaupt echte Gebeine, oder hatte sich jemand einen schlechten Scherz erlaubt? Die schmutzig gelbe Färbung, die sich so deutlich vom Elfenbeinweiß anatomischer Modelle unterschied, sprach für Ersteres, ebenso die Überreste der kräftigen Bänder, die menschliche Fußknochen zusammenhielten. Bei den Zehen fehlten bereits Glieder. Der Zustand verriet eine gewisse Liegezeit.

Manuelas Herz fing an zu rasen. Auf der Suche nach weiteren verdächtigen Formen glitt ihr Blick über die Erdwand. Die übrigen Auswüchse waren nichts Aufregenderes als gekappte Wacholderwurzeln.

Hinter den üppigen Rhododendren auf der Parkseite war ein leises *Sssst Klack, Sssst Klack* zu hören. Manuela machte einige letzte Fotos und flitzte zu ihrem Termin.

Esme

Neben dem voll besetzten Speisesaal wies ein Schild mit

der Aufschrift *Patienten* Salzquelle in einen wunderschönen Wintergarten mit einem üppigen Frühstücksbuffet.

Esme sah darin wohl ein wenig verloren aus, denn eine der Damen vom Servicepersonal sprach sie sogleich an. »Suchen Sie sich einen eingedeckten Platz. Kaffee steht am Tisch bereit. Wenn Sie etwas brauchen, wir helfen gern.«

Esme bedankte sich und machte sorgfältige Schritte, in Koordination mit den Krücken. Da sie Doro nirgendwo entdeckte, stellte sie den prall mit Badesachen gefüllten Frida-Beutel an einem Zweiertisch ab. Hoffentlich kam ihr Gepäck heute an! Die Tasche platzte fast aus allen Nähten, doch es war nötig, sich gleich für mehrere Termine auszurüsten, wenn man trotz der großen Distanzen pünktlich sein wollte. Auf Dauer brauchte Esme eine andere Transportlösung, nämlich den dafür vorgesehenen Rucksack aus ihrem Koffer. Der würde auch verhindern, dass sie mit den Krücken laufend gegen die Tasche stieß.

Esme konnte es kaum erwarten, die blöden Gehhilfen loszuwerden! Schon das Kofferpacken war eine echte Tortur gewesen. Doch im Augenblick durfte die Gelenkprothese nicht überbelastet werden, damit alles richtig heilte und einwuchs. Wenn das klappte, so hatte Dr. Walder versprochen, brauchte Esme bloß noch eine einzelne Krücke. Eine freie Hand beim Laufen erschien ihr fast wie Luxus.

Sie trank den ersten Kaffee, und dabei wanderte ihr Blick durch den Wintergarten. Orangenbäume reichten bis unter die Glasdecke. Ein entzückender Miniaturbach plätscherte zwischen moosigen Steinen und einigen Farnen.

Esmes Tasse war bereits leer, aber von Doro keine Spur. Esme hatte auf ihre Hilfe beim Essen gezählt, schließlich war es unmöglich, die Gehhilfen und gleichzeitig Teller zu jonglieren.

Wo auch immer Doro steckte, Esme würde loslegen. Die Uhr tickte, und sie musste das Bewegungsbad für die Gymnastik erst mal finden. Vom Umziehen und Duschen ganz zu schweigen.

Esme zog die Krücken aus dem schirmständerähnlichen Haltering beim Tisch und ging zum Buffet, wo sie sich ein Brötchen und ein Schälchen Joghurt aussuchte. Beides brachte eine hilfreiche Servicekraft zum Platz.

Ringsum unterhielten sich die Leute über ihr Zuhause, über Therapien oder verschollene Unterlagen. Das führte Esme zu der Frage, wie Xenia wohl mit dem Laden zurechtkam. Bei dem gewaltigen Internetangebot heutzutage sprangen Kunden schnell ab, und ihre Nichte hatte sich noch nie länger als einen Nachmittag am Stück um das Geschäft kümmern müssen.

Esme seufzte. Sie würde eine Weile nicht zum Sortieren der Schuhkartons auf die Leiter steigen können. Oder in die Knie gehen, um Bräuten spitzenbesetztes Schuhwerk anzupassen. Dabei machte es ihr Spaß, für jeden Kunden und Geldbeutel die richtige Fußbekleidung zu finden.

Manuela

Auf der Rückfahrt von der Behandlung entdeckte Manuela auf Höhe des Brunnens tatsächlich einen Streifenwagen. Also nahm die Polizei die Sache ernst genug für eine Überprüfung.

Manuela parkte und schlenderte auf den mit Polizeiband abgesperrten Fundort zu. Schon von Weitem bemerkte sie aufgeregt gestikulierende Bauarbeiter. Senioren in windschnittiger Kleidung und mit Nordic-

Walking-Stöcken drückten sich am Rande der Absperrung herum. Einige hatten Getränke ausgepackt und kommentierten das unerwartete Spektakel, als säßen sie beim Kaffeeklatsch. Aus den ergrauten Schaulustigen stach ein schlaksiger Mann altersmäßig heraus. Er mochte dreißig oder vierzig Jahre alt sein oder etwas dazwischen.

Er hatte dichtes Kopfhaar, doch die Haare am Kinn hatten sich noch nicht entschlossen genug zu einem richtigen Bart geformt. »Möchtegernbart« verfolgte jede Einzelheit und tippte gleichzeitig auf einem Tablet herum.

Zwei Polizisten waren am Fundort. Der eine telefonierte. Seine Kollegin befragte parallel die Bauarbeiter.

»Meine Leute haben nichts angerührt!«, beteuerte der Vorarbeiter laut genug, dass Manuela alles verstand. Er schlug mit der Faust bekräftigend in die freie Hand. »Und ich kontrolliere persönlich vor Feierabend die Arbeiten. Da war auch gestern nur die Erdwand zu sehen.«

Die Polizistin bedankte sich und schickte die Männer weg. Sie verließen geschlossen den Fundort in Richtung Café, wohl zu einer vorzeitigen Frühstückspause.

Ihr Abzug eröffnete eine Schneise, durch die Manuela nah genug an den Ort des Geschehens gelangte, um auch das Telefonat zu belauschen. Der Polizist schien mit dem Friedhofsamt zu sprechen, um etwas über die frühere Belegung des Geländes herauszufinden. *Bingo!*

Sie brannte darauf zu erfahren, wovon die Polizei in diesem Fall ausging. War das bloß ein abgetrennter Fuß? Wie bei den gruseligen Vorfällen an der kanadischen Küste, wo einzelne in Schuhen steckende Füße angespült worden waren? Oder verbarg sich da noch ein dazugehöriger Körper in der Erde?

Der Beamte tätigte einen weiteren Anruf, doch nun

sperrte seine Kollegin den Bereich weiträumig ab, sodass Manuela nicht länger spionieren konnte.

Es gehörte zu ihren Prinzipien, keine Bilder von Unfällen oder Einsatzkräften ins Netz zu stellen. Aber das hier …

Kurz entschlossen hockte sich Manuela auf die Brunneneinfassung und schickte das aussagekräftigste Knochen-Foto per Handy an die »Tastaturermittler«.

@all
>>Schleichkatze: Wie alt, was denkt ihr?

Die erste Antwort ließ nicht lange auf sich warten.

>>Nekrolog: Kontext?

>>Schleichkatze: Knochenfund. Unbekannt. Heute.

>>BestBestFriend: Wow, wo bist du?

>>Armitage: Wie tief lag der Fund?

Es folgten einige Rückfragen über die Bodenbeschaffenheit und ein paar Vermutungen. Aber gerade, als die Diskussion richtig losging, spitzten sich vor Ort die Ereignisse zu.

Ein Mercedes Sprinter rollte langsam durch den Menschenauflauf. Ihm entstieg ein Mann, der verschiedene Alu-Koffer entlud, ehe er einen weißen Ganzkörperanzug überstreifte.

Jetzt wünschte sich Manuela auch ein Getränk, denn wie es aussah, würde das hier länger dauern.

Doro

Die Beamten hatten sich die Fundstelle zeigen lassen und Doro im Anschluss gleich bei der Klinik aus dem Streifenwagen gelassen. Sie eilte zum Sammelpunkt ihres Walking-Trainings, doch dort wartete niemand mehr. Ihre nächste Anwendung ging erst in einer Stunde los.

Doro hatte noch nichts gegessen, aber die Frühstückszeit war auch abgelaufen. Was blieb ihr übrig?

Sie schlenderte in Sportkleidung zum Café *Sterngucker*. Die Bewegung sorgte für die innere Balance, und gegen das Loch im Magen halfen ein herzhaft belegtes Brötchen und ein *Pott Kaffee*, wie es in der Karte so nett hieß. Und es war sogar Platz für einen Blaubeer-Muffin. *Mhhhh!*

Trotz der frühen Stunde war Doro beileibe nicht der einzige Gast. Zwei Frauen unterhielten sich über eine Kochsendung.

»Ich gucke das wegen des süßen Barkeepers!«

Ein beidseitiger Seufzer.

»Aber der Koch …«

Doro verdrehte die Augen und griff wieder zu ihrer Lektüre vom Vortag, dem eselsohrigen *Picnic-Magazin*. Sie überblätterte den Bericht über den »gepökelten Mann« von Bad Westernkotten und vertiefte sich stattdessen in eine Fotostrecke zu skandinavischer Wohnkultur.

Nichts war beruhigender, als Bilder unrealistisch aufgeräumter Wohnzimmer von unglaublich gut gekleideten Familien zu betrachten. Bekamen die eigentlich Geld dafür, in einer Möbelausstellung zu wohnen?

Doro zog den Therapieplan heraus. Ihr Blick blieb an einer Zeile hängen: *Termine, die nicht mindestens zwei Stunden vor Beginn im Stationszimmer abgesagt werden, müssen wir Ihnen in Rechnung stellen.* Sie musste so schnell wie möglich erklären, wieso sie das Walking verpasst hatte, aber am besten persönlich. Außerdem wurde es Zeit, das Hygiene-Laken für die nächste Behandlung einzustecken ...

Reizstrom-/Elektroschock-Therapie 9–9:30 Uhr (Kurzentrum)

Doro zuckte zusammen und las erneut. Nein. Da stand *Elektrotherapie. Puh!*

Danach war **Krankengymnastik einzeln** (*Salzquelle*) und um *11:30 Uhr* das **Mittagessen** in der *Moorklinik.*

Das würde ja ein schöner Zickzacklauf werden!

In den Räumen der Elektrotherapie empfing Doro der Duft von Voltaren und Verzweiflung.

»Sie bekommen eine Iontophorese-Behandlung«, erklärte die Therapeutin, als Doro den Therapiepass zum Abstempeln vorwies.

»Das hat aber nichts mit Elektroschocks zu tun, oder?«

Die Behandlerin konnte sie beruhigen. »Sie spüren höchstens ein leichtes Kribbeln. Dabei wird ein Schmerzmittel in Salbenform mithilfe eines schwachen elektrischen Stroms tief in das Gewebe geschleust.« Das sollte der Vorbereitung auf den Krankengymnastik-Termin im Anschluss dienen.

Doro zog Schuhe und Hose aus, dann wurden ihre Knie gesalbt. Tatsächlich stand die schmerzlindernde Creme in tetrapackgroßen Dosierspendern zur Verfügung. Anschließend brachte die Helferin je zwei Elektroden an feuchten Schwämmen an, die rochen, wie nasse Schwämme eben riechen. Ein wenig nach Cabanossi, wenn er in den Regen geraten war.

Der Strom wurde eingeschaltet und aufgedreht, aber

bis auf das angekündigte Kribbeln nahm Doro nichts weiter wahr. Gut, von unerwarteten Schocks hatte sie für heute genug.

Während der Behandlung entspannte sie sich vom aufreibenden Vormittag. Dabei strich ihre Frohnatur heraus, welch Glück es doch war, dass sie bei dem Unfall allenfalls blaue Flecken davongetragen hatte. Frau König hatte sich nach dem Zusammenstoß um sie gekümmert und sie zur Polizei gebracht. Nun plagten Doro Schuldgefühle, weil sie ihr nicht einmal gedankt hatte. Ungewollt wurde sie dann Zeugin, wie in der Nebenkabine jemand über ein Zelt am Kurpark redete.

»Ja«, bestätigte die Therapeutin nebenan. »An der Bühne für unser Krimifestival am Wochenende. Autorenlesungen, ein Detektiv-Quiz mit Preisen. Das wird eine tolle Sache.«

»Nein, ein kleines Zelt auf der Kurpromenade direkt bei der Baustelle!«, beteuerte der Patient. »Da laufen jetzt Leute in weißen Anzügen herum, und die Polizei war da.«

»Da können Sie mal sehen, was Sie als Kurgast alles geboten bekommen.«

Doro schluckte. Aus war es mit der Entspannung.

Die zwei in der benachbarten Kabine redeten noch eine Weile aneinander vorbei, aber Doro lief ein Schauer über den Rücken. Sie hatte den Park auf dem Rückweg vom Café gemieden, um nicht wieder mit Skelettteilen konfrontiert zu werden. Das klang verdächtig nach Spurensicherung.

Fünfzehn Minuten vergingen, zwischendurch wurde der Strom nachjustiert. Tatsächlich betäubte die Behandlung ihr Zipperlein, und Doro fühlte sich vollkommen aufgeladen. Unterwegs durch die Hellweg-Röhre zum letzten Vormittagstermin nickte sie einigen Mitpatienten zu. Irgendwie traf man sich ja dauernd beim Warten auf die Therapien oder auf dem gläsernen Pilgerweg.

Die Frohnatur bekam Oberwasser, und Doro ließ sich bei der Krankengymnastik nur zu gerne von dem Therapeuten mit flottem Man Bun anfeuern.

Daher war sie rechtschaffen hungrig, als sie sich kurz nach elf Uhr wiederum durch den Tunnel zum Mittagessen aufmachte. Da warteten wenigstens keine unliebsamen Überraschungen, und Knochen gab es allenfalls an den Koteletts auf dem Tisch!

Doro motivierte sich mit einem stummen Sprechgesang. *Runter zum Aufzug. Rüber durch die Röhre, die Büsche und den Bach. Raus ins Kurzentrum. Rennen über den Flur. Rauf in den Lift. Rein in die Röhre über Gebäude und Straße hinweg. Rastlos in den Korridor der Moorklinik – fast da!*

Doro erspähte ihre Zimmergenossin vom Eingang des Speisesaals aus. Auf den Tellern stapelten sich Rinderrouladen mit Kartoffeln und Rotkohl sowie Nudelauflauf für die fleischlose Fraktion. Doros Frohnatur machte einen kleinen Hüpfer. Rouladen gehörten zu ihren Lieblingsspeisen. Doro hatte kaum Esme gegenüber Platz genommen, da trat auch schon eine Dame vom Servicepersonal heran. Die Speisen auf den Servierwagen verströmten appetitanregende Aromen, und ihr lief das Wasser im Munde zusammen.

»Welches Menü hatten Sie bestellt?«

»Wir sind erst gestern angekommen und hatten noch keine Gelegenheit …«

»Sie können heute aus beiden Menüs wählen. Und für die kommende Woche nehmen Sie bitte einen Plan vom Tisch am Eingang und kreuzen Ihre Wünsche an. Einfach gleich in den Korb legen.«

Doro nickte. »Einmal die Rouladen.«

Esme bestellte den Nudelauflauf.

Die Dame konsultierte eine Liste und fragte nach ihren Zimmernummern, um sie abzuhaken.

Im Gegensatz zu Doro hatte Esme die Nummer sofort parat, doch statt ein Kreuzchen zu machen und ihnen das Essen zu reichen, runzelte die Bedienung die Stirn. »Sie wohnen beide dort?«

Der Teller stand in Reichweite, und der köstliche Duft der Sauce mit einem Hauch Essig versetzte Doros Magen in gehörige Aufregung. Knochenfunde schienen den Stoffwechsel anzukurbeln.

Sie machte eine ungeduldige Geste, aber die Frau zögerte. »Wer von Ihnen ist denn die Begleitperson?«

»Warum?«, fragte Esme nach. Sie äugte zum Servierwagen.

»Begleitpersonen sind angehalten, drüben im *Sälzer-Bistro* als Selbstzahler zu essen. Gleich beim Wintergarten«, erwiderte die Servicekraft. »Der Speisesaal ist nur für Patienten.«

»Wir – sind – doch – Patienten!«, entgegnete Doro. Ein stetig lauter werdendes Magenknurren unterstrich jedes Wort. Nach der kräftezehrenden Gymnastik stand sie kurz davor, sich den Teller einfach zu schnappen.

»Aber Sie sagten, Sie wären im Doppelzimmer untergebracht. Die sind für mitreisende Ehepartner oder Begleitpersonen für betreuungsintensive Patienten.« Die Servicekraft runzelte die Stirn. Hielt die Frau sie für Schnorrer?

Doro erklärte mit aufweichender Geduld die Sachlage.

»Also, wenn das so ist …« Die Bedienung wirkte skeptisch, aber da gerade ein Pulk ausgehungerter Gäste eintraf, stellte sie beiden rasch das Essen hin.

Esme und Doro sahen sich an. »Umbau!«, sagten sie
wie aus einem Munde.

Esme

Nachdem der drängendste Hunger gestillt war, lehnte
sich Esme zurück. Sie wollte Doro wegen der Früh-
stücksverabredung nicht gleich mit Vorwürfen über-
schütten. »Weißt du schon das Neueste?«

Doro kratzte die Saucenreste mit der letzten Kartoffel
zusammen. »Sind deine Koffer da?«

Esme schüttelte den Kopf und nahm sich den Nachtisch. »Es gab einen Vorfall im Park. Ein Kurgast ist in
eine Baugrube gestürzt, fast ertrunken und hat dort ein
Skelett entdeckt.«

Doros Augen wurden groß und rund. Ihr Mund, der
voller Kartoffel steckte, stand plötzlich still. Sie schluckte
und wirkte ziemlich perplex. »Wo hast du das denn
her?«

»Beim Training in der Muckibude haben sich zwei
Männer darüber unterhalten. Und jemand hat beobachtet, wie die Polizei eine Frau aus unserer Klinik abgeführt hat.«

»Aber das stimmt nicht!«, stieß Doro aus.

»Denkst du, ich hab mir das ausgedacht?«, fragte
Esme gekränkt. »Und wo warst du überhaupt heute
Morgen? Wir wollten doch zusammen frühstücken. Weil
ich so lange auf dich gewartet habe, bin ich beinahe zu
spät zur Wassergymnastik gekommen!«

Doro wurde ein wenig bleich. »Tut mir leid wegen
des Frühstücks. Aber was du erzählst, ist Quatsch.«

»Also hömma!« Was war denn mit Doro los?

»Ich … ich … meinte das vom Park«, stotterte diese.

»Mit dem Reinfallen. Mit dem Skelett! Das war ganz anders.«

Esme merkte auf. »Lass hören!«

»Ich bin am Park vorbei zur *Moorklinik* gegangen. Da habe ich bei der Baustelle den Fuß gesehen. Ich meine, *Knochen.*«

»Du? Im Ernst?« Arme Doro!

»Ja!« Ihre Zimmergenossin druckste herum, als hätte man sie bei einer Missetat ertappt. »Nur *ein* Knochen. Ich wollte das sofort melden, doch auf dem Weg zur Klinik hätte mich fast ein Auto umgenietet.«

Sie erzählte von dem Unfall und schob ihr unangetastetes Nachtischschälchen weg. Die Angelegenheit schien ihr den Appetit verdorben zu haben. »Jedenfalls hat man mich *nicht* abgeführt«, stellte sie richtig. »Ich bin bloß im Polizeiauto zur Klinik zurückgefahren.«

Esme hatte inzwischen ihren Vanillepudding gelöffelt. Sie holte mit einem Seitenblick Doros Einverständnis ein und nahm sich nun deren Nachtisch vor. *Nervennahrung!* »Wie groß war der Fuß? Hast du den Schuh auch gesehen?«

»Wen interessiert's? Das ist Angelegenheit der Behörden!«

»Ist doch spannend.« Natürlich war ihr Interesse an eventueller Fußbekleidung *rein beruflich.*

»Das wird aufgebauscht«, verkündete Doro resolut und erklärte dann, wie um Rückfragen zuvorzukommen: »Der Zipfel des Kurparks soll früher ein Friedhof gewesen sein. Frau König – also die Frau, die mich über den Haufen gefahren hat – meinte, der Knochen wäre ein Überrest von damals.« Plötzlich vergrub sie den Kopf in den Händen. »Warum bin ich da bloß langgegangen? Nun musste ich mich schon am ersten Tag wegen des verpassten Walking-Termins entschuldigen.«

»Aber du bist eine Zeugin. Überleg mal, die Arbeiter hätten einfach weitergebaggert und dabei etwas zerstört.«

»Dann wäre mir einiges erspart geblieben. Können wir bitte aufhören, darüber zu reden. Versprich mir, keinem zu erzählen, dass ich da drin verwickelt war.«

Esme nickte.

Doro

Die Gerüchteküche brodelte munter vor sich hin und verdrängte beinahe das allgegenwärtige Klagen über die täglichen Wanderstrecken.

Bei den Therapien kursierten reißerische Geschichten, und Doro musste sich zusammennehmen, um nicht mit der Wahrheit herauszuplatzen.

Es war bereits nach fünf Uhr, als sie Esme wieder über den Weg lief. Fest entschlossen, heute zur Abwechslung mal das Abendessen wahrzunehmen, machten die beiden sich auf den Marsch durch den Hellweg-Tunnel zur *Moorklinik*.

Im hinteren Teil des Speisesaals, direkt am Küchentrakt, war ein Selbstbedienungsbereich aufgebaut. Genaueres konnte Doro nicht erkennen, da eine Reihe leerer Servierwagen davorstanden.

»Such uns bitte Plätze, Esme. Was soll ich dir mitbringen?«

»Egal, Hauptsache kein Fleisch.«

Doro wollte Esme und sich nur schnell zwei Brotscheiben mit Gouda auftun. So weit der Plan. Die Ernüchterung folgte auf dem Fuße. Soweit sie sehen konnte, war das mit Brot und Aufschnitt bestückte Buffet bis auf Krümel, vereinzelte Wurstscheiben und Käserinden geplündert. Im Hintergrund belegte das Servicepersonal gerade die Platten neu.

Ganz am Rand lag eine einzelne vergessene Brotscheibe. Doro atmete tief ein und holte Schwung, um sich durch die Wagen zu schieben.

»Bitte warten Sie noch fünf Minuten, bis Sie dran sind!«, rief eine der Frauen und schloss mit dem letzten Servierwagen die Barrikade vor dem Buffet.«

Von wegen barrierefreier Zugang.

»Aber …« Doro war zu verdutzt, um das Missverständnis aufzuklären.

»Lassen Sie die erste Gruppe in Ruhe zu Ende essen. Wir machen dann wieder für die zweite Gruppe auf«, versprach die Servicekraft und verteilte gestresst Schälchen mit Quarkspeise auf die Servierwagen.

Tatsächlich sammelte sich im Foyer vor dem Speisesaal bereits eine ausgehungert wirkende Menschentraube.

»Ich gehöre zur ersten Gruppe«, murmelte Doro. Ihre Abendbrotschicht dauerte noch fast zehn Minuten. Das genügte ja wohl für ein Glas Wasser und ein Brot.

Leider konnte sie die Bedienung von heute Mittag nirgendwo entdecken. Die hätte sich vielleicht an sie erinnert, nachdem es so einen Wirbel um die angebliche Begleitperson gegeben hatte.

Die Schlange draußen wurde mit jedem verstreichenden Augenblick länger. Die Patienten hielten Papiere in der Hand. Musste man sich etwa ausweisen? Doro tastete nach dem Terminplan, aber zwischen dem riesigen Laken, der inzwischen leeren Wasserflasche und dem sonstigen Krimskrams konnte sie ihn gerade nicht finden. Vielleicht lag er auf dem Zimmer.

Unschlüssig ging sie zu Esme zurück. »Hast *du* deinen Terminzettel dabei?«, fragte sie in der vagen Hoffnung, auf Umwegen noch zu einer Schnitte Brot zu gelangen.

Esme schüttelte den Kopf. »Hab ich vorhin ins Postfach gelegt, damit er nicht verloren geht.«

Doro trat von einem Fuß auf den anderen. Nach diesem ereignisreichen Tag protestierten ihre Knie, und sie hatte eine richtige Wut im Bauch. Bei der Kur hatte sie ihr Nervenkostüm aufbürsten wollen. Ruhe und Achtsamkeit praktizieren.

»Ich könnte eine warme Mahlzeit vertragen, nicht nur Bütterkes«, meldete sich da Esme und legte ihr die Hand auf die Schulter. »Mir bleibt zum Kochen meist nur abends Zeit.«

Doro ließ aufgestaute Luft ab wie eine Dampflok. »Geht mir ebenso.« Insgeheim hatte sie gehofft, dass zum Abendessen wenigstens eine Suppe gereicht würde. »Das *Sälzer-Bistro* schließt vor fünf. Wie lange hat denn der *Sterngucker* auf? Da standen auch pikante Gerichte auf der Karte.«

»Keine Ahnung. Doch da gibt es ein Lokal hier gleich um die Ecke. *Pasta-Palast.*«

Mh, ein schöner Teller Nudeln und ein gepflegtes Glas Rotwein dazu … Doros Laune hob sich.

»Wenn dir das nicht zu viel zu laufen ist«, deutete sie an und rieb ihre schmerzenden Knie. Solange Esme das schaffte, bekam sie selbst das auch hin.

Es wurde ein lustiger Abend mit Pannacotta als krönendem Abschluss, ehe sie frisch beseelt heimwärts starteten.

Menschen saßen zur lauen Abendstunde mit Biergläsern und Cocktails vor den Lokalen. Raucher standen vor Gaststätten, aus deren halb geöffneten Türen Gelächter und Speisedüfte quollen.

»So langsam bekomme ich den Eindruck, die Renovierung der Klinik und Verlegung des Speisesaals gehören zu einem ausgeklügelten Programm zur Förderung der örtlichen Gastronomie«, sagte Doro, nachdem sie zum wiederholten Male Mitpatienten zugenickt hatten, die es sich außer Haus gut gehen ließen.

»Leicht haben die Lokale es momentan nicht. Ich schätze, der Baulärm schreckt Laufkundschaft ab«, merkte Esme an.

»Wäre die Kur wegen fehlender Unterkunft geplatzt, wäre mir das auch fast egal gewesen. Ich hatte mich auf Ruhe und Erholung eingestellt. Schließlich tobt schon vor meiner Wohnung in Köln eine Dauerbaustelle!«

Esme seufzte. »Wenigstens sitzt *du*, was Kleidung betrifft, hier nicht auf dem Trockenen!«

Während Esme kleine Wäsche im Handwaschbecken machte, zog es Doro auf den Balkon und in einen grandiosen Sonnenuntergang. Der Park war in Schatten gehüllt. Krähen kreisten knapp oberhalb der Wipfel und landeten schließlich krakeelend im Schlafbaum, der größten Eiche weit und breit.

Bei den Vogelrufen überfiel Doro Heimweh. Vor etlichen Jahren waren in der Kölner Gegend exotische Alexandersittiche entkommen und hatten sich während der warmen Winter fleißig vermehrt. Nun nisteten die kleinen Papageien an der Rheinpromenade und veranstalteten abends regelmäßig ein großes Spektakel. Der Boden dort war gesprenkelt von ihren Ausscheidungen. Als Passant lief man unterhalb der Nistplätze am besten mit Kopfbedeckung herum. Oder war schnell genug, wie die Radfahrer.

Doro äugte noch ein letztes Mal zu dem Zelt der Spurensicherung bei der Baustelle. Welch ein Tag!

Tod am Friedhof

Samstag, 14. August, Bad Hasendorf

Dorothea Hammerblech:
Frühstück 7 – 7:45 Uhr (Moorklinik)
Mittagessen 11:30 – 12 Uhr (Speisesaal Moorklinik)
Abendessen 17 – 17:30 Uhr (Speisesaal Moorklinik)

Doro

Da am Wochenende keine Anwendungen stattfanden, schlief Doro länger und ließ das Frühstück einfach sausen. Sie redete sich ein, dass sie ausschlafen wollte. In Wahrheit graute ihr vor weiteren kriminalistischen Spekulationen.

Schließlich weckten sie metallisches Klirren und hochtourige Motorsägen. Verschlafen beobachtete sie vom Balkon aus, wie ein Bautrupp Hand an die schönen Kastanien legte, die den Hof umsäumten, der nun halb abgesperrt war.

»Die Arbeiter haben ein neues Betätigungsfeld gefunden!«, meinte sie zu Esme.

»Ja, die bereiten alles für die Großbaustelle vor! Die Parkplätze und die Wiese müssen bald dran glauben.«

Woher wusste Esme das nun wieder? Sie summte schon den ganzen Morgen vor sich hin. Vielleicht hatte sie ja Lust, gleich mit ihr zum Brunch ins Café zu gehen. Doro dachte ebenfalls über einen Besuch des Thermalbads nach.

Der Anruf erreichte sie während der Morgentoilette.

»Sperling hier vom Empfang. Frau Hammerblech, könnten Sie bitte herunterkommen? Es wartet ein Polizeibeamter auf Sie.«

Eine Welle der Aufregung jagte durch Doros ganzen Körper. O Gott, war etwas mit Julia passiert?

Sie schluckte schwer. Dann fiel ihr ein anderer Grund für die Anwesenheit eines Polizisten ein, und sie überlegte, ob sie verhaftet werden sollte.

»Meine Tasche mit Geld und Papieren«, murmelte sie angespannt, zog sich ein Oberteil über und fuhr sich noch einmal durchs Haar, ehe sie den Riemen der Handtasche umlegte. Sie steckte das frisch geladene Handy ein.

»Was ist los?«, fragte Esme.

»Polizei!«, brachte Doro nur heraus und versuchte, sich zu sammeln. »Esme, wenn was ist, kümmerst du dich um den Bonsai?« Sie rasselte die wichtigsten Gießregeln herunter und verhaspelte sich dabei mehrfach.

»Klar!«, murmelte Esme anschließend und brachte ihre Augenbrauen unter Kontrolle, die zwischen »erstaunt« und »beunruhigt« auf und ab wanderten. »Wird schon nichts Schlimmes sein.«

Doro drückte den Rufknopf des Lifts und wünschte, sie könnte einfach in ein anderes Stockwerk fahren und von da durch den Glastunnel verschwinden.

Doch natürlich stieg sie im Erdgeschoss aus.

Es war ein anderer Beamter als am Vortag. Er nannte einen Namen, aber Doro war zu aufgeregt und vergaß ihn sofort.

Frau Sperling begleitete sie beide in den kleinen Aufenthaltsraum der Klinik, der zu dieser Stunde leer war.

Hinter einigen Sesseln und einer Couch standen Taschenbücher auf einem Regal. Ein Stapel Tageszeitungen lag auf dem Beistelltisch. Für das leibliche Wohl sorgten ein Gerät für Heißgetränke und ein bulliger Snack-Automat mit gekühlten Getränken, Chips und Süßwaren.

»Hier wird Sie niemand stören!«, versprach Frau Sperling betont fröhlich, schloss von außen die Tür und hängte ein *Privat*-Schild auf.

Jetzt hielt Doro es nicht mehr aus. »Ist etwas mit meiner Familie passiert?«

»Keine Sorge!«, meinte der Beamte. »Ich bin noch einmal wegen Ihrer Zeugenaussage da.«

Doros Blick wanderte zum Kaffeeautomaten. Sie musste ihre Hände beschäftigen. »Möchten Sie auch eine Tasse?«, erkundigte sie sich wie eine gute Gastgeberin, als sie eine Münze einwarf und sich einen Becher Kakao zapfte. Kaffee wäre in ihrem Zustand eine schlechte Idee.

Der Polizist lehnte ab. »Es geht um Ihre Meldung von gestern früh. Können Sie sich noch daran erinnern, wie genau der Fundort zu dieser Zeit ausgesehen hat?«

Doro gab Kaffeesahne in das dampfende Getränk, um den Geschmack abzurunden. Sie nippte am Kakao und verbrannte sich fast die Zunge. »Da war der Knochen, der so herausragte.« Sie zeigte die Stellung mit ihrem eigenen Fuß. »Ich bin vor Schreck auf die Straße gelaufen, und eine Autofahrerin hat mich gleich zum Präsidium gebracht.«

»Und im Park?«

»Da war niemand zu sehen. Auch keine Arbeiter!«

»Sind Ihnen sonst ungewöhnliche Dinge aufgefallen?«

Doros Erinnerung versagte komplett. Es war eine ernste Sache, oder? Wegen eines vergessenen Knochens würde die Polizei bestimmt keinen Beamten herschicken.

»Bitte rufen Sie sich alles genau ins Gedächtnis. Haben Sie etwas verloren oder aufgehoben? Lag da etwas Auffälliges herum. Schwamm irgendwas im Wasser?«

»Blä…Blätter?« Es war zwecklos, mehr wusste Doro nicht, und das sagte sie auch.

»Haben Sie sich der Baugrube weiter genähert? Fotos gemacht? Vielleicht mit einem Spazierstock in der Erdwand gegraben?«

»Nein. Über die Absperrung zu gucken hat mir gereicht!«, antwortete Doro empört.

»Darf ich Sie fragen, ob Sie nach sieben Uhr morgens in der Stadt einen Termin hatten?«

Sie schüttelte vehement den Kopf. Das wurde ja immer besser! »Da wollte ich eigentlich frühstücken.«

»Ja.« Er machte sich Notizen. »Da wäre noch eine Kleinigkeit. Ihre Klinik ist doch per Lauftunnel direkt mit der *Moorklinik* verbunden. Wieso sind Sie zum Frühstück die Promenade entlanggegangen? Das ist schließlich ein Umweg.«

»Das war kaum ein extra Schlenker, und ich wollte ein bisschen Sauerstoff tanken. Im Tunnel steht die Luft! Außerdem vermeidet man beim Weg außen herum die Baustelle. Im Kurzentrum nebeln die gerade alles ein.«

»Aber im Park und dem anliegenden Bereich wird doch ebenfalls gebaut!«

Doro gab ein belustigtes Schnauben von sich, und ihr angestauter Ärger verdrängte jede Scheu. »In Hasendorf braucht man sich bloß umzudrehen, schon sprießen neue Baugruben aus dem Boden, wie Pilze nach dem Regen! Außerdem habe ich vom Balkon aus gesehen, dass man zu Fuß an der Baustelle vorbeikommt.«

Der Polizist dankte ihr und verabschiedete sich.

Kopfschüttelnd wollte Doro sich auf den Rückweg machen. Als sie den Kakaobecher im Papierkorb entsorgte, geriet sie an den Zeitungsstapel und riss die oberste herunter.

Beim Aufsammeln der einzelnen Blätter stach Doro die Überschrift *Tod am Friedhof* ins Auge. Darunter stand etwas kleiner: *Stört die Umgestaltung der Innenstadt die Totenruhe?*

Das dazugehörige Foto zeigte die Baugrube mit dem Fuß, der Knochen war gerade so unkenntlich gemacht. Am äußeren Rand lag, von einem Eichenblatt fast verdeckt, ein Fetzen Papier mit der vorgedruckten Abkürzung für »Freitag«, und dem handschriftlich ergänzten *7 Uh…*.

Es handelte sich um die Ecke eines Terminzettels. Doro kannte die gängigen Modelle, die als Werbegeschenke von Pharmafirmen in den Praxen landeten.

Der Beitrag darunter kommentierte kritisch die ausufernden Baustellen und die daraus folgenden Belästigungen der Kurgäste sowie den Schaden für die Geschäfte der Innenstadt.

Mannomann! Doro steckte die Zeitung ein. Das Thema musste in der Klinik wirklich nicht noch breitergetreten werden.

Manuela

Manuela ließ entsetzt den *Börde-Anzeiger* fallen, den sie mit den Frühstücksbrötchen beim Bäcker um die Ecke geholt hatte. Jeder Gedanke an einen gemütlichen Start in den Samstag verflog. Sie atmete tief ein und überflog die Zeilen, die sich wie eine lokalpolitische Abrechnung mit dem Bürgermeister lasen. Und dazu das abgedruckte Foto ohne Copyright-Angabe, das ihr verdächtig bekannt vorkam!

Sie ermahnte sich zur Ruhe. Erst mal überprüfen, ob das überhaupt ihr Bild war. Manuela rief die Foto-Galerie auf und wurde rasch fündig. Der Winkel stimmte, und sie erkannte sogar den Zipfel des halb verdeckten Terminzettels wieder.

Ihre Hände fingen an zu zittern, als sie hektisch nach dem Zettel der Physiopraxis wühlte. Fehlanzeige! Sie hatte den Wisch auf dem Polizeiparkplatz das letzte Mal bewusst gesehen. War er vor der Baugrube aus ihrer Hosentasche gerutscht, als sie sich für die Aufnahmen hingehockt hatte?

Das hätte ihr schon früher auffallen sollen. Gewöhnlich war Hasendorf derart sauber und aufgeräumt, dass so gut wie kein Müll herumlag.

Ihr Terminzettel, ihr Foto. Und es gab nur einen Weg, wie dieses Bild in die Zeitung gekommen sein konnte.

Digital Detox – light war vergessen. Manuela machte den Laptop startklar.

Eine Minute später loggte sie sich wütend ins Forum ein und überlegte, ob sie bei den *Tastaturermittlern* jemals den Kurlaub erwähnt hatte. Hatte sie eine Andeutung zu viel fallen lassen? Es wäre kein Wunder, wenn jemand das dort als *Challenge* auffasste und eins und eins zusammenzählte. Wer wollte sie auf diese Weise bloßstellen?

@all
>>Schleichkatze: Also, wer von euch war das? Wer hat mein Foto geleakt?

Doro

Auf dem Rückweg stieß Doro beinahe mit dem Hausmeister zusammen, der auf einem Karren zwei Koffer transportierte. Esme, ein Stück hinter ihm, grinste ihr triumphierend zu. Nun war das Gepäck also gekommen.

»Was war denn los?«, fragte Esme, während sie warteten, dass der Lift wieder herunterkam.

»Der Polizist hatte nur ein paar Fragen. Dann habe ich das hier gesehen.« Doro zeigte ihr die aufgeschlagene Zeitung.

»Viel erkennen kann man von dem Knochen ja nicht«, meinte Esme. »Aber …«

»Was?« Doro wurde neugierig.

»Siehst du das da? Das Papier ist glatt und scheint trocken zu sein.« Esme deutete auf die Ecke des Terminzettels am Bildrand. »Dabei hat es am frühen Morgen geschüttet wie aus Eimern.«

Doro erinnerte sich an die vielen Pfützen und nickte. »Der hat da noch nicht so lange gelegen, sonst wäre er wellig.« Ob die Polizei das auch registriert hatte?

Sie gab den Inhalt des Gesprächs wieder, und Esme hatte eine Theorie: »Die wollten wissen, ob das Foto entstanden ist, nachdem du den Fund gemeldet hast, oder schon vorher.«

Das leuchtete Doro ein.

Nach dem Mittagessen räumte Esme Kleider in ihre Schrankhälfte.

Doro studierte derweil den dicht gepackten Behand-

67

lungsplan für die kommende Woche, der gerade im Postfach gelegen hatte. Eine Facharztvisite am Dienstag, Freitag Walking, dazu abwechselnd Bewegungsbad, Medizinische Trainingstherapie, Elektrotherapie, Ergotherapie, Krankengymnastik bei Mr. Man Bun in der *Salzquelle*. Und zur geistigen Erbauung ein Vortrag in der *Moorklinik*.

Von wegen: *morgens Fango, abends Tango*. Die Tage waren bis zum Abendessen gut ausgefüllt. Doro konnte von Glück sagen, wenn sie es nach dem Pensum überhaupt ein letztes Mal durch den Hellweg-Tunnel ins Zimmer schaffte!

Sie griff zu ihrer aktuellen Lektüre *Unter dem Korsett* und wurde in das Leben und Leiden einer Korsettmacherin im historischen Birmingham gesogen. So merkte sie gar nicht, wie die Zeit verging, bis Esme mit einem befriedigten »So!« den Fernseher einschaltete. Es wurde derart laut, als hätte eine Abrissbirne sie in eine Menschenmenge katapultiert.

Doro sah von den bedruckten Seiten auf. Ein Sportkommentator quasselte, die Kamera zeigte Bilder eines Stadions voller aufgeputschter Fans. »Was guckst du da?«, fragte sie, da hatte Esme ihr bereits eine kleine Chipstüte in die eine und ein blau-weißes Fähnchen in die andere Hand gedrückt. Wo hatte sie denn das Zeug her? Sag bloß, aus dem Koffer?

»Bundesliga Eröffnungsspiel! Schalke gegen Werder Bremen. Da freue ich mich seit drei Tagen drauf.«

Das Match war nicht einmal angepfiffen, schon spielten sich die Moderatoren lautstark Informationen zu.

Öhm. »Und was ist mit Abendessen?«

»Das sparen wir uns.« Esme deutete auf die Chips. »Ich habe zwei Tüten aus dem Snack-Automaten besorgt.«

Doro erinnerte sich an das reichhaltige Angebot des Geräts, das im Haus wohl als Ersatz für fehlende Küche und Speisesaal diente. »Also …« Sie wollte kein Fußball sehen. Und zu lesen, während Esme ihre Mannschaft anfeuerte, war unmöglich. Wie sollte sie ablehnen, ohne sie vor den Kopf zu stoßen?

»Sei bitte nicht böse, aber ich habe was anderes vor!«, wandte sie laut genug ein, um gegen den aufgedrehten Ton anzukommen. »Ich wollte zur Therme.« Doro gab das Fähnchen von Schalke 04 zurück.

»Zusammen Fußball gucken macht viel mehr Spaß.« Esme klang enttäuscht. »Und wenn nun der 1. FC Köln spielen würde?«

»Mein Heimatort hat gar nichts damit zu tun«, rechtfertigte sich Doro. »Ich hab mit Fußball nun mal nichts am Hut!«

Die beiden ignorierten sich die nächste Viertelstunde auf äußerst zivilisierte Weise, bis Doro mit einem kurzen »Tschüss« verschwand.

Ihr extraflauschiger Frotteemantel guckte oben aus der Schwimmtasche hervor wie ein rosa Teddybär. Doro seufzte. Das gute Stück sollte wenigstens mit ins Thermalbad, wenn sie ihn wegen der widrigen Umstände vor Ort schon nicht brauchte. Sie genierte sich, im Bademantel durch drei Häuser zu den Therapien zu ziehen. Und ihn mit zu den Therapien zu schleppen und dort erst an- und sofort wieder abzulegen war Irrsinn. Doro biss sich auf die Unterlippe. Vor der Reise hatte sie sich alles so schön ausgemalt: vom Zimmer aus direkt im Frotteemantel zu den Terminen schweben, dann zurück, um nach der Massage oder dem Moorbad noch ein bisschen zu ruhen, damit die Therapie sinnvoll nachwirkte. Stattdessen rannte sie, für ein halbes Dutzend Anwendungen zugleich beladen, in der Gegend herum. Von Entspannung keine Spur.

Die Therme lag außerhalb der Innenstadt auf der anderen Seite des Kurparks. Auf dem Plan des Fremdenverkehrsbüros wirkte der Weg wie ein Katzensprung, zumindest mitten durch die schattige Grünanlage mit dem wunderschönen Eichenbestand.

Doro hatte unterwegs mit Spaziergängern gerechnet, jetzt, da die schlimmste Hitze vorbei war. Stattdessen lief sie in eine Menschenmasse vor einer Bühne. Hier war irgendeine Musikveranstaltung im Gange. Ein Kurkonzert? Nein, die Töne des *Kriminal-Tangos* brachten Doro schließlich auf die richtige Spur. Das Krimi-Event.

Kurz darauf steckte sie in dem Pulk bierglastragender Leute fest. Ihr Arm mit der voluminösen Sporttasche wurde lang, und sie schwitzte ordentlich. Sie hätte doch den Trolley nehmen sollen!

Wo der Hund begraben liegt

Manuela

Die ganze Stadt sprach über den Knochenfund. Der als Ablenkung gedachte Besuch des Krimi-Events *Todesursache: Westfale* wurde zu einer Quelle der Informationen.

Manuela erfuhr, dass Polizisten einen Fußknochen in der Baugrube entdeckt hatten. Und zwar *im* Wasser. »Kripoangelegenheit«, hieß es woanders. Also handelte es sich nicht bloß um ein bei der Umbettung vergessenes Körperteil, sondern um einen *Fall.*

Ihr wurde heiß und kalt. Hatte sich der Fuß von alleine gelöst, oder war der Fundort in der Viertelstunde zwischen dem Foto und dem Eintreffen der Polizei verändert worden? Hatte jemand sie beim Fotografieren beobachtet?

Bei der Bühne stand wieder dieser seltsame Mann mit dem dünnen Bart, der ihr am Freitagmorgen schon aufgefallen war.

Wenn nun herauskam, wem der Terminzettel gehörte und wer *vor* der Spurensicherung Fotos gemacht hatte, die Abweichungen zeigten?

Ihr wurde flau. Wann immer sie sich im Internet auf

71

Verbrecherjagd begab, versuchte sie zwar, sich in die Täter hineinzudenken, um ihnen auf die Spur zu kommen. Aber das Gefühl, dass bei den Behörden nun jemand möglicherweise genau das Gleiche tat, um *sie* ausfindig zu machen, war überhaupt nicht anregend.

Doro

Der Park war so voll, dass Doro kaum von der Stelle kam.

Der *Kriminal-Tango* endete. Ein Mikro kreischte Rückkopplungsgeräusche, und die Menge wandte sich zur Bühne. »Auf der Soester Börde und am Hellweg sind das allzu Menschliche und Kriminalistische nicht fern«, begrüßte sie der Organisator. »Heute wollen wir Geschichten regionaler Autoren aus dem Bäder-Dreieck vorstellen.«

Bäder-Dreieck, dachte Doro, das klang fast nach dem berüchtigten Bermudadreieck.

»Schirmherr der Veranstaltung ist Bürgermeister Robert Eichler, seines Zeichens Bauunternehmer und unser amtierender Schützenkönig. Möchten Sie vielleicht ein paar Worte sagen, Herr Bürgermeister?«

Jubelrufe. Beifall.

In der geplant spontanen Art vorbereiteter Coups trat Eichler auf die Bühne. Der Mann kam Doro vage bekannt vor. Richtig, in einem Monat waren Wahlen, die Plakate mit seinem Karpfengesicht hingen bereits. Einige Zuhörer in der Nähe unterhielten sich über den rührigen Politiker, der jeden Morgen zu Fuß ins Rathaus kam.

Der Bürgermeister schwadronierte über den lauen Abend und den Kurpark, der zu den schönsten im Umland gehörte und bald noch weitaus … Seine Partei hatte sich stets dafür eingesetzt, Baulücken zu schließen, was insbesondere den Geschäftsleuten zugutekam. »Genießen Sie die Atmosphäre und geben Sie nicht allzu viel auf Gerüchte, die durch den kleinen Stopp der Bauarbeiten gestern aufkamen.« Ein böser Blick zu zwei Leuten mit Fotoapparat und Notizblock folgte.

Ob die beiden für den *Börde-Anzeiger* arbeiteten, die Zeitung, die das verpixelte Foto des Knochens veröffentlich hatte?

Eichler verließ die Bühne, und einige Zuhörer nutzten die Gelegenheit, um sich Getränke zu besorgen.

Eine bekannte Gestalt schlängelte sich zu Doro herüber: Frau König. Doro setzte ächzend die Badetasche ab. Beim nächsten Mal würde sie überdenken, ob sie wirklich drei Handtücher, eine Wasserflasche und die komplette Haar-und Haut-Pflegeserie mitnahm. Der Bademantel war bereits gestrichen. Definitiv.

»Wie ist es bei der Polizei gelaufen?«, fragte Frau König so leise, dass die Leute ringsum nichts mitbekamen.

»Gut«, sagte Doro. Sie ertappte sich dabei, wie sie das kleine Muttermal auf Frau Königs Wange anstarrte. »Angeblich wurde ich ja verhaftet, aber das ist Quatsch. Die Polizei wollte heute nur mehr Einzelheiten wissen.«

Ihr Gegenüber lächelte gequält. »Ich hoffe, Sie konnten sich erholen. Oder muss ich die Versicherung einschalten?«

Doro winkte ab. »Nur blaue Flecken vom Rüberkugeln.« Frau König musste ja einen schönen Eindruck erhalten haben. »Verzeihung, dass ich gestern so konfus geklungen habe. Danke für die Fahrt zum Präsidium.«

»War doch selbstverständlich.« Frau König rieb sich das Ohrläppchen, das keck unter ihrem rötlichen Pixie Cut hervorlugte. »Entschuldigen Sie meine Neugier. Hat die Polizei inzwischen Genaueres über den Fund verlauten lassen?«

»Nein«, meinte Doro knapp und leicht irritiert. »Ich kenne nur Gerüchte. Und was in der Zeitung zu lesen war.«

Beide standen einen unbehaglichen Moment beieinander, dann erinnerte sich Doro an etwas. »Wohnen Sie eigentlich in Hasendorf, Frau König? Sie haben mir gestern eine Bielefelder Adresse aufgeschrieben.«

»Oh! Ich mache eine offene Badekur für meine Wirbelsäule und bin derzeit in der *Ferienanlage Sonnabend* untergekommen.« Sie zwinkerte. »Ein Stück außerhalb, dafür mit W-Lan.«

»Das kostet sicher ein nettes Sümmchen!«, bemerkte Doro.

»Ich bezahle lediglich das Drumherum. Die Therapien im Kurzentrum hat mir mein Orthopäde verschrieben.«

»Ah. Das Kurzentrum durchquere ich täglich mehrfach. Vielleicht laufen wir uns da mal über den Weg.« Doro erklärte ihre Unterbringung in der *Salzquelle*, das Speisesaaldrama und die Aufteilung der Behandlung auf drei Häuser.

»Da ist ja hoher persönlicher Einsatz gefragt«, befand Frau König. Jede Verlegenheit wie die, als es um die Aussage gegangen war, war verschwunden. Nun wollte Doro sich eigentlich verabschieden, doch da drang verführerischer Grillgeruch an ihre Nase.

»Sie interessieren sich auch für Literatur?« Frau König deutete mit der einen Hand auf das geknautschte Taschenbuch, das aus der Seitentasche ragte, und verteilte mit der anderen großzügig Senf auf ihrer »XXL-Genießerwurst«.

Doro biss erst von der Scheibe des knusprigen »Bauernbrots aus dem Holzofen« ab, der neben dem Grill am

Rande des Festivals aufgebaut war. Als Nächstes probierte sie den Zipfel der »Bratwurst aus westfälischem Wildschwein«. Sehr würzig und kross. »Also, ich lese schon gern«, erklärte sie zwischen zwei Bissen. »Vor allem historische …«

In diesem Moment hob der Moderator auf der Bühne an: »Darf ich Sie nun um einen Begrüßungsapplaus bitten? Unser erster Gast hat beruflich mit Büchern zu tun und widmet sich in der Freizeit ebenfalls der Literatur. Ludger Pfennig, Buchhändler aus Bad Hasendorf.«

Begeisterung im Publikum.

Da sie hinten standen, sah Doro von dem Autor nicht mehr als einen grauen Haarschopf und eine im Scheinwerferlicht blitzende Brille.

»Da bin ich aber mal gespannt.« Frau König wandte sich nach vorn.

Doro schluckte den Rest ihres Abendessens herunter. Das wäre jetzt *die* Gelegenheit, sich auf den Weg zu machen. Doch sie fühlte sich nun satt und angenehm träge. Vielleicht war es ganz gut, den Kopf mal mit Worten zu fluten, um auf andere Gedanken zu kommen.

»Ich freue mich über das große Interesse. Hoffentlich an der Literatur und nicht nur aufgrund der aktuellen Vorkommnisse im Kurpark«, sagte Pfennig.

Gemurmel im Publikum. Anscheinend war jeder über die jüngsten Ereignisse im Bilde.

»Mein Krimi ist mir beim Sortieren von Novitäten eingefallen. Doch es geht mitnichten um einen Buchhändler, der von Stapeln unverkaufter Exemplare erschlagen wird.«

Ein Großteil der Zuhörer lachte.

»Sein Laden ist so überfüllt, dass man vor Bücherstapeln kaum zur Kasse durchkommt«, flüsterte Frau König, die wohl mitbekam, dass Doro nur Bahnhof verstand.

»An geheimnisvollen Orten und ungelösten Kriminalfällen herrscht im Bäder-Dreieck ja kein Mangel«, fuhr Pfennig fort. Unwillkürlich dachte Doro an den ungeklärten Mordfall aus dem Magazin. »Der gepökelte Mann«, sagte sie und erntete einen anerkennenden Seitenblick.

»Um Gerüchten vorzubeugen, möchte ich versichern, dass ich mit den vorkommenden Figuren in *Kill your darlings first* weder verwandt noch verschwägert bin«, leitete Pfennig die Lesung ein.

Die Geschichte überraschte Doro.

Es ging um einen Apotheker, der unter schweren Verlustängsten litt. Sein Irish Setter wurde langsam älter, und der Gedanke, dass der Hund eines Tages unerwartet sterben würde, ließ einen schrecklichen Plan in der Hauptfigur reifen. Der Mann redete sich ein, dass er die Kontrolle zurückgewinnen und das geliebte Tier selbst töten musste, um diese ausweglose Situation auszuhalten. Denn nur so konnte er sich innerlich vorbereiten …

Der Apotheker schritt zur Tat und bettete den Hund in einer nahen steinzeitlichen Grabstätte zur letzten Ruhe.

Danach lebte er regelrecht auf, da er nicht mehr befürchten musste, dass ihm das Schicksal das Haustier entriss.

Die Erzählung endete damit, dass die Mutter des Apothekers aus gesundheitlichen Gründen zu ihm zog. Eines Morgens beschlich ihn die Angst, sie könne unvermutet sterben … Und *aus.*

Traurig, fand Doro, etwas empört und fasziniert zugleich! Das war mehr als ein Zack-Rübe-ab!-Mordspek-

takel, und so was hätte sie einem Hobbyautor nicht zugetraut.

Der Applaus kam zögerlich, nachdem das Ende ge-
sackt war.

»Puh, keine leichte Kost. War das überhaupt ein echter Krimi?«, überlegte Doro laut. »Da sollte es um die
Aufklärung eines Verbrechens gehen, oder?«

Frau König zuckte die Achseln. »Die Geschichte lässt
sich jedenfalls nicht in eine Schublade stecken. Ich wundere mich, woher Pfennigs Inspiration stammt!«

»Ich hoffe nur, er hat keine Eltern oder Haustiere
mehr!«, murmelte Doro, da wurde auf der Bühne bereits
die zweite Autorin vorgestellt.

Manuela

In der Pause vor dem nächsten Auftritt verabschiedete
sich Frau Hammerblech: »Eigentlich wollte ich ins Thermalbad! Wissen Sie zufällig, wie lange die Anlage geöffnet ist?«

Manuela wischte den stündlich wechselnden Sperrbildschirm ihres Handys weg, gerade ein Urlaubsfoto
von Korsika. Zwanzig Uhr durch – und es war immer
noch um die achtundzwanzig Grad Lufttemperatur. »Da
ist Saunanacht. Es dürfte ziemlich voll sein!«

Frau Hammerblech seufzte. »Ich wollte mich erfri-
schen. Aber ich glaube, nun wird es eher die kalte Dusche auf dem Zimmer werden.«

Manuela kam gerade eine Idee. Ihr Gegenüber kannte
den Fall des »gepökelten Mannes«. Und sie las. Vielleicht teilen sie noch mehr Interessen. Nach den jüngsten
Ereignissen brauchte Manuela Abstand von den Foren-
kollegen. »Ich plane für morgen eine Spitztour zur Möh-

netalsperre. Hätten Sie Lust, mich auf eine Bootsfahrt zu begleiten?«

»Gerne. Das hört sich prima an. Kann ich meine Mitbewohnerin mitbringen? Esme kommt mit den Krücken sonst nirgendwo hin.«

Das konnte Manuela schlecht ablehnen. »Ich bin verblüfft, dass es in den Kliniken noch Doppelzimmer gibt.«

Ihr Gegenüber lachte auf. »Das ist eine Geschichte für sich, die erzähle ich morgen. Hier geht es ja weiter.«

Sie nickte zur Bühne, wo gerade die Musik stoppte und der Moderator den letzten Gast des Abends ankündigte.

»Ich freue mich schon«, sagte Manuela. »Soll ich Sie beide um zehn bei Ihrer Klinik abholen?«

»Besser vor der *Moorklinik*, dann bleibe ich nach dem Frühstück dort – das spart gleich die Tunneldurchquerung.«

Eine Seefahrt, die ist lustig

Sonntag, 15. August, Soester Börde

Dorothea Hammerblech:
Frühstück 7–7:45 Uhr (Moorklinik)
Mittagessen 11:30–12 Uhr (Speisesaal Moorklinik)
Abendessen 17–17:30 Uhr (Speisesaal Moorklinik)

Doro

Sie fuhren Pappelalleen entlang, vorbei an Mähdreschern, durch kleine Orte, häufig nur Gehöfte, direkt an der Landstraße. Das Grün ringsum sah nach dem langen Sommer vertrocknet und staubig aus.

Doro war auf dem Rücksitz untergekommen. Esme saß wegen ihrer Hüfte auf dem geräumigeren Beifahrersitz. Manuela und sie hatten sich auf Anhieb verstanden. Mit dem voll gepackten Auto und der gehobenen Stimmung bekam die Tour etwas von einem Schulausflug.

Esme las alle Schilder am Wegesrand vor. *Landfrische Eier und Milch*, hieß es auf einer handgeschriebenen Tafel am Scheunentor. Ein Stück die Straße hinunter bot die nächste Hofschaft *Mehl in Bio-Qualität* an.

Doro streckte den Kopf zwischen die vorderen Sitze. »Das reicht schon für Pfannkuchen!«

Beim folgenden Ortsschild passierten sie eine Brennerei mit Werksverkauf verschiedener Obstbrände. »Schnaps als Absacker!«, meinte Manuela.

»Mh. Pfannkuchen ohne alles sind langweilig.« Doro war erst zufrieden, als sie an einem Bauernhaus ein Pappschild mit Preisen für Pflaumen und Nüsse fand. Ganz schön früh dieses Jahr, dank der Hitze! »Pflaumenmus.«

Sie kabbelten sich darüber, ob Pfannkuchen ein vollwertiges Gericht oder eine Nachspeise seien. Und dann ging es darum, wer den nächsten Belag erspähte.

Doro frohlockte, als sie in der Ferne eine Zuckerraffinerie entdeckten. »Rübenkraut!«

»Gratuliere!«, rief Manuela. »Die erste Runde Getränke geht auf dich.«

»Das hat mir keiner gesagt«, protestierte Doro launig und ließ den Blick über die von Alleen zerteilten Felder schweifen.

»*Steinkistengrab*«, las Esme. Sie hatte sich auf die braunen Schilder verlegt, die längs der Straße auf landschaftliche Sehenswürdigkeiten hinwiesen. »Hört sich schön gruselig an!«

Manuela merkte auf. »Da schauen wir auf dem Rückweg genauer nach. Jetzt würde ich gern das Schiff erwischen.«

Direkt an der Staumauer des Möhnesees befand sich ein Kiosk mit Zeitschriften, Andenken, Süßigkeiten und Informationsmaterial. Da etwas Zeit bis zur Abfahrt blieb, stöberten Doro, auf dem Kopf ein schmaler Sonnenhut, und Esme im Angebot. Manuela war in ihr Handy vertieft.

»Guck mal! *Doro und das Gold des Möhnesees.*« Esme wedelte ihr mit einem Flyer vor dem Gesicht herum: Werbung für einen Abenteuer-Minigolfplatz, angelehnt an den Stil der Filme um den abenteuerlustigsten Archäologen Hollywoods.

»Sollen wir da auf einen Abstecher hin?«, fragte Doro.

Esme hob eine der Krücken. »Da muss ich leider passen.«

Ein Pärchen nebenan redete über die Darstellung der geborstenen Staumauer auf einer Postkarte. Während des Zweiten Weltkriegs hatten die Briten in einem ausgefuchsten Flugmanöver die Talsperre mit einem neuen Typ Rollbomben angegriffen. Aus der entstandenen Lücke war eine gewaltige Flutwelle durch die dahinterliegende Ortschaft gerauscht und hatte im Umfeld Tod und Verwüstung hinterlassen.

»Ach, hier war das!«, erinnerte sich Esme. »Der Vater meines Vermieters erzählte, wie das halbe Ruhrgebiet überschwemmt war. Die Postkarte bringe ich ihm mit.« Sie ging mit der Karte zur Kasse.

Manuela löste sich vom Telefon. »Das Flugmanöver soll als Vorlage für den Angriff auf den ersten Todesstern gedient haben«, steuerte sie nun bei. »Bei *Krieg der Sterne.*«

»Was du so weißt«, meinte Doro, und es klang ironischer als beabsichtigt. Sie schob den Hut zurecht. Die Sonne stach zur Mittagszeit regelrecht, allerdings war es angenehm windig, so dicht am Wasser. Ringsum herrschte reges Treiben, Wander- und Radwege luden zum Erkunden der Wälder ein, außerdem war für Sport und Spaß auf dem See gesorgt. Ausflügler und Freizeitsportler nutzten die guten Bedingungen, Boote mit Anglern bevölkerten den See. Das friedliche Bild der Talsperre ließ sich schwer mit dem Gedanken an den Tag im Mai 1943 vereinbaren.

Wie in der Fahrplanbroschüre geraten, bezahlten Manuela und Doro im Schiff ihr Mittagessen gleich zusammen mit dem Ticket. Doro wählte Erbseneintopf mit Sauerländer Bockwurst, Manuela entschied sich für ein Schnitzel mit Kartoffelsalat.

Zu Mittag herrschte in der Kombüse Ausnahmezustand, und die Fritteusen liefen auf Hochtouren.

»Das riecht ja wie in der Pommesbude«, monierte Doro, als sie Platz genommen hatten. »Apropos – was willst du denn essen, Esme?«

»Mir reicht das Kuchenbuffet.« Esme wartete, bis die beiden ihr Hauptgericht verspeist hatten, und spendierte allen zum Nachtisch Kaffee und Kuchen. »Als Dankeschön für den schönen Ausflug!«

Die drei ließen sich Pfirsichboden, Käsekuchen mit Rosinen und ein Stück Erdbeertorte mit Sahne schmecken.

Danach zog es sie an Deck, um sich den Wind um die Nase wehen zu lassen. Esme setzte sich unter den Sonnenschirm, die beiden anderen lockte die Reling.

Das Schiff fuhr von der Staumauer aus zuerst in einen schmalen Ausläufer des Sees. Doro blickte die Bordwand hinab ins gleißende Wasser, eine Hand an der Krempe, damit der Wind ihr nicht den Hut vom Kopf riss.

»Warum lächelst du?«, fragte Manuela. Sie zog eine Sonnenbrille auf.

»Das hier erinnert mich an Dampferfahrten mit der *KD* auf dem Rhein«, sagte Doro ein wenig verträumt. »Als Kind, während der Sommerferien.« In rascher Folge blitzten Erlebnisse auf wie die Sonnenstrahlen auf dem See. »Wir haben den ganzen Tag so verbracht, vorbei am Binger Mäuseturm und an Burgruinen. Ich habe auf dem Loreley-Felsen nach einer echten Nixe Ausschau gehalten.«

Dass Doro die wogenden Wasserpflanzen an den Anlegern für grüne Nymphenhaare gehalten hatte, verschwieg sie verschämt.

Um sie herum tollten Kinder, rannten und spielten Fangen, trotz aller Ermahnungen der Eltern.

Doro schluckte. Ihre eigene Kindheit schien ewig lange zurückzuliegen, der Fluss der Zeit hatte sie fortgetragen. Zu einem Job voll Mobbing, dem sie in die Ehe mit Jürgen entflohen war, sobald sich Julia angekündigt hatte.

Wenige Jahre darauf die Trennung. Ihr Mann hatte den gemeinsamen Bekanntenkreis auf seine Seite gezogen, aus Rache, weil man Doro das Sorgerecht für Julia zugesprochen hatte.

Sie schüttelte entschlossen den Kopf und setzte ein frisches Lächeln auf. Sie würde sich den schönen Tag nicht von der Vergangenheit verderben lassen!

Links, oder genau gesagt backbord, näherte sich das Schiff einer Landzunge. Sie war kahl, bis auf eine zerzauste Fichte am äußersten Rand. Die wenigen grünen Äste des Baumes waren landwärts ausgerichtet, wie Wegweiser in die Zukunft.

Ganz verzaubert meinte Doro, in den Umrissen der Fichte einen grün gewandeten Magier zu erkennen, der sich auf den Stamm wie auf einen Stab stützte.

Das Kind, das Nixenhaar gesehen hatte, steckte noch in ihr.

Manuela

Doro schaute verträumt aufs Wasser, Esme chillte im Schatten und telefonierte. Manuela genoss einfach die Gesellschaft. Es tat gut, einmal aus der Stadt herauszukommen, deren Infrastruktur vor allem auf gebrechliche Menschen ausgelegt war.

Das Schiff wendete, fuhr am anderen Ufer entlang und kam dem schroffen Landzipfel mit dem einsamen Baum ein Stück näher. Man sah nun auch die von einem früheren Unwetter niedergerissenen Stämme, ausgedörrt und braun wie Treibholz.

Manuela zückte ihr Smartphone und machte einige Fotos von der urigen Fichte ganz vorn. Dabei drehte sie sich unglücklich. Das jähe Ziepen längs der Wirbelsäule erinnerte sie schmerzlich daran, dass sie vor lauter Vorfreude die morgendliche Tablette vergessen hatte. Bemerkenswert, dass sie stundenlang ohne das Medikament ausgekommen war. Sie legte das Handy ab, kramte die Schachtel aus der Handtasche und spülte die Schmerztablette mit einem Schluck Wasser herunter. Als sie die Sachen verstauen wollte, hielt ihr Doro hilfreich das Telefon entgegen. Doch von einer Sekunde auf die andere versteifte sie sich. Doros Augen wurden rund und starr.

»Alles in Ordnung?« Manuela folgte dem Blick der neuen Freundin. Der Sperrbildschirm des Handys zeigte ausgerechnet ein Foto des skelettierten Fußes. Sie hätte sich am liebsten geohrfeigt. Wieso hatte sie die Aufnahmen nach dem Kopieren auf den Laptop auch nicht vom Telefon gelöscht?! Im Augenblick gab es dank Digitaldiät kaum andere Bilder, und das verringerte natürlich die Auswahl für die Slideshow-App.

»Du, ich …« setzte Manuela an. Daumen und Zeigefinger wanderten unwillkürlich zum Ohrläppchen.

Doros Gesicht lief rot an. »Hast du den Zeitungsfritzen das verraten?«

Manuela schüttelte den Kopf, zu einer anderen Antwort kam sie bei Doros Wortschwall nicht.

»Die Polizei hat mich gestern noch mal befragt, weil sie dachte, *ich* hätte etwas mit dem blöden Artikel zu tun«, fauchte sie aufgebracht. »Jetzt verstehe ich auch, warum. Und du hast keinen Pieps …« Sie brach ab und rang nach Luft.

»Ich bin unschuldig«, hakte Manuela ein. »Ja, ich habe ein paar Bilder gemacht, ehe die Polizei alles abgesperrt hat. Doch ich wollte nicht, dass das Foto öffentlich wird. Das war rein aus privatem Interesse.«

»Privat?«, Doros Tonfall wurde schriller, und ein Hauch Verachtung schwang in ihrer Stimme mit. »Wer guckt sich denn so etwas zum Spaß an?«

Manuela fühlte sich zu Unrecht angegriffen. »Ich finde ungelöste Kriminalfälle und Geheimnisse interessant, na und? Es tut niemandem weh. Bin ich deswegen jetzt ein schlechter Mensch?« Sie schluckte. »Ich konnte nicht ahnen, dass so was passiert oder dass dich die Polizei ausquetschen würde.«

»Aber wie kommen dann die Fotos in die Zeitung?«

Das wollte Manuela selbst gern wissen. »Mir ist es ein Rätsel, wie das Foto ausgerechnet in Hasendorf aufgetaucht ist. Ich habe den *Tastaturermittlern* vertraut!«

Die Forengemeinschaft war ein bunter Haufen, den das gemeinsame Interesse an mysteriösen Vermisstenfällen und ungeklärten Verbrechen zusammenhielt. In einem privaten Bereich, zu dem man sich den Zutritt erst »verdienen« musste, ging es jedoch um Persönliches, Kochrezepte, Eheprobleme, Arbeitsstress. Es gab echte

Online-Freundschaften. Nun aber hatte Manuelas Vertrauen in die User einen Knacks bekommen.

Mitten in der Erklärung zu den *Tastaturermittlern* tauchte Esme neben ihnen auf.

»Was ist denn los?« Hatte sie den Streit mitbekommen?

Doro schien gerade loslegen zu wollen, also blieb Manuela wenig anderes übrig, als Esme einzuweihen, ehe sie die ganze Geschichte künstlich aufgebauscht von Doro erfuhr.

»Klingt spannend«, sagte Esme daraufhin. »Wie bist du ausgerechnet auf dieses Hobby gekommen?«

Gute Frage. Wie sollte Manuela ihre Faszination für ungelöste Verbrechen begreiflich machen?

»Es gab so was wie einen Auslöser. Als ich dreizehn Jahre alt war, ist während der Sommerferien einer meiner Mitschüler verschwunden. Ich war nicht mit Mark befreundet, er stammte nur aus unserer Siedlung.« Sie schluckte. »Es macht einen Riesenunterschied, ob man von einem Vermisstenfall bloß hört oder denjenigen kennt.«

»Ist der Junge weggelaufen?«, wollte Esme wissen.

»Das hat man zuerst vermutet. Die Behörden haben Nachbarn und alle Schüler unserer Klasse einzeln befragt, doch es kam nichts raus. An einem Samstagmittag zwei Wochen später kreiste ein Hubschrauber über der Stadt. Wie ein Lauffeuer verbreitete sich die Nachricht, dass jemand eine Kinderleiche entdeckt hatte.

Ein regelrechter Treck hat sich in Richtung des Waldstücks aufgemacht, in dem der Polizeihelikopter gelandet ist. Ich war mittendrin und in heller Aufregung, aber auch neugierig. Bei aller Sorge um Mark, war das für uns Kinder wie ein Fall wie bei den *Drei Fragezeichen*, nur in echt. Es kursierten die wildesten Gerüchte.« Manuela erinnerte sich an das allgegenwärtige Blaulicht und die Sirenen. Und die Mutmaßungen, die zwischen Unglück beim Spielen, Tierangriff und Suizid hin und her sprangen wie Flipperkugeln.

»Das Gelände war abgesperrt, aber die Schaulustigen versammelten sich auf dem Waldweg wie bei einem Freiluftkonzert. Bei dem Polizeiaufgebot wurde bald klar: Sie hatten Mark gefunden, und er war das tote Kind.«

Manuela hatte keine Erklärung für den Gefühlswirrwarr von damals. Was immer sie zum Fundplatz gelockt hatte, war aufregend, Furcht einflößend und schlimm zugleich gewesen. Unerklärlich tragisch, doch auch eine Sensation im wochenendmüden Alltag, der sich wie Kaugummi zog. Sie hatte sich schuldig gefühlt für den Nervenkitzel, den sie bei allem Entsetzen auch empfand. Trotzdem, sie hatte mehr darüber wissen wollen. Die Wahrheit.

»Im Laufe von vierzehn Tagen war aus einem Mitschüler das Opfer eines Verbrechens geworden. Aber damit war es nicht vorbei, im Gegenteil. Es begann gerade erst, nachdem klar wurde, dass es sich um einen Mord handelte und höchstwahrscheinlich jemand aus unserer Siedlung darin verwickelt war.«

Die Tat zog Kreise. Es gab Auswirkungen auf die Menschen. Verdächtigungen fraßen sich wie ein Flächenbrand durch die Straßen und hinterließen Misstrauen. »Vor allem, da man den Täter bis heute nicht gefunden hat.« Manuela schluckte.

Erst mal herrschte Schweigen.

»Ich finde deine kriminalistische Begeisterung trotzdem merkwürdig«, murmelte Doro verständnislos.

»›Merkwürdig‹ sind Leute, die ihr Essen fotografieren«, befand Esme. »Wie der Schmachtlappen da drüben, der sogar noch die Speisekarte knipst. Der sollte lieber was essen, sonst reißt ihn noch der Wind auf den See hinaus.«

Manuela hatte mehr preisgegeben, als sie eigentlich wollte. Verlegen wandte sie sich der Ecke zu, in der Esme vorhin gesessen hatte. Es versetzte ihr einen kleinen Schock, als sie sich Auge in Brille mit Möchtegernbart wiederfand, diesmal in Touristenkluft. Manuela beschlich ein vages Unwohlsein. Beim Versuch, Teller und Speisekarte ins Bild zu bekommen, hätte der Kerl sie ebenso gut unbemerkt fotografieren können.

»Wer?«, fragte Doro, die ihr Erschrecken offenbar bemerkt hatte.

»Nicht umschauen«, wisperte Manuela. »Der Typ da hat am Fundort der Knochen jede Bewegung der Polizei beobachtet. Gestern beim Krimifestival hat er sich Notizen gemacht. Der ist so auffällig unauffällig.« Dass der spillerige Mensch mit dem dünnen Bart dauernd am selben Ort aufkreuzte wie sie, kam Manuela langsam seltsam vor. Sie war froh, dass die Sonnenbrille ihr ein wenig Anonymität bot.

»Vielleicht ein Verehrer? Soll ich ihn auf einen Kaffee zu uns einladen?«, schlug Esme grinsend vor.

Doro lachte nervös auf.

»Besser nicht!«, wehrte Manuela ab. »Ich glaube, ich bin wegen dieser Fußgeschichte wohl ein bisschen paranoid.«

»Das hast du dir dann selbst zuzuschreiben«, bemerkte Doro spitz. »Kann ja sein, dass das dein Internet-Freund ist, der sich nun im *real life* an dich heranpirschen will.«

Unwillkürlich prustete Manuela los. »Echt jetzt?« Doros Entrüstung war urkomisch.

Doro nickte nachdrücklich. »Ich finde, du solltest mit der Geschichte zur Polizei gehen und alles erklären.«

»Na, die werden sich ja freuen! Auf dem Bild ist ein alter Knochen zu sehen – und im *real life*«, fügte Manuela mit leisem Spott hinzu, »gibt es andere Probleme, um die sich die Polizei kümmern muss.«

»Irgendwas ist daran seltsam«, beharrte Doro. »Der Beamte ist ganz schön darauf rumgeritten, ob ich was angefasst oder da verloren hätte.«

»Der blöde Terminzettel«, entfuhr es Manuela. »Vielleicht meinten sie ja den. Der ist mir aus der Tasche gerutscht.« Das war zugegeben ein Problem, das nach hinten losgehen könnte. »In Bielefeld hätte niemand darauf einen zweiten Blick verschwendet. In einer Stadt ohne Müllproblem fällt so etwas natürlich doppelt auf.« Die Hasendorfer Abfalleimer wurden fleißig benutzt und alles Übrige so zeitnah weggeräumt, dass man fast an Magie glauben konnte. Das Foto *und* der Zettel bildeten eine üble Kombination …

Doro verschränkte die Arme vor der Brust. »Sag ich doch, du musst das melden! Nun erst recht«.

»Ich schlafe eine Nacht drüber!«

Doro

Die ausgelassene Stimmung hatte einen Dämpfer erhalten, und Doro fühlte sich dafür verantwortlich. Manuela folgte auf dem Rückweg schweigend den Anweisungen des Navis. Am Hinweisschild auf das »Steinkistengrab« bog sie ab und kurvte durch stetig schmaler werdende Straßen. Schließlich landeten sie auf dem Parkplatz des gleichnamigen Ausflugslokals.

»Tja«, sagte Doro. »Nicht mehr als ein ulkiger Name. Hat schon jemand wieder Hunger?«

Manuela drehte mit enttäuschter Miene am Lenkrad.

»Hey!«, rief Esme da aus.

Der Wagen bremste, Splitt prasselte gegen die Kotflügel.

Am Rande des Parkplatzes war ein etwa zwei mal fünfzehn Meter großes Stück umzäunt. Eichen streckten schützend die Äste darüber. Der Zaun war gerade einmal knöchelhoch und sah nicht wie eine Absperrung, sondern mehr wie ein hölzernes Mini-Stonehenge aus.

»Na, das ist ja putzig!«, meinte Doro.

In dem laubbestreuten Rechteck sah man ein paar flache, graue Steine, die wie abgekaute Zähne etwa zwanzig Zentimeter aus der Erde ragten. Moos hatte sich darauf abgesetzt wie der schlimmste Zahnbelag aller Zeiten.

Die drei Frauen stiegen aus und stießen auf einen grün bewachsenen Findling am »Kopfende« der Anlage. Doro fuhr die eingemeißelte Inschrift mit dem Finger nach und versuchte, Buchstaben zu entziffern.

In der Zwischenzeit hatte Manuela die Hinweistafel daneben studiert. »Eine Steinkiste!« Sie pfiff bewundernd durch die Zähne. »Ich wusste, dass ich den Begriff kenne. Das ist eine archäologische Fundstätte.«

»Die paar Brocken?«, fragte Doro.

»Du siehst nur die Überreste der Steinkiste, der Großteil der Seitenwände und die Deckplatten sind verwittert.« Manuela hob die Arme und deutete die Ausmaße der ehemaligen Anlage an. »Das war ein steinzeitliches Ganggrab. Dort haben mehrere Generationen ihre Toten bestattet.«

Doro blickte sich alarmiert um. »Liegen da Knochen?«

»Die sind laut Schild längst mit den Beigaben ins Museum gewandert.«

Hatte Manuela da etwa gerade die Augen gerollt?

»Kanntest du diesen Steinkisten-Begriff auch aus dem Internet?«

Manuela zuckte die Achseln. »Ich habe mich gelegentlich zu den Ur- und Frühgeschichtlern in die Vorlesung gemogelt.«

»Ich dachte, du wärst Hausfrau und hättest darum so viel Zeit für dein *Hobby*.« Doro konnte sich die spitze Bemerkung unmöglich verkneifen.

Manuela sah ihr fest in die Augen. »Eigentlich sollte ich brav BWL studieren, um einmal den Sanitär-Betrieb meiner Eltern zu übernehmen. Die geschäftliche Seite. Aber schon nach einem Monat war ich die Diagramme und Wirtschaftsmaterie leid, und in einem Chefsessel wollte ich garantiert nicht landen. Also habe ich mitten im Semester die Uni verlassen.«

»Und wie fanden das deine Eltern? Die müssen enttäuscht gewesen sein«, erkundigte sich Esme.

»Sie haben mir den Geldhahn zugedreht. Ein Jahr lang brach der Kontakt ab.«

Esme machte ein mitfühlendes Geräusch. »Familienkrach ist fürchterlich.« Die gute Seele!

»Heftig!«, fand auch Doro. »Und wovon lebst du?« Immerhin konnte Manuela sich diesen Kurlaub leisten. Bei Doros Reha war von Massagen bisher jedenfalls nicht die Rede gewesen.

Manuela zupfte sich am Ohrläppchen. »Ich habe in der Zeit dies und das gemacht. Im Call-Center gejobbt. Geheiratet.«

»Seid ihr noch zerstritten, deine Eltern und du?«, fragte Esme.

»Die haben sich wieder eingekriegt«, sagte Manuela lapidar. »In der Zwischenzeit hat nämlich meine Cousine Blut geleckt und übernimmt einmal die Firma. Gero, mein Mann, unterstützt als Unternehmensberater den

Betrieb. Er bleibt also in der Familie, und alle sind zufrieden.« Manuela sah Doro direkt an. »Und ich bin glückliche Vollzeit-Hausfrau«, sie klimperte mit den Wimpern, wie eine Werbeikone der Fünfzigerjahre, »die sich neben dem bisschen Haushalt ihren *Hobbys* widmet.«

»Das freut mich«, sagte Doro, ohne sich von der Retour-Stichelei provozieren zu lassen. Der Tag war eine wahre Wonne für ihre innere Frohnatur und einfach zu schön für kleinlichen Streit. Ringsum zwitscherten die Vögel, und aus der Ferne drang Hundegebell. Apropos.

»Der Hund«, erinnerte sie sich. »Denk mal an Buchhändler Pfennig. Der Kerl hat seinen Irish Setter umgebracht und in einem historischen Grab beigesetzt.«

»Pfennig hat *was?*« Esme fuchtelte aufgebracht mit der Krücke in der Luft herum. »Und bei dem habe ich gestern noch ein Rätselheft gekauft! Hätte ich gewusst …«

»Er hat eine *Geschichte* über jemanden geschrieben, der seinen Hund tötet und dann aufwendig begräbt«, stellte Manuela kopfschüttelnd richtig. »Als Wiedergutmachung, genannt auch ›undoing‹. So verhalten sich Mörder zur Bewältigung von Schuldgefühlen.«

»Der Ort könnte ja passen, aber ›Steinkistengrab‹ hieß das nicht.«

»Nein«, bestätigte Manuela. »Doch wie viele uralte Grabanlagen gibt es in der Gegend schon?«

»Mir scheint, ich habe gestern wirklich was verpasst!«, murmelte Esme. »Obwohl das Spiel gut war!«

»Willkommen im Bermuda-Bäder-Dreieck! Gepökelte Männer und Knochenfüße inklusive.«

»Bei dir klingt das so dramatisch, Doro«, bemerkte Esme. »Als würde es vor Knochenfunden und ungelösten Fällen nur so wimmeln.«

»*Einer* ist schon zu viel. Danke auch!«

»Sollen wir wetten, dass es noch mehr Mysteriöses gibt?« Manuelas Augen leuchteten auf. »Hiermit erkläre ich meine Digitaldiät für beendet!«

Freund und Helfer

Montag, 16. August, Bad Hasendorf

Manuela

Die Sonne knallte regelrecht vom Himmel, und man hätte sich am liebsten die ganze Zeit nur im Schatten aufgehalten. Manuela trug ihr letztes frisches T-Shirt, schwarz mit obskurem Gaming-Logo. Dazu hatte sie Shorts à la Lara Croft und Sandalen angezogen und eine Ledertasche mitgenommen, die nur Platz für das Nötigste ließ, aber ein bisschen nach Holster aussah. Coolnessfaktor zehn.

Die drei Frauen verbrachten die Mittagsstunde im klimatisierten *Hotel-Café* auf der anderen Seite des Kurparks. Der etwas verschachtelt angelegte Gastraum mit vielen Nischen für Privatsphäre und sehr plüschiger Ausstattung war ein Tipp von Manuelas Hausverwalter gewesen. Vor allem begeisterte die drei die Auswahl an Sahne- und Cremetorten.

Manuela entschied sich für einen dreistöckigen Käsekuchen mit verschiedenen Füllungen »nach amerikanischer Art« mit einem Latte macchiato.

»Das Mittagessen zu schwänzen hat sich gelohnt«, sagte Doro. Sie wählte zu ihrem Eiskaffee ein Stück Mokka-Buttercreme-Torte, weil sie fand, dass das Wagnis des Konditors, im Hochsommer Buttercreme anzurühren, schließlich belohnt werden musste.

Esme suchte sich außer einem Espresso eine üppige Vanillecreme-Schnitte aus. »Ich sollte auf meine Kalorienzufuhr achten«, meinte sie, nachdem sie ein Stück gekostet hatte. »Schließlich brauche ich heute Nachmittag alle Kräfte.«

»Ich habe sogar einen Termin mehr als du!«, klagte Doro zwischen zwei Bissen und zählte auf: »Trainingstherapie in der Muckibude, Wassergymnastik und Rückenschule. Ich hoffe, da werden keine Tests geschrieben.«

Manuela winkte ab. »Rückenschule. Da sitzt du auf einem Gymnastikball und darfst hopsen, weil das gut für die Bandscheiben ist. Und es gibt Infos und Alltagstipps, wie du dich rückenschonend bewegst.«

»Leg lieber mal los mit den Verbrechen!« Esme klang ungeduldig.

»Also«, holte Manuela aus, »ohne Online-Ausgaben von Zeitungen und Foren zu echten Fällen wäre ich aufgeschmissen gewesen. Gar nicht so einfach, die schmutzigen Geheimnisse des Bäder-Dreiecks aus dem salzdurchtränkten Grund zu wühlen.« Sie versenkte die Gabel in der obersten Schicht des Käsekuchens, ihrer ersten Mahlzeit des Tages. Mehr süß als käsig. »Ich schätze, eine Region, die vom Fremdenverkehr lebt, hat wenig Interesse daran, dass Verbrechen breitgetreten werden. Zuerst mal das Umland: An einer historischen Mühle wurde vor fünf Jahren ein Tourist von einem losen Stein tödlich getroffen. Eine Sechzehnjährige aus

Soest ist im Vorjahr nach einem Familienstreit weggelaufen und nicht mehr aufgetaucht.«

»Klingt doch insgesamt gar nicht so schlimm«, fand Doro. »Ich meine, für die betroffenen Familien ist es schrecklich, gerade, weil es um ein Kind geht, aber von so etwas hört man leider immer wieder. Dann können wir ja …«,

Sie wollte offensichtlich vom Thema ablenken, also hob Manuela die Hand. »Kommen wir nun zur Westfälischen Salzroute, deren ungeklärte …«

»Salzroute?«, unterbrach sie Esme.

»Ja, ein Wander- und Radwanderweg mit Stationen zu Salzproduktion und Handel. Neben den drei großen Heilbädern Sassendorf, Waldliesborn und Westernkotten führt die Route durch eine Reihe anderer Städte, auch durch Hasendorf.« Sie räusperte sich. »Reinhard H., Patient einer Klinik für Atemwegserkrankungen, wurde in Waldliesborn vor zwanzig Jahren Opfer eines Gewaltverbrechens. Die Presse verlieh dem Fall den Namen ›Kurschatten-Mord‹. Man vermutete eine Beziehungstat. H.‹s Aufenthalt sollte nur noch ein paar Tage dauern, daher standen somit Eifersucht oder Verlustangst als Motiv im Raum.

In Salzkotten, das zwar kein Kurbad ist, aber ebenfalls an der Salzroute liegt, gab es einen ungeklärten Todesfall. Dazu habe ich nur indirekte Erwähnungen gefunden.«

Manuela nickte Doro zu. »Nun zu Heiko R., einem jungen Mann, der in einer Juni-Nacht auf einem Platz mitten in Bad Westernkotten unter so bizarren Umständen zu Tode kam, dass er unter dem Begriff ›Der gepökelte Mann‹ bekannt wurde.«

Esme und Doro hingen an ihren Lippen. Nun der Clou.

»Schließlich Klaus W., ein Elektriker aus Hasendorf. Er verschwand vor elf Jahren beim Besuch der örtlichen Therme. Man hat zwar seine nassen Handtücher gefunden, doch von ihm gab es keine Spur.«

»Von wegen heile Welt«, fasste Esme zusammen.

»Therme«, griff Doro einen Begriff auf, als wäre ihr die Unterhaltung zu finster. »Wollten wir da nicht auch mal hin?«

»Du wolltest da unbedingt hin!«, erinnerte sich Manuela. »Ehrlich gesagt mache ich mir wenig aus Wassersport.«

»Von wegen Sport, das ist pure Entspannung!«

»Warme Sole würde deinem Rücken bestimmt guttun.«

»Und wir könnten doch ...«

Doro und Esme redeten durcheinander, bis Manuela abwehrend die Hände hob.

»Aber bitte nicht im Hochsommer! Dann lieber manuelle Therapie.«

»Massage, das wär's«, schwärmte Esme. »Ich hab dauernd verspannte Schultern von den Krücken!« Sie warf einen sengenden Blick auf ihre Gehhilfen, der fast das Material zum Schmelzen gebracht hätte.

»War es das jetzt mit Mord und Totschlag?« Doro musterte Manuela streng. »Wie steht's eigentlich mit der Aussage bei der Polizei?«

Manuela rutschte auf dem Stuhl herum. Plötzlich tat ihr der Rücken weh. Sie hatte bei der Recherche zu lange am Laptop gesessen.

Doro hüstelte.

»Bin wegen der anderen Fälle noch nicht dazu gekommen«, gestand Manuela ein.

Doro schob ihr ein aus der Zeitung herausgerissenes Stück Papier zu. Die Berichtigung des *Börde-Anzeigers* zu dem Artikel und dem dazugehörigen Foto vom Samstag. Letzteres sei »irrtümlicherweise« abgedruckt worden. Das Blatt entschuldigte sich für die Behauptungen zu dem Schaden, den die Bauarbeiten anrichteten. Nach *kurzfristige Einschränkungen für den Aufbau der Infrastruktur* hörte Manuela auf zu lesen. Das übliche, wirtschaftshörige Gerede. Na ja, ein Blättchen war eben kein Enthüllungsmagazin.

»Kein Wort zu der Identität des Toten?«, fragte sie.

Doro schüttelte den Kopf und deutete auf einen Kasten, in dem die Polizei um Mithilfe zum Urheber des Fotos bat. »Nur das!«

Manuela betrat das Polizeipräsidium, den Laptop unter dem Arm.

Für den Sinneswandel verantwortlich war nicht etwa Doros Genörgel. Auf keinen Fall! Nach Rücksprache mit einem Moderator der *Tastaturermittler* hatte der Gedanke den Ausschlag gegeben, dass die Behörden Möglichkeiten besaßen, dem verräterischen Mitglied des Detektiv-Forums auf die Spur zu kommen. Bis gestern hatte sich niemand aus der Deckung gewagt. Das bedeutete, alle User waren verdächtig!

Richtig Sorge bereitete Manuela die Tatsache, dass der Übeltäter herausgefunden hatte, wo sie sich gerade befand. Was, wenn er nun ebenso leicht ihre etwas anrüchige Nebenbeschäftigung aus Studententagen herausbekam? Sie würde zur Lachnummer des Forums werden.

Manuela legte am Tresen kurzerhand den Zeitungsausschnitt vor, den ihr Doro überlassen hatte. »Das da ist mein Foto – und ebenfalls mein Terminzettel!«

Sie sprach am Schreibtisch mit einem Polizeibeamten namens Arend über den Freitagmorgen.

»Nachdem ich Frau Hammerblech zum Revier gefahren habe, bin ich selbst bei der alten Friedhofsmauer vorbeigegangen. Aus Neugier, was die Dame so in Aufregung versetzt hat.«

»Verbringen Sie viel Zeit auf Friedhöfen?«, erkundigte sich Arend.

»Bitte?«

Er taxierte ihre äußere Erscheinung. Das schwarze Shirt. Die Khaki-Shorts. Ihr Glücksarmband mit Charms zur Jugendkrimiserie der *Drei Fragezeichen*. Hielt Arend sie in dem Outfit etwa für eine Gothic-Braut? Weil sie die Friedhofsmauer erwähnt hatte?

Manuela biss sich auf die Unterlippe. Das war schon schwierig genug. »Nur zu Beerdigungen«, stellte sie klar. »Und ich war auf der Promenade und habe den ehemaligen Friedhof gar nicht betreten!«

Der Polizist nickte ermunternd.

Manuela schluckte. »Bei der Baugrube war alles genau so, wie Frau Hammerblech es geschildert hatte. Der Knochen ragte aus der Böschung hinter der Absperrung, und darunter war das mit Regen vollgelaufene Loch.«

»Sind Sie sicher? War da auch etwas *in* der Grube?« Da kam die erwartete Frage, über die ja schon Doro berichtet hatte.

»Nichts, was ich gesehen hätte.« Manuela fiel das belauschte Gespräch vom Samstag ein. Angeblich sollten die Fußknochen im *Wasser* gefunden worden sein. »Mag sein, dass Zehen abgefallen sind. Oder der heftige Regen hat sie nachts weggespült.« Manuela biss sich auf die Zunge. Sie musste sich bremsen, ehe sie weitere Vermutungen in den Raum stellte.

»Sind Sie am Freitagmorgen im Park anderen Leuten begegnet? Jemand aus Ihrem Forum möglicherweise?«

Das wurde ja das reinste Verhör.

»Die Arbeiten hatten noch nicht angefangen. Vielleicht waren Spaziergänger weiter hinten in der Anlage unterwegs.« Sie erinnerte sich an das seltsame *Sssst Klack-, Sssst Klack*-Geräusch. »Aber keiner bei der Baustelle.« Also leider niemand, der ihre Aussage bestätigen konnte.

Der Beamte machte sich Notizen. »Sie behaupten, das Zeitungsbild sei Ihr Foto?«

Manuela nickte. Ihr Mund wurde schlagartig trocken. Sie schob das Armband am Handgelenk hin und her. »Ja. Ich habe schnell eine Serie Fotos gemacht, aus verschiedenen Blickwinkeln. Dabei muss mir dann der Terminzettel unbemerkt aus der Hosentasche gerutscht sein.«

»Ist sonst vielleicht irgendetwas vorgefallen?«

»Nein. Wenn Sie wissen wollen, ob ich an dem Fundort etwas verändert habe: nein. Ich bin kein Idiot! Den Terminzettel habe ich ja nicht mit Absicht verloren.« Die ganze Sache war ein Fehler. Herzukommen und bei der Polizei Hilfe zu suchen.

»Ja, der Zettel«, sagte Arend genüsslich. »Der ist auf Ihrem Foto drauf, was ein Glück war. Sonst wüssten wir nichts davon. Die Spurensicherung konnte ihn vor Ort nämlich nicht finden.«

»Dann muss ihn ein Windstoß weggeblasen haben!«

»Lassen wir den Terminzettel mal beiseite. Wie gelangte das Foto in die Zeitung?«

Oh Mann, jetzt wurde es wirklich peinlich. Ihr Ohr juckte, und sie unterdrückte den Impuls, sich dort Linderung zu verschaffen. »Ich habe keine Ahnung.« Sie ließ die Anhänger einzeln durch die Finger gleiten. Drei verschiedenfarbige Fragezeichen. Den Papagei Blacky. Die Lupe. Peters Dietriche. Das winzige Kirschkuchenstück.

»Das Bild habe ich Freitag in meinem Forum gezeigt. Im nicht öffentlichen Teil, also nur für Mitglieder«, berichtete sie. »Zu den *Tastaturermittlern* gehören User mit archäologischem Hintergrund, die grob einschätzen können, wie alt ein Fund ist. Ich dachte, das sei ein bei der Umbettung vergessener Knochen.« Sie verkniff sich die Bemerkung, dass so was gelegentlich passierte.

Trotzdem lief es von dem Moment an schief.

»Bewegen Sie sich schon lange in diesen Kreisen?«, fragte Arend, und trotz des neutralen Gesichtsausdrucks klang die Frage einen Hauch geringschätzig.

Viele Leute belächelten Manuelas Steckenpferd, und seine Vorbehalte als Polizist waren sogar nachvollziehbar.

»Ungefähr drei Jahre. Und in der ganzen Zeit ist nie so etwas geschehen. Die User sind mit echtem Interesse dabei.«

Irgendwie hörte sich das jetzt einerseits hohl, andererseits dubios an, und prompt kam die Rückfrage:

»Treffen Sie sich dann auch an Orten von Verbrechen?«

»Nein. Wir sind keine Serienmörder-Groupies! Die meisten der diskutierten Fälle stammen ja aus den USA.« Sie musste aufhören zu faseln, doch die Aufregung jagte wie elektrischer Strom durch ihren Körper. Eines war klar: Es steckte mehr dahinter, denn bei bloßem Vandalismus an einem vergessenen Knochen würde sich die Polizei wohl kaum so interessiert zeigen. Das Spurensicherungszelt und die Absperrung waren zwei Tage aufgebaut gewesen, eine lange Zeit, um einen einzelnen Fuß zu bergen.

»Wir teilen öffentlich zugängliche Informationen und diskutieren Theorien. Es geht nicht um Kritik an den Behörden oder die Behinderung von Ermittlungen. Im Gegenteil wurden in solchen Gruppen bereits Hinweise verknüpft, die zur Lösung von Fällen führten«, trumpfte sie auf, doch Arend guckte nur noch kritischer. »Wir sind ein Haufen Leute mit ähnlichen Interessen, das merkt man auch auf dem Tiefschwarzen Brett ...«

»Bitte?«

»Unserer Pinnwand.«

»Ja, das dachte ich mir. Mit Verbrechensfotos? Haben Sie Ihr Bild dort gepostet?«

»Nein! Da stehen vor allem lustige Gesuche wie: *Sieben beinahe vollständige Tarot-Decks zu verkaufen. Kaum gebraucht. Achtung: die Karte XIII fehlt.*«

Arend blickte sie unverwandt an und wartete offenbar auf die Pointe des Witzes.

»Die Dreizehn ist im Tarot die Große Arkane ›Tod‹. Die bei Mordopfern zu hinterlassen ist ein Hollywood-Klischee.«

Der Polizist schien das wenig amüsant zu finden. Er ließ sich die Forums-URL und Manuelas Nicknamen geben. Darauf war sie vorbereitet. Sie startete den Rechner und loggte sich gleich selbst in das Forum ein, schob ihm den Laptop zu. »Übrigens finden Sie in dem Ordner *Kurpark* auch meine übrigen Fotos von der Stelle. Vielleicht ist da ja etwas Hilfreiches dabei!«

Arend bedankte sich knapp, und während er sich durch die Seiten klickte, bedachte er sie mit weiteren Fragen. Manuela wollte ihr Hobby leidenschaftlich verteidigen, aber sie beschränkte sich auf sachliche Antworten. Dann wurde es still.

Sie studierte einige vergilbte Fahndungs- und Vermisstenplakate an der Wand. Alles überregionale Fälle, mit einer Ausnahme: Eine Frau Wickers aus Hasendorf hatte eine Belohnung für das Auffinden ihres vermissten Ehemanns ausgesetzt.

Schließlich drehte Arend den Computer zu ihr zurück und verschränkte die Arme vor der Brust. »Offenbar ist nicht jeder User mit dem gleichen Moralkodex bei der Sache.«

Langsam wurde Manuela sauer. »Ich bin hergekommen, um zu verhindern, dass Polizei-Kapazitäten wegen des Terminzettels verschwendet werden. Sie wissen jetzt alles, was ich zu sagen habe. Ich würde mich freuen, wenn Sie im Gegenzug helfen, den Verräter im Forum aufzudecken, falls das gerade passt. Das Bild ist immerhin in Ihrem Zuständigkeitsbereich publiziert worden.«

»Als anonyme Einsendung unter einem Wegwerf-Account«, sagte Arend. Manuela war bass erstaunt, aber das dicke Ende kam noch. »Ich danke für Ihre Aussage«, meinte er. »Und hoffe, dass Sie demnächst ein wenig vorsichtiger mit persönlichen Daten sind.«

»Was?«, stieß sie aufgebracht hervor. »Ich will nur erfahren, wer ein falsches Spiel treibt.«

»Ich muss wohl kaum ausführen, dass man in einem Internet-Forum eine ganze Menge behaupten kann. Daher rate ich zu größerer Vorsicht. Schließlich ist es auch für Kriminelle leicht, dort Zugang zu finden. Sie können unmöglich wissen, wer sich hinter einem Nicknamen versteckt. Frau König, Sie haben das Bild von Ihrem Handy aus ins Internet gestellt, nicht wahr?«

Manuela nickte abwesend. »Aber ...« Sie achtete darauf, dass sie sich vom Laptop stets über einen anonymen Browser ins Forum einloggte.

Vom *Laptop* aus. Manuela wurde abwechselnd heiß und kalt.

Vor lauter Aufregung hatte sie am Freitag ihre übliche Vorsicht außer Acht gelassen und sich direkt per *Handy* eingeloggt. Für verschiedene Apps war die Standorterkennung des Smartphones eingeschaltet. In den EXIF-Daten eines Fotos konnte man die GPS-Daten auslesen, bei denen das Bild gemacht wurde. Und obwohl Manuela das eigentlich wusste, weil man auf diesem Weg auch Informationen zu ungelösten Fällen bekam, hatte sie vergessen, die EXIF-Daten zu löschen.

Wie blamabel!

Der Tadel war berechtigt. Manuela klappte den Computer zu, ihre Ohren glühten, und nun rieb sie die Ohrläppchen doch.

»Es ist gut, dass Sie uns unterrichtet haben«, versicherte Arend. »Wir würden den Laptop gerne für weitere Nachforschungen ein paar Tage behalten, auch, um Ihre Fotos noch mal unter die Lupe zu nehmen.«

Manuela schluckte und nickte stumm, weil sie sich gleichzeitig auf die Zunge beißen musste. Damit hatte sie nun nicht unbedingt gerechnet, aber sie verstand den Sinn dahinter. Und es gab ja keine peinlichen Nacktbilder oder irgendetwas Illegales auf ihrem Computer.

»Möchten Sie eine weitere Anzeige aufgeben?«, fragte Arend.

»Bitte?«

»Die Zeitung hat einen Verstoß gegen das Urheberrecht begangen, indem sie Ihr Foto abgedruckt hat, ohne die Rechte am Eigentum ausreichend zu prüfen. Der Ärger hätte vermieden werden können, wenn der zuständige Redakteur sorgfältiger gewesen wäre.«

Der Gedanke war Manuela noch nicht gekommen. »Ich denke darüber nach. Danke für den Hinweis.«

»Na dann.« Arend zog den Laptop heran. Er legte lässig die Unterarme darauf ab, wie um zu verhindern, dass Manuela sich noch einmal daran zu schaffen machte. »Am besten halten Sie sich in nächster Zeit im Internet bedeckt. Sie wollen, wie Sie sagten, ja keine Polizeiermittlungen stören.« Das saß. Der gönnerhafte Ton drehte das Messer in der Wunde herum.

»Das werde ich beherzigen.« Als Erstes würde sie die Standortkennung im Handy komplett deaktivieren.

Manuela verabschiedete sich. Sie stapfte gereizt über den Parkplatz, der in der nachmittäglichen Sonne briet, als ihr Telefon klingelte.

»Johannes-Physiotherapie«, meldete sich Diana, die Bürokraft der Praxis.

Gab es eine Terminverschiebung?

»Frau König, wir haben die Nachricht von der Polizei erhalten, dass jemand mit einem Termin bei uns um eine Zeugenaussage gebeten wird. Es geht um einen Vermisstenf…«

»Schon erledigt!«, unterbrach Manuela sie. »Ich komme gerade vom Revier.«

»Oh!«, schallte es überrascht aus dem Telefon. »Prima.«

Manuela wollte sich für den etwas ruppigen Ton entschuldigen, da fiel ihr etwas auf. »Sagten Sie ›Vermisstenfall‹? Gibt es eine offizielle Untersuchung?«

Eine Sekunde Stille, dann ein nervöses Hüsteln. Diana diente den Patienten als Kummerkasten und Ersthelfer bei Eilterminen. Sie blühte regelrecht auf, wenn sie mal über andere Themen reden konnte. Das war Manuela schon aufgefallen.

»Ja?«, fragte sie und verlieh dem Wort einen warmen Klang. Man sagte ihr oft, dass sie eine einnehmende Stimme hatte, tatsächlich war das … »Diana, sind Sie noch dran?«

»Also, die Polizei hat sich nicht dazu geäußert. Aber

ich habe von der Kollegin meines Mannes erfahren, um wen es sich handeln soll. Höchstwahrscheinlich.«

»Mo-ment!« Manuelas Puls schnellte in die Höhe. »Wer?«

»Das sind nur Gerüchte«, wiegelte Diana ab, doch sie klang, als würde sie platzen, wenn sie die Neuigkeiten nicht gleich loswurde.

»Nur so unter uns«, hauchte Manuela. Das erfüllte seinen Zweck.

»Also, die Tochter der Kollegin meines Mannes, die arbeitet bei Zahnarzt Dierks in der Goethestraße. Ein Polizist hat Einsicht in die Patientenakte eines Klaus Wickers verlangt. Die Helferin hat eine Weile gebraucht, da der letzte Termin schon über ein Jahrzehnt zurückliegt.«

Der angegebene Zeitraum, der Ort und der Name passten. Manuelas Herz fing schneller zu pochen an.

»Und?«, fragte sie und dachte an die Vermisstenplakate im Präsidium und ihre eigene Recherche. Klaus W., der Mann mit den nassen Handtüchern. Und eine Frau Wickers, die ihren vermissten Ehemann suchte. Zusammen ergab das Klaus Wickers, den verschwundenen Thermalbadbesucher aus Bad Hasendorf!

»Sie musste ein altes Röntgenbild heraussuchen, das der Polizist für die Kripo mitgenommen hat. Mein Mann erzählte, dass der Vermisstenfall Wickers damals im Ort hohe Wellen geschlagen hat. Aber von mir haben Sie das nicht, *okay?*«

Manuela versprach es. Sie bedankte sich und legte auf.

Kripo? Zahnstatus-Überprüfung? Dafür brauchte man den Schädel oder wenigstens den Unterkiefer einer Person. Die Polizei hatte also mehr als nur Fußknochen ausgegraben.

Arend hatte wissen wollen, ob sie etwas am Fundort

verändert hatte, und diese Frage hatte ein Beamter auch Doro gestellt. Manuela schloss die Augen gegen die blendende Sonne. *Mann!* Unwillkürlich dachte sie an die Bemerkung von Freitag zurück, als sie zum Fundort zurückgekommen war. »Da war auch gestern nur die Erdwand zu sehen!«, hatte der Vorarbeiter behauptet.

Bedeutete das, dass irgendwer in den Minuten zwischen Manuelas Fotos und dem Eintreffen der Beamten an dem Fußskelett herumgepfuscht hatte? Mit einem der herumliegenden Äste hätte man so einen knöchernen Überrest leicht abschlagen können.

Warum bin ich nicht früher auf diesen Widerspruch gekommen! War sie in Hasendorf tatsächlich auf ein Mordopfer gestoßen? Hätte sie mal bloß die Wand mit den Plakaten fotografiert!

Arend hatte keinen Piep von einem Verdacht der Polizei verlauten lassen. Aber er hielt sie ja auch für eine Gothic-Braut-Hobbydetektivin.

In diesem Moment fasste Manuela einen Entschluss: *Hobbydetektivin. Das wollen wir doch mal sehen!*

Doro

Doro kippte Wasser aus der Trinkflasche aufs Handtuch und kühlte sich damit den brennenden Nacken. Die Trainingshalle verfügte zwar über eine Klimaanlage, doch das Gerät war bei der Augusthitze in die Knie gegangen. Daher rieten die Trainer ausnahmsweise zu gemütlichem Tempo.

Doro trat allerdings energisch auf das Ergometer ein, angetrieben vom Ärger über das Gerede zum Knochenfund. Obwohl sie den Zeitungsartikel im Gemeinschaftsraum der *Salzquelle* herausgerissen und eingesteckt hatte, um ihn Manuela zu zeigen, waren die Exemplare der

Moorklinik beim Frühstück schon ausgelegt gewesen. Den *Moorklinik*-Patienten blieb im Gegensatz zu ihr anscheinend genug Muße, um das Drama genauestens durchzukauen. Die hatten ja auch einen Speisesaal im Haus!

Doro ignorierte das Gerede ringsum mit grimmiger Entschlossenheit. Natürlich musste so was während *ihrer* Kur passieren. Ausgerechnet Knochen. Sie schluckte und drückte die aufsteigenden Gefühle weg. Das war ewig her.

Sie legte einen Zahn zu, doch ihrer schlechten Laune entkam sie nicht. Die Knochengeschichte verfolgte sie wie ein übellauniger Geist. Doro grübelte über die ungelösten Verbrechen der Gegend nach, weil das besser war, als an diesen einen Knochen zu denken.

Was konnte dem verschwundenen Badegast zugestoßen sein, von dem nur nasse Handtücher geblieben waren?

Sie überlegte, wie es wohl war, wenn man entspannt und müde aus der Therme kam (ein Szenario, das nur allzu leicht vor ihrem inneren Auge erstand). Die vollgesogenen Badesachen wogen doppelt so viel wie zuvor. Dann näherte sich ein Schatten von der Seite und …

Ja, und?

Hatte man den armen Kerl in ein Auto gezerrt und entführt? So was gab es doch nur in Filmen.

Heiß, heißer, Schweiß! Doro freute sich auf die kalte Dusche, die gleich im Untergeschoss der Klinik auf sie wartete. Wenn sie das Bad denn mal fand.

Es war ohnehin schon eng in der Umkleide, und ihr Trolley passte nicht in den Spind. Also parkte sie ihn davor und beeilte sich mit dem Umziehen.

Es war wundervoll, durchs Becken zu schweben, und

Doro fühlte sich wie eine Wassernixe in einer dampfenden Quelle. Nach den Aufwärmübungen kamen bei der Gymnastik diesmal vor allem die oberen Extremitäten zum Einsatz.

»Drückt mit beiden Armen die Poolnudeln an einem Ende so tief ins Wasser, wie ihr könnt«, veranschaulichte der Trainer. »Und jetzt umrühren wie mit einem Kochlöffel. Linksherum und rechtsherum. Denkt daran, ihr kocht gerade Zaubertrank in einem großen Kessel.«

Doro prustete. Die fünfundzwanzig Minuten vergingen wie im Flug. Im Flug über den weiten Ozean mit müden Flügeln.

Es geht doch nichts über ein ausgeglichenes Training, dachte sie anschließend beim Abfrottieren. Frauen kabbelten sich um die spärlichen Kabinen. Sie trugen ein Handtuch um den Kopf gewickelt und hatten die Arme voll mit Pflegeprodukten für Haut und Haar.

Es gab noch genau eine leere Umkleide. Erst als sie sich mit ihrem Zeug in die Kabine gequetscht hatte, fiel Doro auf, dass der Schnapper der Verriegelung defekt war. Die Tür zum Außengang schwang durch ihr Eigengewicht dauernd auf. Sehr lästig.

Immerhin erklärte es, wieso die Kabine frei geblieben war.

Doro zog den Trolley hinein und verkeilte so die schadhafte Tür. Damit blieb kein Spielraum mehr für übertriebene Ellbogenbewegungen, aber wenigstens hatte sie ein wenig Privatsphäre.

So, nun in Millimeterarbeit ein frisches T-Shirt und eine dünne Trainingshose überziehen, in die Schuhe schlüpfen und dann wieder durch den Hellweg-Tunnel ins Kurzentrum.

»Klingeling!«, meldete sich ihr Handy. Dank des Trolleys

hatte Doro sogar eine Hand frei, um ans Telefon zu gehen.

Es war Manuela.

»Mh«, meldete sich Doro und umkurvte eine Gruppe Gegenverkehr im verglasten Fußgängertunnel.

»Ich war gerade bei der Polizei! Sie wollen sich um das Foto und mein Forum kümmern.«

»Gut!« Es wunderte Doro, dass Manuela tatsächlich Ernst gemacht hatte. »Ja, das ist Sache der Profis.«

Sie hörte ein abfälliges Prusten. »Also, ich hab da etwas erfahren …«

»Ich bin gerade unterwegs zur Rückenschule«, unterbrach Doro sie. Was hatte Manuela denn jetzt schon wieder ausgeheckt?

»Können wir uns danach treffen? Im Eiscafé *Angelo?* Das liegt direkt gegenüber vom *Pink Everest.*«

»Wo?« Ein Eis wäre nach der Therapiemühle himmlisch.

»Ich meine den rosa Glaspalast.«

Doro lachte auf. »Du redest vom Kurzentrum?« Die eigentümliche Architektur bot Anlass zu allerhand fantasievollen Bezeichnungen. »Aber bloß eine Stippvisite. Ich muss doch gegen siebzehn Uhr zum Abendbrot.« Genau genommen ein paar Minuten nach der vollen Stunde, wenn der schlimmste Andrang vorbei war, jedoch nicht zu spät, denn sonst wurde bekanntlich alles dichtgemacht.

Manuela versprach, Esme Bescheid zu geben, und legte auf.

Deus ex machina

Doro

Eiscafé Angelo – der Name war Programm. Das in pastelligen Sorbet-Farben eingerichtete Lokal quoll vor Engelsfiguren über. Manuela wartete bei einem verlängerten Espresso bereits auf sie. Um diese Zeit war so viel los, dass sie vor dem Café keinen Platz gefunden hatten.

Erst mal abkühlen. Sie bestellte ein Spaghetti-Eis.

»Und, wie war es in der Schule?«, fragte Manuela ein bisschen spöttisch.

»Wie der Name schon sagt: ›Schule‹. Die Therapeutin hat an einem anatomischen Oberkörpermodell Aufbau und Funktion der Wirbelsäule und Bandscheiben erklärt. Und zum Schluss durften wir ein wenig im Kreis laufen, wobei sie unsere Gehbewegungen unter die Lupe genommen hat. War ganz interessant. Wenn ich meine Gehweise ein bisschen korrigiere, entlastet das die Knie.« Nun löffelte Doro erst mal das köstliche Eis. Die fruchtige Soße schmeichelte ihrem Gaumen, und die weißen Schokoraspeln zergingen auf der Zunge und setzten winzige Geschmackspunkte.

Da betrat auch schon Esme das Lokal. »Also?«, fragte

sie, nachdem sie einen Pralinen-Becher bestellt hatte, mit dem Doro auch geliebäugelt hatte.

Der Eisbecher sah wirklich klasse aus. Und er war viel größer als ihrer.

Manuela erzählte vom Besuch bei der Polizei. »Und nun bin ich meinen Computer los.«

»Deine Gewissensbisse aber ebenso.« Doro fühlte sich bestätigt. »Darf ich mal probieren?«, fragte sie Esme und wies mit dem Eislöffel auf eine der Pralinen.

Die Freundin schien mit sich zu ringen, nickte jedoch.

Doro steckte das Konfekt in den Mund. Nuss. Das schmeckte nach der Erdbeersauce vom Spaghetti-Eis ein wenig seltsam.

»Also«, meinte Manuela, die das Manöver ungeduldig beobachtet hatte. »Ich weiß aus einer guten Quelle, wer der Tote ist.«

»Das hat dir die Polizei verraten?«, vermutete Esme.

Manuela blickte sich rasch im Café um, doch niemand achtete auf sie. Nur zwei Jugendliche holten sich vorne an der Auslage ein Eishörnchen *Valentin*. Es handelte sich um quietschrosa Eis mit Zuckerstreuseln, in mit Schokoguss aneinandergeklebten Hörnchen, die eine Art Herz bildeten.

»Nein. Aus den berühmten ›ermittlungstaktischen‹ Gründen, denke ich. Aber ich bin ziemlich sicher, es ist Klaus Wickers! Ich habe sein Vermisstenplakat auf der Polizeiwache gesehen.« Manuela klang ganz aufgeregt.

Zu viel Espresso, schätzte Doro. »Der Fall war unter deinen Recherche-Ergebnissen.«

Manuela nickte und senkte verschwörerisch die Stimme. »Es gibt eine Belohnung von dreitausend Euro für Hinweise, die zur Aufklärung des Vermisstenfalles Wickers führen. Die hat seine Ehefrau ausgesetzt.«

»Oh«, entfuhr es Doro. »Und du meinst …«

»Du hast den Knochen gefunden, Doro. Also, wenn das kein sachdienlicher Hinweis ist.«

Doro dachte nach. Sie beobachtete, wie die zwei Verliebten lachend die Eiswaffeln voneinander lösten und das tropfende Eis schleckten. Dreitausend Euro. Ein hübsches Schmerzensgeld für den Stress wegen des Fundes. Die Finanzspritze käme gerade recht, nachdem eine Operation bei Cabanossi eine Lücke in ihr Konto gerissen hatte.

»Aber da wäre ein Problem …«, vermeldete Manuela.

Doros Gedankenblase platzte. »Was?«

»Solange der Fall ungelöst ist, werden sie keinen müden Cent auszahlen. Ich finde, wir sollten uns dahinterklemmen und der Polizei auf die Sprünge helfen. Der Tote hat sich kaum selbst begraben, oder?«

Im Hintergrund zischte die Espressomaschine wie ein wütender Schwan.

»Bin dabei«, meinte Esme.

Doro war sprachlos. Mit dieser Wendung hatte sie nicht gerechnet, als sie Manuela zur Aussage gedrängt hatte. »Der Laptop mit deiner bisherigen *Ausbeute* wurde doch sichergestellt. Sie haben die Fotos und so.«

Manuela winkte ab. »Ich verfolge einen neuen Ansatz. Echte Detektivarbeit statt Internet-Schnüffelei. Hasendorf ist ein überschaubares Städtchen, wo jeder jeden kennt. Wir sind momentan vor Ort und können ein bisschen forschen. Zum Beispiel, wer sich an dem Knochen zu schaffen gemacht hat. Ich halte das nicht für einen Zufall.«

Doro erschauderte bei der Erinnerung an den Fund.

»Wie meinst du denn das?«, fragte Esme.

Manuela erwähnte die Unstimmigkeiten zwischen ihren Fotos und dem späteren Befund der Polizei. Außerdem erwähnte sie die belauschten Gespräche. »Man konnte den Fuß bei den Aufnahmen eins a erkennen. Und nachher gab es angeblich bloß noch die blanke Erdwand zu sehen. Das haben auch die Bauarbeiter gemeint.«

Doro nickte. Der knöcherne Fuß war nur zu deutlich gewesen, aber ... »Die Knochen könnten ja abgerutscht sein«, schlug sie vor. »Schließlich war alles durchweicht.«

»In der Viertelstunde oder so, bis die Polizei da war? Das wäre schon ein mächtig seltsamer Zufall. Ich glaube, da wollte jemand die Spur verwischen. Wir brauchen dich, Doro«, beschwor sie Manuela. »Immerhin hast du die Sache ins Rollen gebracht.«

Manuela konnte verteufelt überzeugend sein. Und der Gedanke an die Belohnung trieb bereits Blüten. »Meinetwegen«, lenkte Doro ein. »Wir können ja die Ohren offen halten. Doch wieso sollten ausgerechnet wir als Ortsfremde mehr herausfinden als die Polizei damals?«

»Wir sind Frauen«, sagte Esme schlicht. »Harmlose, nicht ganz so junge – entschuldige, Doro – Kurgäste mit Handicap. Wenn du aussiehst wie jedermanns Tante oder Oma, vertrauen dir die Menschen. Gleichzeitig traut uns niemand etwas wie Detektivarbeit zu. Das bedeutet, wir können unauffällig Fragen stellen.« Sie verspeiste den letzten Rest Schokoladeneis.

Manuela nickte, obwohl sie augenscheinlich die Jüngste des Trios war. »Genau das ist unser Vorteil. Außerdem wissen wir nun, wer der Tote ist, und das wurde bisher nicht offiziell verkündet. Also noch ein Pluspunkt.«

»Ich bin keine Miss Marple!«, sagte Doro schließlich. »Wenn ich allerdings zufällig was mitbekomme, gebe ich das den Behörden gerne weiter.« Sie sah auf die Uhr und rief dann den Kellner. »Jetzt müssen wir los zum Abendessen. Sonst ist am Buffet alles leer gefuttert.«

»Ich komme notfalls ohne aus.« Esme rieb sich den Bauch.

Aber in Doros Magen hatte das kleine Spaghetti-Eis noch etwas Platz gelassen.

Manuela

Manuela brauchte für die Ermittlungen eine Landkarte von Hasendorf und Umgebung, aber der kleine Stadtplan bei der Gäste-Information war ungeeignet, um Todesfälle zu vermerken und Verbindungen dazwischen zu markieren. Daher steckte sie bloß eine Übersicht der Westfälischen Salzroute ein.

Beim Rausgehen bemerkte sie eine verdächtig bekannte Silhouette und sah den Mann mit dem Möchtegernbart, der bei der mit Prospekthaltern gefüllten Wand in den Broschüren blätterte. Kurgast schien er schon mal nicht zu sein, die traten doch gerade zum Essenfassen in den Kliniken an.

In der Fußgängerzone waren zu dieser Uhrzeit ohnehin nur vereinzelt Menschen unterwegs. Die Baumaschinen schwiegen. In einiger Entfernung, verborgen im Schilfgürtel des murmelnden Flüsschens, hockten Jugendliche. Sie hörten so zurückhaltend Musik, dass man jedes ihrer Worte verstehen konnte. Sogar ihr Gelächter klang gedämpft. Die Kurruhe war ihnen in Fleisch und Blut übergegangen.

Seit Manuela von der Polizei »auf Eis gelegt« worden war und den Foren-Kollegen nicht mehr trauen konnte, blieben bloß die herkömmlichen Methoden der Informationsbeschaffung. Vor einer Weile hatte ein YouTube-Kanal mit Namen *Crime Tower* einen Aufruf gestartet. Manuela hatte damals mit dem Gedanken eines Gastbeitrags gespielt. Jetzt hatte sie ein Thema und benötigte noch entsprechendes Material.

Und sie war trotzdem nicht allein an dem Fall. Manuela schmunzelte vor sich hin. Die verheißene Belohnung hatte nun auch Doros Zweifel zerstreut. Geld war in kriminalistischen Belangen stets ein bombensicheres Motiv.

Schließlich landete sie in der Buchhandlung *Auf Hellweg und Pfennig*, vor den Regalen für Lokalgeschichte, wo sie vor zwei Wochen schon eine Hasendorfer Chronik erworben hatte.

Sie hoffte auf Gemeindekarten mit eingezeichneten alten Flurbezeichnungen, entdeckte aber stattdessen *Tante Gretes Hausschatz*, ein antiquarisches Buch über Sagen und Geschichten vom Hellweg. Auch nicht schlecht. Der ominöse Begriff war Manuela inzwischen so oft aufgefallen, dass ihr Interesse geweckt war. Sie blätterte in einen Beitrag zur Hansestadt Soest, die bloß einen Katzensprung entfernt lag. Die Gedanken schweiften automatisch zu dem verschwundenen Soester Mädchen, da ...

»Kann ich weiterhelfen?«, fragte eine Stimme direkt an ihrem Ohr.

Manuela schrak zusammen und klappte reflexartig das Buch zu.

»Spannende Lektüre?« Ludger Pfennig stand genau neben ihr. »Entschuldigung, falls ich Sie erschreckt habe.«

Das Halbdunkel verbarg seine Augen hinter der leicht getönten Brille. Schlich er sich immer so an Kunden heran? »Ich war bloß neugierig auf Geschichten vom Hellweg. Wie es aussieht, enthält dieses Buch aber kein Register. Können Sie da weiterhelfen?«

»Ah! ›Hellweg‹ ist der mittelalterliche Begriff für ›Königstraße‹. So hießen einige Handelsrouten im deutschsprachigen Raum. Der westfälische Hellweg hat der Gegend – und meinem Laden – den Namen verliehen. Tatsächlich ist die Lokalgeschichte ein Hobby von mir.«

Wie das Schreiben abgründiger Krimis? »Dann bin ich genau richtig. Steckt da im ›Hellweg‹ die germanische Göttin ›Hel‹?«

»Über die Herkunft des Wortes streiten die Gelehrten. Sicher ist nur, dass AC/DC damit nicht das Geringste zu tun hat.« Pfennig gluckste.

Unwillkürlich ging Manuela der Refrain von *Highway to Hell* im Kopf herum. Sie dachte an den Hellweg-Tunnel, über den Doro und Esme schimpften. »Und wofür steht der Name?«

»Die seriösen Deutungen reichen von ›gerodeter‹, also ›bewuchsfreier, *heller Straße*‹ bis hin zu ›Salzweg‹.«

Manuela nickte. *Salz.* Das war es, was die Börde buchstäblich zusammenhielt »›Hell‹ klingt ja ähnlich wie das ›Hall‹ in ›Hallstatt‹«, merkte sie an. Sie hatte eine Vorlesung über die Salzgewinnung im österreichischen Bergwerk gehört. »Allerdings passt das nicht so gut auf die anderen Straßen, oder?«

»Dann bleibt es ein Rätsel, was ja auch ganz schön ist«, befand Pfennig. »Übrigens gibt es am Ortsrand von Bad Sassendorf, gleich nebenan, noch ein kleines Stück des Hellwegs, das im Originalzustand belassen wurde. Als Bodendenkmal.«

Ein gutes Stichwort. »Das schau ich mir gerne mal an. Führen Sie eine Wanderkarte der Gegend?«

»Drüben an dem Ständer.« Er wandte sich bereits um. »Ich wandere selbst und bin oft zu Fuß im Örtchen unterwegs. Der Kurpark ist im Herbst ein echter Traum.«

»Ich war Samstagabend da bei der Lesung! Spannendes Thema. Gibt es spezielles Material über aufsehenerregende Verbrechen in der Gegend? Ältere oder aktuelle?«

Pfennig wirkte einen Moment lang verblüfft. »Die Straße hat in der Vergangenheit sicher den einen oder anderen Übeltäter angelockt. Alte Dokumente erwähnen hingerichtete Räuber und ›Todesfälle unter verdächtigen Umständen‹, wie man heute wohl sagen würde. Aber da werden Sie eher in den Stadtarchiven fündig.« Er zog zwei weitere Bände zu westfälischen Sagen hervor. »Legenden und Lokalgeschichte ja. Was kriminelle Aktivitäten angeht, bin ich, abgesehen vom Krimi-Event, leider überfragt.«

Sie stapelte auch die anderen Bücher vor der Brust. Eine Sache war da noch. »Wenn ich fragen dürfte, hatten Sie beim Schreiben Ihres Krimis eine Vorstellung, wo *der Hund begraben liegt*. Diente eine echte historische Stätte als Vorbild?«

Verlegen lachte Pfennig auf. Er wirkte irgendwie ertappt.

»Das ist mein künstlerisches Geheimnis.«

»Es interessiert mich sehr, was Sie da inspiriert hat. Ein Bodendenkmal aus der Gegend vielleicht?« Manuela war schon bei der Lesung aufgefallen, dass Pfennig eine Menge um den heißen Brei herumgeredet hatte, ohne etwas vom Inhalt der Geschichte preiszugeben. »Ich dachte, Schriftsteller reden gerne über ihre Geschichten.«

Er lächelte unverbindlich. »Da gibt es eben die unterschiedlichsten Temperamente. Kann ich sonst etwas für Sie tun? Wir haben nämlich eigentlich schon Ladenschluss.«

Esme

Esme und Doro prüften nach dem Abendessen den Inhalt ihres gemeinsamen Postfachs. Beide fanden Facharzttermine für den morgigen Vormittag und den leicht geänderten Behandlungsplan für die ganze Woche.

Esme überprüfte als Erstes, wie ihr morgiger Arzttermin zu den übrigen Therapiezeiten passte. Es kam gerade so hin, aber auf Kosten einer bereits verplanten Pause. »So viel zum zweiten Frühstück!«

»Das wird wieder eine Rennerei!« Doro wischte sich die Stirn. »Langsam könnte die Hitzewelle vorbei sein. Erinnere mich daran, dass ich gleich noch nach dem Bonsai sehe.«

»Mh«, murmelte Esme, während sie an Frau Sperlings Loge vorbeiliefen.

»Frau Kadesch!«, rief die Empfangsdame da. »Einen Moment bitte. Eben kam das Formular von der Speditionsfirma für die Erstattung wegen der verspäteten Koffer.« Sie reichte ein Blatt aus dem Fenster.

»Danke! Die sollen jetzt richtig bluten.« Esme schob die zweite Krücke in die Armbeuge, faltete den Zettel und steckte ihn ein. Zum Ausfüllen würde noch Gelegenheit auf dem Zimmer sein. Die Abende konnten doch recht lang werden, wenn man nicht gerade die Lokale unsicher machte. Da es erst spät dunkel wurde, brachte es wenig, früh zu Bett zu gehen.

Und es war wirklich heiß. »Ich hole mir noch eine Limonade aus dem Automaten!«

Doro schloss sich kurzerhand an.

Esme senkte verschwörerisch die Stimme, während sie zum Aufenthaltsraum abbogen. »Willst du wieder die Zeitungen zensieren?«

»Woran du bloß denkst! Ich brauche unbedingt neuen Lesestoff.«

Doro ließ ihre aktuelle Lektüre an den unmöglichsten Stellen herumliegen, und so hatte Esme in einem ruhigen Moment mal in den historischen Roman hineingelesen. »Ist die Korsettmacherin wenigstens glücklich unter die Haube gekommen? Oder muss der Leser dafür auf Teil zwei warten?«

Doro holte Luft. »Victorias Verlobter ist im Ärmelkanal verschollen. Sie hat daraufhin ihre Werkstatt geschlossen und ist selbst in See gestochen, um in Frankreich nach ihm zu suchen – und vielleicht auch, um sich dort den ein oder anderen modischen Kniff abzugucken.«

»Diese Vicky schreckt ja vor nichts zurück«, kommentierte Esme gut gelaunt. »Ich hoffe, sie hat für die Reise zum Kontinent ein paar Asse im Korsett stecken.«

Sie kamen am Schwarzen Brett vorbei, und Doros Lesehunger ging anscheinend in die heiße Phase. Sie arbeitete sich laut vorlesend durch die Ankündigungen: »Wenn du noch Zeit im Terminkalender hast, wie wäre es mit einer Dia-Show zu ›Grünsandstein‹? Einem Vortrag zu ›Sakralkunst in Soest‹? Ah, einer Brauereiführung? Kunstausstellung? Workshop im hiesigen Sälzermuseum? Und drüben in der *Moorklinik* gibt es Salztechniken für Batik und Seidenmalerei …« Doro holte Luft.

»Danke, ich kann selbst lesen!«, wehrte Esme lachend ab, doch Doro redete schon weiter:

»Gratis-Gymnastikprogramm im Park – Interesse?«

»Echt?«, fragte Esme ungläubig.

Doro schüttelte den Kopf und sah aufrichtig bekümmert aus. »Bedaure, ich bin ausgelastet.«

»Sieh mal.« Esme wies auf einen Zettel, der mit gezeichneten Würfeln, Schachfiguren und Spielkarten verschönert war. »Spieletreff.«

»So was gibt es hier?« Doro klang angefressen. »Kein Speisesaal, aber …«

»Nein, das findet nebenan statt. Im Seniorenheim.« Esme zeigte auf die angegebene Adresse.

Doro zuckte die Achseln.

»Sollen wir beide da hin? Mittwoch und Freitag von achtzehn bis neunzehn Uhr dreißig. Das passt sogar von der Zeit her. Wir können ja einfach mal gucken gehen. *Siedler von Catan* spielen und so.«

Doro wirkte wenig begeistert. »Brettspiele sind nicht so meine Kragenweite.«

Sie liefen weiter, und Esme ließ das Thema vorerst ruhen. Im Aufenthaltsraum hockten drei Leute vor ihren Telefonen und nutzten das freie W-Lan. Es war nahezu gespenstisch still hier drin.

In einer Ecke wartete der Snack-Automat, wuchtig wie ein amerikanischer Kühlschrank und ebenso üppig gefüllt. Schokoriegel und andere Süßigkeiten, Chips, Colaflaschen, Bier und sogar Sekt (vermutlich zum Feiern erreichter Therapieziele) steckten in korkenzieherähnlichen Metallgewinden hinter Panzerglas. Wie seine kleinen Geschwister, die Heißgetränke-Automaten hier und im Kurzentrum, schluckte er nur fünfzig Cent beziehungsweise Ein- oder Zweieurostücke.

»Hast du genug Kleingeld?«, fragte Doro.

»Klar! Ich bezahle extra mit Scheinen, damit ich möglichst viel Wechselgeld bekomme. Hauptsächlich natürlich für den Kaffee.« Die Automaten waren zwischen den Terminen die einzige Quelle für einen Koffeinkick, ohne dafür den Gebäudekomplex verlassen zu müssen. Manchmal reichte die Wartezeit sogar für ein Getränk.

Esme lehnte eine der Krücken an das Gerät. Die Euros rannen ihr ganz schön durch die Finger, angefangen bei den Ausgaben wegen der verspäteten Koffer. »Wenn das so weitergeht mit Ausflügen und Lokalbesuchen, muss ich zum Geldautomaten. Mit all den Aufwendungen habe ich nicht gerechnet.« Kartenzahlung war für die meisten Hasendorfer Geschäfte Neuland. Dabei musste man im Geschäftsleben mit der Zeit gehen!

Doro nickte. »Wer hätte gedacht, dass bei Vollverpflegung noch so viel für Essen und Trinken draufgeht?«

Esme steckte die Münzen in den Schlitz, der sie mit einem blinkenden Bereitschaftslicht belohnte. »Wenn wir erst die Belohnung eingesackt haben, geht's rund.«

Doro sah sie ungläubig an. »Das denkst du ernsthaft?«

Esme zog die Limo und machte es sich damit auf einem der Sessel bequem. »Manchmal braucht es im Leben etwas Prickelndes.« Sie nahm den ersten Schluck. Die eiskalte Zitronenlimonade sandte ihr einen genüsslichen Schauer den Rücken hinab. »Ist doch aufregend. Und überleg mal, Doro, was wir mit dem Geld alles anfangen könnten.«

Falls sich einer der drei anderen Anwesenden über das Gespräch wunderte, ließ er sich jedenfalls nichts anmerken.

»Da fällt mir eine ganze Menge ein. Eine Reise zum Mond für Jonas, ohne Rückflugticket! Aber dazu wird es genauso wenig kommen wie zu dieser Belohnung«, murmelte Doro und wandte sich zum Bücherregal. Esme zückte ihr Telefon. Xenia hatte gerade ein Bild von einem schilfgrünen Kleid geschickt und *Schuhgröße 42* und *Help!!!* dazugeschrieben. Esme zoomte das Foto heran und simste dann einige Vorschläge, zusammen mit der Anweisung, wo im Lagerraum die Paare zu finden waren.

Doro

Zu Hause stöberte Doro regelmäßig im öffentlichen Bücherschrank des Viertels. Wie es aussah, enthielt das Regal im Aufenthaltsraum in etwa das gleiche bunt gemischte Angebot. Liebesromane, Historisches (leider keine Fortsetzung der *Korsettmacherin*), ein paar Thriller, einige abgegriffene Buchklubausgaben, die jemand vermutlich entsorgt hatte. Sogar ein älterer Reiseführer der Soester Börde. Wie lange der hier schon stehen mochte?

»Ich gehe dann mal rauf«, rief Esme.

Doro hob die Hand zum Zeichen, dass sie verstanden hatte. Sie stöberte ein wenig und las hie und da einen Klappentext. Schließlich wählte sie einen Band über die Schicksale eines Geschwisterpaars in den Napoleonischen Kriegen. Es war fast eine Viertelstunde vergangen. Dieselben drei Leute saßen auf denselben Plätzen und taten genau das Gleiche wie zuvor. Gespenstisch! Zuletzt hatten sie von den Geräten aufgesehen, als Esmes Limonade mit einem dumpfen »Plumps« in den Ausgabeschacht des Automaten gekullert war.

Gerade wollte Doro den Aufenthaltsraum verlassen, da blinzelte ihr die letzte Tüte bunter Schokolinsen aus dem Snack-Automaten zu.

Sie machte große Augen. Nein, das musste eine Sinnestäuschung gewesen sein. Aber zu spät: Jetzt meldete sich der Schokohunger, der ihr seit Esmes Praline auf der Zunge lag. Diese Leckerei dort wäre auch bei warmem Wetter gut portionierbar.

Der Euro glitt klimpernd in den Schacht. Sie tippte den Code ein – der riesige Korkenzieher mit der Tüte drehte sich nach vorne und gab die Schokolinsen frei. Doch dann verschob sich der Inhalt, und die Packung knickte ein. Statt komplett herauszurutschen, blieb die

Tüte mit dem äußersten Zipfel am Ende der Metallwindung hängen wie ein Köder am Angelhaken.

»Nein!« Doro klopfte an die Scheibe, die sich so massiv anhörte wie ein Stahlschrank. Sie rüttelte am Automaten, um ihre Schokolade zu bekommen. Es war nur eine winzige Erschütterung nötig. Der Kasten bewegte sich so leicht wie ein Panzerschrank – nämlich null.

Vergeblich drückte Doro die Geld-Rückgabetaste. So ein Mist. Das war ihr letztes Euro-Stück gewesen, sonst hätte sie einfach noch mal ihr Glück versucht.

Schließlich trat sie gegen den Snack-Automaten. Ohne Erfolg, bis auf schmerzende Zehen. Na ja, war ohnehin besser für ihre schlanke Linie. Mit dem Gefühl der Niederlage im Bauch wollte sie abziehen.

»Also, ich würde mich beschweren!«, meinte da eine Frau aus einem der Sessel.

Doro bemerkte, dass die Anwesenden ihre Bemühungen um die Schokolinsen beobachtet hatten. Ganz schön peinlich.

»Ist schließlich teuer genug, das Zeug«, sagte die Patientin gegenüber. Jetzt fingen alle drei an zu schimpfen, als wäre das Ventil eines Dampfkessels nicht nur aufgegangen, sondern in hohem Bogen abgesprungen.

Die Bauarbeiten. Der verlegte Speisesaal. Die fehlenden Pausen. Das Hin- und Hergerenne. Die Hitze.

Das war Doros Gelegenheit, dieser schmachvollen Situation zu entfliehen. Sie war schon fast zur Tür hinaus, da wandte sich die erste Frau direkt an sie. »Das müssen Sie sich nicht bieten lassen. Beschweren Sie sich am Empfang.«

Einerseits wollte Doro keine Welle machen. Es war gerade mal ein Euro. Andererseits fühlte sie sich von den anderen regelrecht angestachelt. Sie ärgerte sich bereits die ganze Zeit über die Umbauarbeiten und die damit einhergehenden Zumutungen. Warum geriet sie hier dauernd unter die Räder?

Sie eilte durch den Flur. Bestimmt besaß Frau Sperling einen Schlüssel für den Kasten, dann wurde alles gut.

»Tut mir leid, Frau Hammerblech«, sagte die Dame am Empfang jedoch zu Doros Enttäuschung. »Der Automat wird von der Aufsteller-Firma gewartet. Aber ich rufe gleich mal …«

»Kein Stress«, wollte Doro antworten, doch komischerweise drang nicht der kleinste Laut über ihre Lippen, und da ging der Anruf bereits raus.

Doro wusste kaum, wohin mit den Händen. *Mannomann.*

Wie neulich, als sie hier gestanden hatte, fühlte sie sich überhitzt und gestresst.

»Ja, die *Salzquelle*. Sperling am Apparat. Der Snack-Automat streikt wieder«, erklärte die Empfangsdame ins Telefon. »Nein, ich habe nicht …«

Pause.

»Es ist keiner mehr da?«

»Ist schon okay!«, meinte Doro schnell. Der Appetit war ihr bereits vergangen. »Nur ein Euro. Lassen wir es gut …«

Frau Sperling sah sie tadelnd an. Sie legte die Hand über das Hörermikrofon und sagte gedämpft: »Darum geht es ja gar nicht. Das ist eine Sache des Prinzips!«

Vielleicht kam so was ja öfter vor. Unangenehm war es trotzdem.

»Ah, ja, passt.« Frau Sperlings Ausdruck hellte sich auf. »Auf Wiedersehen!«, flötete sie ins Telefon. Das beherrschte sie wirklich gut.

»Der zuständige Techniker ist gerade in Soest. Aber sie schicken jemanden von nebenan, der sich kümmert.«

»Vielen Dank! Tut mir leid wegen der Umstände.«
Doro schlich zurück in den Aufenthaltsraum.

Ein paar Minuten später kam ein kräftig gebauter
Mann in staubiger Jeans und T-Shirt hinzu. Er brummel-
te etwas, das wie »Karstn« klang und fragte: »Wieder
das Ding?«, während er schon in die Ecke mit den
Snacks ging, ohne die Antwort abzuwarten.

Doro zeigte auf ihre Schokis. »Ja, die Tüte hängt fest!«
Der Arbeiter legte kurz den Kopf schief und ließ die Na-
ckenwirbel knacken. Er umfasste mit ausgestreckten Armen den Apparat und kippte ihn ein Stückchen nach
vorn. Die Schokolinsen rutschten vom Haken und herunter ins Ausgabefach.

Vor lauter Aufregung war Doro so verschwitzt, als
hätte sie höchstpersönlich den Automaten gestemmt.
»Danke, das ist nett«, sagte sie rasch. Die übrigen Patienten applaudierten.

Der Mann verschwand ein kurzes Nicken später
schon wieder, ehe Doro auch nur an ein Trinkgeld denken konnte.

»Na also!«, meinte die Frau im Sessel so befriedigt,
als handelte es sich um ihre Süßigkeiten.

Doro verabschiedete sich und hielt auf dem Weg vorbei an der Empfangskabine triumphierend die Tüte
hoch. Sich hinter dieser Geste zu verstecken war leichter,
als zuzugeben, wie unangenehm ihr der ganze Aufstand
gewesen war. Das Federkleid ihrer Frohnatur war ein
wenig zerrupft, aber Doro konnte sie dank *Karstn* wenigstens mit Schokolade füttern.

Sie schuldete auch Frau Sperling eine Spende für die
Kaffeekasse, sobald sie wieder Kleingeld hatte.

Esme brauchte von der peinlichen Geschichte nichts
zu erfahren.

Highway to Hell

Dienstag, 17. August, Bad Hasendorf

Dorothea Hammerblech:
Frühstück 7 – 7:45 Uhr (Moorklinik)
Facharzttermin Dr. A Scheuer 7:45 – 9 Uhr (Salzquelle)
Ergotherapie, Gruppe 9 – 9:45 Uhr (ERGOS-Moorklinik)
Krankengymnastik, Gruppe 10 – 10:30 Uhr (Kurzentrum)
Vortrag »Erwerbsminderung« 10:45 – 11:30 Uhr
(Moorklinik)
Mittagessen 11:30 – 12 Uhr (Speisesaal Moorklinik)
Medizinische Trainingstherapie 13 – 13:45 Uhr
(MTT Moorklinik)
Wassergymnastik 14 – 14:45 Uhr (Moorklinik)
Abendessen 17 – 17:30 Uhr (Speisesaal Moorklinik)

Doro

Doro achtete am Dienstagmorgen darauf, extra früh los-
zukommen, damit sie rechtzeitig zurück beim Facharzt
in der *Salzquelle* erscheinen konnte. Sie sah kurz beim
Bonsai vorbei, der sich besser akklimatisiert zu haben

schien als sie. »Bin weg«, rief sie Esme zu, die gerade ihre Haare ins Handtuch wickelte.

Doro war gut in Schwung, der Lift kam sofort, und sie betrat den Hellweg-Tunnel. Die aufgehende Sonne warf rötliches Licht in die durchgehenden Fenster der Röhre. Es war ungewohnt, hier ohne Gepäck unterwegs zu sein. Aber nach dem Arztbesuch brauchte Doro den Trolley mit dem alltäglichen Therapie-Krimskrams nur aus dem Zimmer zu holen. Und da laut Behandlungsplan Arzttermine Vorrang gegenüber Anwendungen besaßen, konnte sie eine mögliche Verspätung bei der *Ergo-Gruppen-Therapie* entschuldigen.

Die Sonne spiegelte sich in den Scheiben. Doros Gedanken wanderten zu Manuelas verrückter Idee. Hoffte die wirklich, im Alleingang ein Verbrechen aufzuklären? So was kam doch nur in Detektivromanen vor, einem Genre, in dem Doro sich überhaupt nicht zu Hause fühlte. Andererseits, wer hätte gedacht, dass sie ausgerechnet während der Reha in so einen ungelösten Fall stolpern würde?

Sie würde Manuela und Esme den Gefallen tun und mitspielen, bis das Thema seinen Reiz verlor. Es war ja nicht so, als bedrohte hier ein salzstreuerschwingender Serienmörder ihr Leben. *Salz*, wurde Doro da klar. Es gab unbestreitbar Gemeinsamkeiten. Dieser Tote am Königsood mit dem Körper voller Salz. Und Wickers war nach dem Besuch der *Salzwasser*-Therme verschwunden …

Eine Wasserflasche war auf den Flur gerollt. Doro stutzte und kniff die Augen zusammen, um besser sehen zu können. In der Mitte des Tunnels bei der kleinen Bank lag jemand. Hatte ein Patient in der Hitze einen Schwächeanfall erlitten?

Sie lief los. Gut, dass sie in Erster Hilfe ausgebildet war.

»Hallo?« Ihr Blick glitt über einen Haufen Kleider. Und von dort aus zum ausgestreckten Arm der menschlichen Gestalt am Boden. Etwas Weißes, zweigdürres ragte aus dem Ärmel hervor. Knochen! Und da – ein blanker Totenschädel.

Doro entfuhr ein Schrei. Nein. Nicht *schon* wieder.

Die Hitze umfing sie mit brennenden Flügeln, und Doro wurden die Knie weich.

Der weite Gang schnurrte zusammen zu der kleinen Kabine, damals in der Praxis. Doro hockte auf dem Stuhl. Sie hörte Gelächter über sich zusammenschlagen. Dazwischen immer wieder Kerstins verhasste Stimme: Falsch, sagte sie. So jemand ist in unserem Beruf fehl am Platze.

Doro schaute zu der Kollegin hoch und wollte etwas erwidern. Aber sie wusste, egal, was sie entgegnete, Kerstin würde ihr die Worte im Mund herumdrehen.

Esme

Ausrufe und Gelächter hallten durch den Hellweg-Tunnel. Das war ja mal eine Abwechslung zu den üblichen Schimpftiraden und vollmundigen Androhungen von Beschwerdebriefen wegen der unmöglichen Reha-Bedingungen.

Esme näherte sich einem Menschenauflauf. Was da wohl los war?

Das Grüppchen gab den Blick auf jemanden auf der Bank frei, die die halbe Wegstrecke markierte. Es war Doro. Was, schon die erste Pause?, wollte Esme ihr zurufen, aber etwas an der Haltung ihrer Zimmergenossin hielt sie ab.

Doro hockte mit hängenden Schultern da. Sie schüttelte sich aus vor Lachen, doch Esme hörte auch abgehackte Schluchzer dazwischen. Und zwei Meter den Gang hinunter …

So schnell ihre Gehhilfen sie trugen, eilte Esme auf sie zu. »Hey, was ist denn los?«

Doro fuhr sich mit der Hand über die Augen und wischte sich in einer kindlichen Geste die Tränen fort. »Schau mal«, sagte sie erstickt. Wieder drang ein merkwürdig gepresster Seufzer aus ihrem Mund.

Aber Esme hatte es längst gesehen.

Sand, der verdächtig dem aufgehäuften Baumaterial unter ihrem Balkon ähnelte, war zu einer Düne aufgeschüttet. Ein Oberkörperskelett samt Schädel ragte heraus, gekleidet in ein Karohemd. Auf dem Totenkopf saß ein Strohhut. Daneben lag eine alte Tasche mit ausgerissenem Riemen. Der ausgestreckte Arm des Wüstenwanderers schien mit Skelettfingern nach der leeren Wasserflasche greifen zu wollen. Hinter der Figur steckte ein Pappschild mit der Aufschrift: *Highway to Hell*.

Das zusammengesetzte Ding bestand aus verschiedenen Modellen – vermutlich aus Beständen der Klinik. Eigentlich war es zum Schießen. Allerdings hatte es Doro komplett auf dem falschen Fuß erwischt.

Sie wirkte erschüttert, was nach dem Erlebnis vom Freitag auch kein Wunder war. Hatte sie die zusammengestückelte Figur mit einem echten Skelett verwechselt?

»Ist doch nur Plastik«, meinte Esme. »Da haben sich einige Patienten Luft gemacht.« Die anarchistische Kreativität hinter dieser Aktion war bewundernswert. »Ich will nicht in deren Haut stecken, wenn rauskommt, wer das war. Obwohl sie eigentlich nur dargestellt haben, was in der *Salzquelle* alle denken.«

»Ich weiß!«, antwortete Doro kläglich. »Aber ich habe mich erschreckt und …« Sie atmete tief durch.

»Komm, gehen wir erst mal frühstücken. Dann hast du das Ding nicht die ganze Zeit vor der Nase.«

Doro

Mit jedem Schritt beruhigte sich Doro ein bisschen mehr. Wie blöd sie gewesen war, wie blöd! *Falsch,* erklang eine leise Stimme in ihrem Hinterkopf. *Du bist hier falsch!*

Das war bloß eine Erinnerung, und das wusste Doro genau. Sie hatte vor über einem Vierteljahrhundert in der Reha in Marburg hart daran gearbeitet, diese Sätze als das zu erkennen, was sie waren. Lügen.

Und sie hatte ihren Frieden mit den Plagegeistern gemacht und sie verbannt. Aber die letzten Tage, die besondere Situation in der Reha und der Knochenfund erweckten dunkle Erinnerungen zum Leben. Der damalige Psychologe hatte ihr erklärt, dass das immer mal wieder passieren konnte.

Doro stieß einen tiefen Atemzug aus. Sie machte kurz im Toilettenraum halt und wusch sich das Gesicht.

Zum Frühstück trank sie dann nur zwei Tassen kalten Kakao. Appetit hatte sie keinen.

An den Tischen ringsum gab es nur ein Thema: Schließlich waren alle an der »Wüstenszene« vorbeigelaufen. Hoffentlich lieferte ihr Zusammenbruch nicht zusätzlichen Gesprächsstoff!

Gestern die peinliche Sache mit dem Automaten, heute das. Es war wie verhext. Trotz guter Vorsätze bei diesem Klinikaufenthalt war von Doros Nervenkostüm nur ein durchlöcherter Fetzen übrig. Die bösen Überraschungen hatten sie nach und nach zermürbt.

Esme kaute gemütlich ihre Brötchenhälfte mit Marmelade und schwieg.

Doro fasste sich ein Herz. »Ich will nicht, dass du mich für überspannt hältst!«

»Ach was!«, meinte die Freundin. Sie massierte versonnen ihren Handteller, der vom Krückengriff ganz rot gerieben war. »Und, geht's denn wieder?«

Im Wintergarten herrschte ein ständiges Kommen und Gehen. Ringsum aßen Menschen, sprachen miteinander und lachten. Sie prüften die Uhrzeit und überlegten, ob sie noch ein Brötchen oder einen Kaffee bis zum nächsten Termin schafften.

»Du musst nichts erzählen. Nur wenn du magst«, sagte Esme freundlich.

Doch Doro wollte aussprechen, was ihr auf der Seele lag. »Es ging bei meiner Ausbildung los. Zuerst lief es echt gut. Ein netter älterer Orthopäde als Chef, der viel Lob aussprach, und eine super Kollegin, Anna, die mir zur Seite gestanden hat. Nach dem ersten halben Lehrjahr hat Anna überraschend gewechselt. Dafür kam dann Kerstin Sauer in unser Team!«

Doro schluckte. »Der Name war Programm. Bald wurde klar, dass Kerstin mich auf dem Kieker hatte. Von ihr hörte ich immer nur süßlich verpackte, im Kern boshafte Kritik. Eines Nachmittags habe ich die Untersuchungskabine vorbereitet. Da stand neben der Sitzgelegenheit noch dieses Eins-zu-eins-Skelettmodell.

Es war Hochsommer und mir wurde schummerig. Als ich dann weggeknickt bin, habe ich noch versucht, mich irgendwo festzuhalten. Dann weiß ich nur, wie ich auf dem Boden liege, das Skelett halb auf mir drauf. Kerstin kam hereingerannt, von dem Lärm aufgeschreckt. Und sie brach in Gelächter aus. Während ich mich aufrappelte, fragte sie: ›Frau Hammerblech, haben Sie sich vor dem Geripple erschreckt? Oder wollten Sie etwa mit dem armen Kerl kuscheln?‹ Erst, als ich die Knochen berührte, wurde mir klar, dass es kein Plastikmaterial, sondern ein echtes Skelett war.«

Esme hatte mit ungeteilter Aufmerksamkeit zugehört. »Klingt ja wie aus einem Horrorfilm.«

Hinterher hatte Doro erfahren, dass dieses Skelett ein Überbleibsel der Vorgänger-Praxis war, das man nicht, wie aus ethischen Gründen inzwischen üblich, ausgetauscht hatte.

»Ein erschreckendes Erlebnis, ja. Aber das hat mir keine Albträume beschert«, sagte Doro so nüchtern wie möglich. »Allerdings kippte das Klima bei der Arbeit, als langsam auch die Übrigen mitmachten. Es fing mit kleinen Sticheleien an. Witze über Knochen. Bemerkungen, ausgelegte Röntgenaufnahmen auf meinem Pausenplatz, Halloween-Spielzeug-Skelette. Herausstreichen meiner Missgeschicke und Unterschlagung aller guten Sachen.« Doro schluckte. Ihr blieb bei der Erinnerung und der Welle an Gefühlen, die sie hervorrief, fast die Luft weg.

Esme schüttelte nur den Kopf.

»Einmal kam der Chef fassungslos auf mich zu und zeigte auf ein Hüft-Modell, das aus meiner Handtasche hervorlugte. Er hatte das bei einem Patientengespräch gebraucht und überall gesucht. Ich wusste natürlich, was los war, aber wie sollte ich das beweisen? Die Dinge haben sich summiert, bis ich irgendwann tatsächlich eine Abneigung gegen Knochen jeder Art bekam und mir auch sonst nichts mehr zugetraut habe.«

»Mobbing«, sagte Esme schließlich. »Definitiv.«

»Ja, allerdings war das damals überhaupt kein Thema. Ich als Azubi ... Glücklicherweise wurde Kerstin

schwanger und war während des letzten Ausbildungs-
jahres weg vom Fenster. Doch da war mein Ruf bei den
übrigen Kollegen ruiniert. ›Mach das, wenn du dich
stark genug fühlst‹, hieß es nur noch.«

Gegen Ende der Lehrzeit, als es fast schon zu spät
war, war Doro eine Kur bewilligt worden, die ihr Wege
eröffnen sollte, mit den Erlebnissen umzugehen. In Marburg hatte sie Spaß am Sport gefunden. Laufen – vor
den gemeinen Bemerkungen *weglaufen* – war wie Balsam
gewesen.

»Ich habe die Zähne zusammengebissen und die
Ausbildung beendet. Länger im vergifteten Klima der
Praxis zu bleiben kam für mich nicht infrage. Leider war
mein Zeugnis alles andere als überragend. Kurz darauf
traf ich Jürgen, dann die Heirat, und schließlich war ich
einige Jahre mit meiner kleinen Julia zu Hause. Als die
Ehe in die Brüche ging, habe ich mir eine Hautarztpraxis
gesucht. Wenn man da die Gebeine sieht, ist der Patient
echt richtig schlimm dran.«

Doro grinste schief und strich eine Portion Galgenhu-
mor über ihre frisch entblößte Seelenpein. »Jedenfalls ist
der unerwartete Anblick von Knochen für mich ein
Kurztrip in diesen Teil der Vergangenheit, samt Nerven-
flattern.«

»Ach, Doro«, meinte Esme. Die zweite Hälfte ihres
Brötchens lag unangebissen auf dem Teller. »Das klingt
richtig übel.«

»Halb so schlimm!«, sagte Doro, doch sie spürte immer noch einen Kloß im Hals, wenn sie an die Ausbildung zurückdachte.

Esme sah auf ihr Handy. »Mein Termin ist ja erst um
halb zehn, aber ich glaube, du musst jetzt los!«, bemerkte sie. »Und gegessen hast du überhaupt nichts.«

»Danke!« Doro hatte keinen Bissen runterbekommen.

Wenn sie rechtzeitig da sein wollte, musste sie den Tunnel nehmen und sich der Wüstenszene stellen.

Der Termin war bei Dr. A Scheuer. Doro suchte das entsprechende Sprechzimmer im Seitenkorridor der *Salzquelle* und nahm direkt neben der Tür Platz.

Ringsum warteten Patienten, wurden in Zimmer gerufen oder traten wieder heraus. Sie war die Einzige vor Dr. Scheuers Raum.

Den im Vorbeigehen gewechselten Worten nach zu urteilen, klang es, als würde hier eine erste Rückmeldung über die Therapien eingeholt. Also, die konnten sich auf was gefasst machen! Vor lauter Hin und Her blieb kaum Energie für die Anwendungen übrig.

Doros Arzt schien sich viel Zeit für seine Patienten zu nehmen. Die Sprechzimmertür bewegte sich nicht, und es fand sich auch kein anderer Wartender neben Doro ein.

Gegenüber beschwerte sich eine ältere Dame darüber, dass ihre Unterlagen irgendwo im Haus verschollen waren.

»Kopien«, riet ihr eine Mitpatientin, auf deren Schoß ein prall gefüllter Ordner lag, der aufklaffte wie ein Akkordeon. »Machen Sie von allem Fotokopien und geben Sie die Originale nie aus der Hand!«

Ein guter Rat. Trotz Digitalisierung erstickte der Medizinbetrieb derart im Papierkram, dass gelegentlich Röntgenbilder und Befunde im Praxisalltag oder der Post verloren gingen.

Immer noch regte sich nichts bei Dr. Scheuer.

Schließlich kam das Doro seltsam vor, und sie schlenderte zur Tür. Ringsum erklang leises Gemurmel aus den Sprechzimmern. Die Gespräche der wartenden Patienten erschwerten es herauszufinden, ob bei Dr. Scheuer gesprochen wurde. Doro ging einen Schritt näher, nicht, um zu lauschen, *um Himmels willen*, nur um irgendein Lebenszeichen zu erhaschen.

Nichts. Sie setzte sich wieder. Zwanzig Minuten. Jetzt musste es ja jeden Moment losgehen.

Die übrigen Stühle leerten sich, und es kam niemand mehr nach. Ihre Therapie fing gleich an. Sollte sie mal klopfen?

Sie wusste aus eigener Erfahrung, dass die meisten Ärzte es hassten, beim Patientengespräch gestört zu werden, leider war es manchmal unvermeidlich.

Doro versuchte ihr Glück, eine Antwort blieb jedoch aus. Die Tür war abgeschlossen. Doros Herzschlag beschleunigte sich, und ein ungutes Gefühl breitete sich in ihrer Magengrube aus.

Sie klopfte an eine der Zimmertüren, aus der ein Patient herausgetreten, in die aber kein weiterer hineingegangen war. *Dr. Khalid*, stand auf dem Schild daneben.

»Ja, bitte?« Ein so junger Arzt saß darin, dass Doro kaum glauben konnte, dass er bereits den Abschluss in der Tasche hatte. Es kam ihr in letzter Zeit so vor, als arbeiteten überall nur Halbwüchsige.

»Ich warte seit fast einer halben Stunde auf den Termin bei Dr. Scheuer«, erklärte Doro. »Und es tut sich nichts!«

Ihr Gegenüber zog eine Augenbraue hoch. »Ausgeschlossen.«

Doro zeigte den ausgedruckten Terminplan als Beweismittel vor. »So steht es da.« Dr. Scheuer war auch bei den übrigen Unterlagen als behandelnder Arzt aufgeführt.

»Tatsächlich.« Dr. Khalid kratzte sich am Ohr. »Allerdings ist der Kollege noch bis Anfang nächster Woche in Urlaub.«

»War ja klar«, murmelte Doro vergrätzt. »Dann muss halt der Computer einen Fehler gemacht haben. Und ich darf das ausbaden.« Sie haspelte die Telegrammfassung ihrer Erfahrungen herunter, angespannt und genervt, weil es wieder mal sie erwischt hatte. Von wegen, der Blitz traf nicht zweimal dieselbe Stelle. Doro kam sich vor wie eine wandelnde Zielscheibe.

Der Schreck vom Hellweg-Tunnel steckte ihr auch noch in den – *ha, ha* – Knochen. Sie fühlte sich, als würde sie gleich platzen vor Ärger. »Und jetzt?«

Der Arzt deutete auf den Stuhl vor dem Schreibtisch. »Bleiben Sie einfach hier, ich übernehme die Untersuchung.«

Verheulte Augen, knallrot vor Zorn, rasender Puls, ja, das war genau die richtige Verfassung für einen wichtigen Arzttermin.

Aus Zeitgründen wählte Doro erneut die Passage durch den Tunnel. Zu ihrer Erleichterung waren Sandhaufen und Knochenmodelle inzwischen verschwunden. Da Ärzte und Therapeuten den Weg ebenfalls benutzten, war der Streich wohl schnell aufgeflogen.

Auch die Arbeiten im Kurzentrum wurden hörbar fortgeführt, aber wenigstens ohne dazugehörige Staubwolke. Man arbeitete nun ein Stockwerk höher, und Planen hielten den Schmutz in Schach.

Doro platzte bei der Ergotherapie in eine Gruppensitzung hinein. Sie erkannte einige der Gesichter von der Rückenschule wieder. Anscheinend gingen die beiden Themen nahtlos ineinander über.

Natürlich war sie die Letzte. »Tut mir leid wegen der Verspätung, aber ich war gerade in der *Salzquelle* beim Arzt«, erklärte sie.

»Ist kein Problem«, versicherte die Ergotherapeutin,

Frau Schwarz-Däumler. »Vor dem ersten Durchlauf erkläre ich die Einzelheiten noch einmal.«

Sie standen um eine Art Arbeitsstation herum, die mit ihren Leisten, Löchern, Seilzügen und Haken aussah wie ein Computer in einem sehr, sehr alten Science-Fiction-Film.

Bei der Therapie wurden wirbelsäulenfreundliche Bewegungen einstudiert, und zwar mit einer Art Zirkeltraining. Neben dem Übungseffekt diente der Apparat auch der Messung der Leistung. Das Ganze war so kompliziert, dass bei diesem Termin bloß die *Einführung* in die Abläufe stattfand, wie Doro schließlich klar wurde.

An jeder Seite der sechseckigen Station und an den Wänden des Raumes warteten verschiedene Aufbauten, die die Anforderungen einer echten Arbeitssituation nachstellen sollten. Sie erinnerten jedoch eher an die Aufgaben einer Spiele-Show.

Außerdem war das ein seltsamer, simulierter Job, fand Doro. Unterschiedlich mit Sand gefüllte Flaschen sollten über Kopf von Haken zu Haken wandern. Zehn Kilo schwere Tabletts wurden von links über die Mitte nach rechts transportiert und auf gleiche Weise wieder zurückbewegt. Blaue Tennisbälle wurden einzeln in einen Schacht des Geräts geworfen, zu dem man nur über eine kleine Metallgittertreppe kam. In der folgenden Übung ging es darum, nummerierte Kugeln zu sortieren.

Ziehung der Lottozahlen *revers*.

Die Veranstaltung endete mit einem lockeren Probelauf. Jeder durfte bei jeder Station mal Hand anlegen. Mit den durcheinandereilenden Personen und den scherzhaft ausgerufenen Highscores hatte die Ergotherapie tatsächlich etwas von Kindergeburtstag. Nur die Trostpreise fehlten.

Manuela

»*Börde-Anzeiger*, Redaktion.«

Vor Manuelas geistigem Auge baute sich ein Bild auf, wie man es aus Filmen kannte. Überarbeitete Reporter zwischen benutzten Kaffeetassen auf der einen und überfüllten Aschenbechern auf der anderen Seite des Schreibtischs. Es sollte Tastengeklapper und das Brüllen eines cholerischen Chefredakteurs zu hören sein.

Tatsächlich aber waren diese Zeiten auch beim *Börde-Anzeiger* lange vorbei – nicht nur wegen des generellen Rauchverbots am Arbeitsplatz –, wenn es sie überhaupt je gegeben hatte. Aus dem Telefon drang bloß eine höfliche Frauenstimme: »Wie kann ich Ihnen helfen?«

Manuela war aufgefallen, dass der alte Artikel aus dem *Hellweg-Boten* zu Wickers' Verschwinden von demselben Reporter stammte wie der Beitrag zu ihrem Foto. Inzwischen arbeitete dieser Radek für den *Börde-Anzeiger*.

»Guten Tag! Ich hätte gerne Herrn Radek gesprochen.«

»Das tut mir leid. Herr Radek ist momentan außer Dienst.«

»Können Sie mir verraten, wann er wieder im Hause ist?«, fragte Manuela freundlich. Er war »außer Dienst«, was bedeutete, dass er nicht gerade nur auf einem Außentermin weilte.

»Darüber darf ich keine Auskunft geben. Vielleicht kann ich Ihnen ja weiterhelfen?«

»Ja, indem Sie mir seine Kontaktdaten weiterleiten.«

Dies lehnte die Dame aus Gründen des Datenschutzes ab.

Manuela bedankte sich mit feiner Ironie und legte auf. Die Redaktion weigerte sich an einem Wochentag,

Kontakt herzustellen? Auf ihre gestrige Anfrage an Radeks Redaktions-E-Mail-Adresse hatte der Journalist auch nicht reagiert. Machte er etwa Ferien?

Sie trommelte mit den Fingern auf den Schreibtisch. Also gut, Zeit für Phase zwei. Einen Versuch war es wert.

Zur Ferienwohnung gehörte ein Festnetzanschluss und – *Bingo* – ein örtliches Telefonbuch. Es war eindeutig eine ältere Ausgabe, aber das mochte vorteilhaft sein. Manuela suchte den Namen des Redakteurs und wurde tatsächlich fündig.

Sie sammelte sich kurz und wählte. Da sie der Polizei versprochen hatte, sich aus den Ermittlungen zu der undichten Stelle im Forum herauszuhalten, würde sie versuchen, das Thema zu umschiffen. Das betraf allerdings nicht einen gewissen älteren Fall.

»Radek«, meldete sich ein Mann am anderen Ende der Leitung.

»Heinz Georg Radek?«, vergewisserte sich Manuela.

»Ebender. Aber ich sage Ihnen gleich, ich gebe keinen Kommentar zu den jüngsten Vorfällen im Hasendorfer Park ab.« Ein Seufzen. »Wenn Sie dazu etwas loswerden wollen, schreiben Sie einen Leserbrief an den *Börde-Anzeiger*. Je knapper er ist, desto höher sind die Chancen auf Abdruck.« Der Klang seiner Worte verriet Manuela, wie kurz er davor war aufzulegen.

»Was?«, stellte sie sich unwissend, um dem Rausschmiss zuvorzukommen. »Nein. Es geht um eine ältere Geschichte. Einen geheimnisvollen Vermisstenfall …« Manuela hob die Stimme und ließ den Satz offen ausklingen. Sie hielt nicht zum ersten Mal einen Gesprächspartner bei der Stange. Doch der Job im Callcenter lag ewig zurück.

»Ja?«, fragte Radek knapp, ohne sich in die Karten schauen zu lassen. Immerhin blieb er in der Leitung.

»Sie haben damals im *Hellweg-Boten* über den verschwundenen Klaus W. aus Hasendorf berichtet. Liege ich da richtig?«

»Also, das ist ja ewig her.« Eine kurze Pause, ein Räuspern. »Das Blatt wurde vor einer ganzen Weile eingestellt. Wieso graben Sie denn so eine alte Story aus?« Freundlich, aber durchaus auf der Hut.

»Ich wollte Sie um kollegiale Hilfe bitten«, sagte Manuela und versicherte sogleich: »Ich mache das nicht beruflich, sondern nur aus Interesse.«

»Das müssen Sie mir schon erklären. Sie klingen ein bisschen zu alt für die Schülerzeitung.« Jetzt hörte er sich amüsiert an.

»Ich sitze an einem Beitrag für den YouTube-Kanal *Crime Tower*. Der beschäftigt sich mit mysteriösen Fällen.« Themen wie diese tauchten regelmäßig in einschlägigen Videos auf. »Man erfährt sonst immer nur etwas von den ganz großen Rätseln, über die auch schon das Fernsehen berichtet hat. Aber es gibt viel mehr! Erinnern Sie sich an den verschwundenen Mann aus Hasendorf?«

»Die Sache hat genug Aufsehen erregt. Eva Wickers, die Ehefrau, hat beharrlich nach ihm gesucht, sogar eine Belohnung ausgesetzt. Leider ist sie bald aus Hasendorf weggezogen und ein paar Jahre später gestorben. Ihre Todesanzeige war gewissermaßen der Schlusspunkt der Suche nach Wickers. Die Ehe war kinderlos.«

»Das ist tragisch«, erwiderte Manuela betroffen. Das erklärte jedenfalls, wieso keine Nummer der Ehefrau oder von Verwandten aufzutreiben war. »Und der Mann ist nie wieder aufgetaucht? Was für eine Bewandtnis hatte es beispielsweise mit diesen Handtüchern? Ist er vielleicht entführt worden und wollte damit eine Art Spur legen?« Immerhin *waren* Wickers' Frotteetücher das Einzige, was man gefunden hatte.

Radek lachte trocken auf. »Ich war nicht in die polizeilichen Ermittlungen eingebunden. Aber natürlich hat sich jeder so seine Gedanken gemacht. Sie müssen wissen, dank der Bevölkerungsstruktur gibt es hier weniger Kriminalität als im Bundesdurchschnitt. Der Großteil der Kapitalverbrechen beschränkt sich auf das jährliche Krimifestival!«

»Aber im Bäder-Dreieck halten sich doch nicht bloß friedliche Kurgäste auf.«

»Ah, ›Bäder-Dreieck‹«, wiederholte Radek. »Mit diesem Ausdruck haben Sie gleich den Nagel auf den Kopf getroffen.«

Jetzt war Manuela verwirrt. »Bitte?«

Radek gab einen kurzen Abriss der lokalen Geschichte. Das meiste hatte Manuela schon anderswo gelesen, und sie hörte erst aufmerksamer zu, als es in die nähere Gegenwart ging. »… als vor fünfzehn Jahren das Hasendorfer Thermalbad gebaut wurde …«

»In welchem Zusammenhang steht denn ein Schwimmbad mit Kriminalität?«, unterbrach sie ihn.

»In der Folge ist die Bevölkerungszahl … ich will nicht überdramatisch sagen … *explodiert*, aber es sind in kürzerer Zeit sehr viele Frührentner und Senioren hergezogen. Wegen der Annehmlichkeiten des Kurstädtchens und der landschaftlichen Schönheit. Es gab da einen regelrechten Bauboom für kleine Altersruhesitze sowie Ferienwohnungen. Das hat das Durchschnittsalter steil nach oben getrieben, und die Kriminalitätsrate der Region sank. Der *Thermalbad-Effekt* kam dann, besonders wirtschaftlich gesehen, sehr gelegen!«

Jetzt konnte Manuela ihr frisch erworbenes Wissen anbringen. »Der Ausbau der Kuranlagen zu Kaisers Zeiten diente doch eigens dazu, die wegbrechende Salzgewinnung zu ersetzen.«

»Richtig. Luft- und Badekuren finden hier seit 1900 statt. Dann kam mit der Gesundheitsreform eine Krise für den Kurbetrieb. Die Neuorientierung wie die Ausrichtung auf Selbstzahler wurden wichtig für das zukünftige Gedeihen von Hasendorf.« Eine Atempause. Radek war eine Goldgrube, doch er neigte zu Abschweifungen. Manuela brachte nur ein »Wie …« heraus und verpasste die Chance, das Gespräch zurück zu Wickers zu bringen.

»Bei der Gesundheitsreform Mitte der Neunzigerjahre wurden Kuren von vier Wochen auf drei gestutzt«, fuhr Radek fort. »Das macht einen gewaltigen Unterschied, nicht bloß für den Kurgast und die Auslastung der Kliniken. Patienten bekommen bei längerer Verweildauer natürlich eher Besuche. Und die benötigen Zimmer und wollen verköstigt werden.«

»Aber was hat die Infrastruktur mit Wickers zu tun?«

»Entschuldigen Sie, Wirtschaft ist mein Steckenpferd. Ich glaube, so viele Details wollten Sie gar nicht wissen.«

Der Artikel zu ihrem Foto war ebenfalls auf dem *wirtschaftlichen* Schaden dank der Dauerbaustelle herumgeritten. Waren mit Radek bei seinem Lieblingsthema die Pferde durchgegangen?

Die Frage nach dem Foto brannte Manuela auf der Zunge, doch vielleicht verspielte sie jede Sympathie, wenn sie den Artikel ansprach, mit dem Radek vermutlich angeeckt war.

»Ich bin vor allem an den merkwürdigen Begebenheiten rund um den verschwundenen Badegast interessiert«, erklärte sie. »Woher wusste man überhaupt, dass es seine Handtücher waren? In einem Badeort gehören die doch zur Grundausstattung, und da wurde sicher kein DNA-Test gemacht.«

»Ach ja, die Handtücher. Die trugen ein gesticktes Monogramm *K. W.*, sodass man sie Wickers zuordnen konnte.« Radek zögerte. »Irgendwas war noch damit.«

Manuela lehnte sich nach vorn. Endlich hatte sie den Mann von seinem Wirtschaftsgleis abgebracht.

In diesem Augenblick klingelte es.

»Ich muss mal zur Tür!«, entschuldigte sie sich. Ob das wieder der Hausverwalter war, der regelmäßig nach dem Rechten schaute? Oder hatten Doro und Esme so bahnbrechende Entdeckungen gemacht, dass sie davon persönlich berichten wollten. »Kann ich mich später zurückmelden?«

»Sicher. Das gibt mir Gelegenheit, meine alten Notizen rauszusuchen.«

»Gut!« Manuela legte auf und öffnete.

»Wäscheservice!« Vor der Tür stand Gero. Ihr Angetrauter hielt eine Tasche mit frischer Wäsche in der einen und eine Flasche ihres Lieblingsweins in der anderen Hand. »Die Espressomaschine war zu unhandlich. Doch ich wollte dich gleich an den Ort mit dem besten schwarzen Gebräu entführen.«

Sie aßen in dem bezaubernden Ristorante *Bella Italia*. Das Lokal in einer Nebenstraße war definitiv ein Geheimtipp.

Gero hatte für seinen Überraschungscoup von zu Hause aus einen Zweiertisch reserviert, und das war ganz gut so. Der kleine Gastraum der Pizzeria war berstend voll, und auch an der Handvoll Tische vor dem Lokal gab es keinen Platz mehr.

Vor Manuela dampfte ein mit viel Käse überbackener Auflauf, Pizzabrötchen mit lustigen Zipfeln verströmten

144

ein appetitanregendes Aroma. Da in der Ferienwohnung noch der Wein wartete, trank Manuela nur einen Spritz zum Aperitif und danach ein Glas bittere italienische Limonade.

Das Licht im Gastraum war gedämpft, der Service schnell und freundlich. Alles war perfekt, bis auf ...

»Sag mal, muss ich eifersüchtig werden?«, fragte Gero mit belustigtem Unterton.

»Wieso?« Manuela schob den Radicchio-Salat beiseite und machte sich über ihre Nudeln her. Vorsichtig öffnete sie die Käsekruste und ließ Hitze entweichen.

»Ich merke doch, wie du die ganze Zeit drüben in die Ecke siehst!« Gero senkte die Stimme. »Sitzt da dein Kurschatten?«

»Der?« Manuela fiel fast die Gabel aus der Hand. »Iss deine Pizza, sonst wird sie kalt.«

»Nicht ablenken.« Ein Riesenstück der *Tonno* verschwand in Geros Mund.

Die Nudeln waren einfach noch zu heiß. Manuela seufzte. »Ich verrate dir mal was ...«

In der Ecke, in die sie wohl ein bisschen zu oft geguckt hatte, hockte Möchtegernbart. Er saß allein an einem Zweiertisch, gleich vor dem Abgang zu den Toiletten, und machte ausgiebig von der Fotofunktion seines Handys Gebrauch.

Manuela berichtete, wie der Kerl ihr wiederholt in Hasendorf und sogar beim Ausflug zum Möhnesee begegnet war.

»Das muss dich in so einem kleinen Kaff nicht wundern«, meinte Gero.

»Außerdem hat er sich an dem Freitagmorgen beim Fundort dieser Fußknochen herumgetrieben, von dem ich glaube, dass es die Überreste von Klaus Wickers sind. Und er ist immer alleine unterwegs und macht wirklich von *allem* Fotos.«

»Vielleicht ist er Kurgast und hat einfach keinen Anschluss gefunden. Und deswegen nimmt er jeden Punkt des Unterhaltungsprogramms mit. Und die Bilder braucht er nur für sein westfälisches Food-Blog.«

Keine üble Theorie. »Oder es steckt etwas Finstereres dahinter. Er ist überall geradezu verdächtig bemüht, nicht aufzufallen. Auch jetzt sitzt er da, als gehörte er zur Einrichtung. Irgendwie krank.«

Gero lachte. »Das sagt ausgerechnet die Frau mit der Vorliebe für bittere Getränke und Herrenschokolade.«

Manuela schluckte. Was ihren Gaumen betraf, stand sie nach psychologischen Erkenntnissen auf der Psychopathenskala ganz oben.

»Ja, deswegen bin ich ja mit dir verheiratet!«, konterte sie und streckte ihm die Zunge heraus. »Aber so einen schicken Bart wie den da könntest du dir stehen lassen.«

»Ich sehe schon, du hast hier viel Spaß!«

Manuela nickte. »Es git hier so einige Originale. Da wäre noch dieser Buchhändler mit seiner abgründigen Geschichte. Der hat ein Faible für Lokalhistorie und kennt wahrscheinlich jeden mysteriösen Stein im Umkreis. Pfennig hat sich gewunden, als es um die Inspiration für die Hundegeschichte ging und darum, ob er einen bestimmten Platz für die Ablage der Lei... des toten Setters im Sinn hatte.«

»Und das ist alleine schon höchst verdächtig, stimmt's?«

Manuela nahm sich das letzte Pizzabrötchen. »Du wirst ja sehen. Wenn ich hier etwas aufdecke, dann zieht das größere Kreise als ein Beitrag für den *Crime Tower!*«

Sie ging kurz darauf zum WC. Im Vorbeilaufen warf

sie einen Seitenblick auf das Tablet, das der Kerl hinter seinen Teller gelegt hatte.

Dort war ein bebilderter Artikel aufgerufen. Manuela konnte den Bildschirm leider nicht genauer erkennen, denn das Tablet ruhte mit der äußeren Kante auf einem Besteckbänkchen.

Auf dem Rückweg war sie vorbereitet. Während Manuela am Ecktisch vorbeilief, gab sie vor, zu stolpern und sich an der Tischplatte festhalten zu müssen.

Der Tisch wackelte, sodass das Tablet abrutschte und das Glas mit Mineralwasser überschwappte.

»Entschuldigung. Soll ich ein frisches Wasser bestellen?«

Der Spritzer bot die perfekte Gelegenheit. Manuela wischte das Tablet ab und erhaschte einen Blick auf die Darstellung einer … Windmühle? »Ist alles in Ordnung mit Ihrem Gerät?«

»War nur die Tischdecke!«, sagte Möchtegernbart völlig unbeeindruckt von ihrem Charme. »Schon gut.« Er legte die Hand an das Tablet, und Manuela gab es frei.

Sie ging zu Gero zurück, der sich hinter seiner Serviette köstlich amüsierte.

»Was war denn das?«, fragte er mit gedämpfter Stimme. »Spionage-Modus? Du hast wirklich einige anrüchige Talente.«

»Und dafür liebst du mich!« Manuela ließ sich mit etwas zu viel Schwung auf den Stuhl nieder, und es ziepte im Rücken. »Er recherchiert über eine Windmühle! Den genauen Ort konnte ich nicht lesen!«

»Normales Touristen-Programm«, befand Gero. »Also, wenn du deine Nudeln nicht schaffst, ich hätte da noch Platz.«

»Netter Versuch.« Manuela versenkte die Gabel und

ließ sich die cremige Sauce schmecken. »Und für deine Bemerkung von gerade schuldest du mir ein Tiramisu als Nachtisch.« *Windmühle*, wisperte es in ihrem Hinterkopf. *Da war doch irgendetwas mit einer Mühle.*

Salz und Mühle

Mittwoch, 18. August, Bad Hasendorf

Dorothea Hammerblech:
Frühstück 7 – 7:45 Uhr (Moorklinik)
Wassergymnastik 8 – 8:45 Uhr (Moorklinik)
Reizstrom-/Elektro-Therapie 10 – 10:30 Uhr (Kurzentrum)
Krankengymnastik einzeln 10:45 – 11:15 Uhr (Salzquelle)
Mittagessen 11:30 – 12 Uhr (Speisesaal Moorklinik)
Autogenes Training 12:30 – 13:15 Uhr (Studio Kurzentrum)
Medizinische Trainingstherapie 13:45 – 14:30 Uhr (MTT Moorklinik)
Abendessen 17 – 17:30 Uhr (Speisesaal Moorklinik)

Doro

Der folgende Morgen wartete mit einer Überraschung auf, und damit war nicht der täglich rappelnde Wäschewagen unter dem Fenster gemeint, der ab sechs Uhr früh ins Gebäude herein- und wieder hinausgeschoben wurde.

Nein, Doro hatte einen erweiterten Behandlungsplan

erhalten. »Ich bekomme ab morgen Massagen«, jubelte sie. »Und Entspannungstraining.«

»Freut mich für dich!« Esmes Blick huschte über ihren Wochenplan. »Bei mir ist eine zusätzliche Trainingseinheit in der Muckibude dazugekommen. Als würde man hier nicht genug hin und her gescheucht!« Sie rollte die Augen.

Die gute Laune brachte Doro leichtfüßig durch den Vormittag. Heute musste ihr Glückstag sein! Sogar der Heißgetränkeautomat im Kurzentrum, der die halbe Zeit außer Betrieb war, funktionierte und schluckte Doros letzten Euro im Austausch für eine Tasse Milchkaffee.

Sie fand sich bei der Kabine zur Elektrotherapie ein, das Betttuch auf den Knien. Im Nebengang rumpelten ein paar Männer in Arbeitskleidung und sortierten Material, das durch ein Loch in der Wand von oben geworfen wurde. Während Doro darauf wartete, dass man sie hereinbat, gönnte sie sich einige Schlucke aus der fast leeren Wasserflasche und bot sie auch Esme an, die gerade zu ihr stieß.

»Ich brauche eine Pause«, sagte ihre Zimmergenossin mit schmerzverzerrtem Gesicht und ließ sich schwer auf dem Stuhl nieder. »Sonst schaffe ich's nicht bis zum Speisesaal.«

Die Krankengymnastik musste heftig gewesen sein. Esme bohrte abwechselnd die Daumen in die Handteller. »Ich hoffe, ich werde diese Hornhaut mal wieder los.«

»Hast du das bei deinem Arztbesuch erwähnt?«

Esme schüttelte den Kopf. »Ich bin doch wegen der Hüfte da. Schultern und Handgelenke tun nur durch die Belastung weh. Um mir das zu sagen, brauche ich keinen Arzt.«

»Also, ich hätte das angesprochen. Vielleicht wäre

eine extra Therapie drin gewesen. Ein Gutes hatte die Aufregung gestern für mich ja: Der neue Doc war nach meinem derangierten Anblick der Ansicht, dass ich die Entspannung nötig habe.«

»Hätte, hätte, Fahrradkette«, murmelte Esme. Sie sah elend aus.

»Wir brauchen einen Wellnesstag in der Therme«, entschied Doro. »Wenn Manuela nicht mitkommen will, ziehen wir das am Samstag alleine durch. Ich glaube, vom Stadtzentrum aus fährt ein Bus.«

»Echter Mist mit den Bauarbeiten«, schimpfte Esme. »Eigentlich hätten wir so was im Kurzentrum gleich vor unserer Nase bekommen.«

Es stimmte. Moorbad, Stangerbad, Lymphdrainage, Fußreflexzonenmassage … all diese Angebote für Selbstzahler standen auf den Schildern ringsum im Gebäude. Aber die allermeisten Räume waren wegen der laufenden Renovierung geschlossen.

»Im Therapiebereich der Therme gibt es auch Moorpackung, Aromamassage und so. Da findest du bestimmt etwas für dich.« Doro versuchte, sie aufzumuntern.

»Klar, ein Ganzkörper-Salzpeeling! Die gepökelte Frau.«

Sie gackerten so unvermittelt los, dass sogar die Arbeiter den Kopf hoben.

In diesem Moment meldeten ihre Telefone den Eingang einer Nachricht. Nachdem Manuela seit gestern Nachmittag komplett abgetaucht war, schickte sie jetzt ein Bild des Plakats, das im *Börde-Anzeiger* zur Suche nach Klaus Wickers aufrief. Unter einem Foto des Vermissten stand in großen Ziffern die ausgeschriebene Belohnung. Doro sah so intensiv darauf, dass die Zahl vor ihrem Augen verlockend zu tanzen schien.

»Da liegt eine Woche dazwischen«, bemerkte Esme und vergrößerte den Bildausschnitt mit dem Datum der Zeitung. »Verschwunden ist Wickers am zwölften Oktober, diese Ausgabe stammt vom neunzehnten Oktober.«

»Du hast recht.« Doro steckte das Telefon fort. »Aber was soll das schon bedeuten? Bei Erwachsenen alarmiert man eben nicht gleich die Kavallerie.«

»Manuela glaubt, dass es sich bei dem Toten um Wickers handelt. Weil die Polizei die Zahnunterlagen zum Abgleich angefordert hat. Aber was, wenn sie sich irrt und die Beamten nur Möglichkeiten ausschließen?«, überlegte Esme laut. »Dann folgt Manuela die ganze Zeit der falschen Spur.«

Und wir mit ihr, dachte Doro.

»Frau Hammerblech, bitte!«, hörte man aus dem Elektrotherapie-Raum.

»Also, bis gleich!«

»Komm bloß nicht zu spät. Sonst lande ich wieder an dem Tisch, wo die dauernd nur über den Fernsehkoch herziehen.«

Doro machte eine Plapper-Geste mit Fingern und Daumen und raffte mit der anderen ihre Sachen zusammen. »Ich bin pünktlich wie die Eieruhr«, rief sie – »und wenn nicht, darfst du mich gern zur Fahndung ausschreiben!«

Einer der Arbeiter drehte sich bei den Worten ruckartig um. Es war der hilfreiche Automatenflüsterer Karsten. Und sie hatte wieder kein Kleingeld dabei, um ihm für seine Hilfe ein bisschen Trinkgeld zu geben.

Hatte er sie auch gesehen? *Au weia!* Doro verschwand peinlich berührt in der Behandlungskabine und gab vor, ihn nicht bemerkt zu haben.

Während sie dalag und der Strom durch ihre Knie pulsierte, wanderten Doros Gedanken zu dem Thema, mit dem sie sich am vergangenen Tag vor dem *Zwischen-fall* im Tunnel beschäftigt hatte. In der Aufregung hatte sie das aus den Augen verloren. Esmes Zweifel an Manuelas Ansatz und das »Salzpeeling« brachten sie jedoch mit Lichtgeschwindigkeit dorthin zurück. Drei Bäder, drei Fälle. In chronologischer Reihenfolge waren das:

Der »Kurschatten-Mord« in Bad Wald-irgendwas.

Der gepökelte Mann aus Bad Westernkotten.

Wickers' Verschwinden nach dem Solebadbesuch in Bad Hasendorf.

Der erste Fall betraf einen Kurgast, der bei Atemwegsproblemen bestimmt Sole-Anwendungen bekommen hatte. Die anderen ungelösten Verbrechen im Bäder-Dreieck hingen oberflächlich ebenso mit Salz zusammen. Wütete in Westfalen an der Salzroute ein Serienmörder mit einer Vorliebe für besonders salzige Methoden?

Was für ein Unfug! Doro schlug sich diese Idee wieder aus dem Kopf.

Doch das Gedankenspiel ließ sie den ganzen Tag über nicht los. Schließlich hatten sich die Fälle in einer Gegend abgespielt, die schon ewig und drei Tage mit Salz Geschäfte machte.

»Na, du brezelst dich aber zum Abendbrot auf!«, bemerkte Doro am Nachmittag, als Esme zwei verschiedene Kleider aus dem Schrank holte und abwägend betrachtete. »Nimm das luftige, gelbe! Das würde Frida gefallen.«

»Ich genieße es, endlich aus dem Vollen zu schöpfen. Nichts gegen deine Garderobe, natürlich. Und heute Abend ist der Spieletreff, da gehe ich gleich im Anschluss ans Essen hin, das spart den halben Weg. Hast du überlegt, ob du mitmöchtest?«

Doro verneinte.

Esme

Die Lage war aussichtslos. Esme schwitzte und suchte einen Ausweg. Doch es gab keine Rettung. Mit einem Stofftaschentuch tupfte sie sich die Stirn trocken. Durch die Fenster brannte die Abendsonne, aber Esme konzentrierte sich ganz aufs Spielfeld.

Das siegessichere Kichern ihrer Gegnerin brachte sie auf die Palme. Egal, wohin Esme sich bewegte, jeder Weg war versperrt. Schließlich zog sie zähneknirschend einen Spielstein. Vielleicht würde das ihrem Gegenüber entgehen. Dann musste sie bloß noch …

Außer einem zufriedenen »So!« hörte Esme nur das leise Scharren, als der gegnerische Stein in die nächste Position rückte.

»Mühle!« Frau Riemer holte tief Luft und nahm mit großer Geste einen von Esmes Spielsteinen vom Brett.

»Nein!«, rief Esme. Sie hatte die zwei schwarzen Steine an der Ecke doch so unauffällig platziert, und nun fehlte das entscheidende Stück, um im nächsten Zug aufzutrumpfen.

Grummelnd machte Esme einen Zug, aber sie konnte beim besten Willen keine drei Spielsteine auf eine gerade Linie bringen.

Die ältere Dame ihr gegenüber bewegte den gleichen Stein wie zuvor zurück in die letzte Position und schloss damit wieder eine Mühle. Es war empörend. Dieser Zug wiederholte sich die nächsten Minuten, und Esme bekam kein Bein mehr auf den Boden.

»Zwickmühle«, meinte Frau Riemer jedes Mal mit leuchtenden Augen, wenn sie Esmes Stellung Stein um Stein auseinandernahm.

»Lassen Sie sich niemals in diese Falle locken«, riet die Altenpflegerin Margreta. »Frau Riemer ist unsere

Königin des Mühle-Bretts. Hier«, sie schaute einmal durch den Aufenthaltsraum des Seniorenheims, »hat jeder so seine Spezialität.«

An dem einen Tisch spielten drei Leute Skat, zwei Paare saßen sich beim Doppelkopf gegenüber. Das Schachbrett war momentan verwaist.

»Noch eine Runde?«, fragte Frau Riemer, doch Esme lehnte ab. »Danke, ich bin bedient!« Sie setzte sich etwas zurück. Die Einrichtung ähnelte der Ausstattung der Klinik. Ihre Krücken hatten Platz in einem schirmständerähnlichen Metallring gefunden. Die Gänge zwischen den Tischen waren breit genug für Rollstuhl oder Rollator. Allerdings wirkten die geschrubbten Linoleumböden und die großzügige Aufteilung des Saals ein wenig steril. Es roch pudrig nach Hautlotion und streng nach Desinfektionsmittel.

»Sind hier zu den Spielabenden oft Besucher?«, fragte Esme. »Von der *Salzquelle* aus ist es ein Katzensprung.«

»Leider nein.« Margreta erhob tadelnd die Stimme. »Frau Riemer, Sie müssen unsere Besucherin auch mal gewinnen lassen, wenn sie wiederkommen soll.«

Esme winkte ab. »Ich lerne ja noch, und ein geschenkter Sieg ist kein echter Sieg.«

»Vielleicht ein anderes Spiel?«, schlug Margreta vor und schob eine Schachtel zu ihr herüber.

»Das sieht vielversprechend aus.« Esme zog ein Spielbrett mit liebevoll altertümlicher Zirkusszene voller Akrobaten, Tänzerinnen, Bären, Leitern und Schlangen heraus. »Das hat einige Jahre auf dem Buckel. Kennen Sie die Regeln, Frau Riemer?«

Doch die alte Dame sah schweigend ins Leere.

»Das heben wir uns fürs nächste Mal auf!«, meinte Margreta mit Blick auf die Uhr. »Ich glaube, Frau Riemer ist müde. Vielleicht finden Sie woanders Anschluss.«

»Wir sind die Letzten!«, sagte Esme.

»Freitags ist es ein bisschen lebhafter. Da haben wir zwei Herren vom Schützenverein als Verstärkung. Falls Sie Zeit und Lust haben, freuen wir uns immer über Teilnehmer.«

»Natürlich!« Esme packte das verzierte Spielbrett zurück. Im Fundus des Heims gab es keine moderneren Gesellschaftsspiele, sondern nur die ganz klassischen Karten-, Taktik- und Würfelspiele. Geradezu antiker Zeitvertreib im Vergleich zu den Spieleabenden mit Xenia und ihren Freunden, für die *Siedler von Catan* schon ein Spieledinosaurier war.

Bestimmt verknüpften die Heimbewohner mit den vertrauten Lieblingsspielen schöne Erinnerungen. Spaß hatte es Esme trotzdem gemacht, und sie hatte etwas Neues gelernt.

»Nanu, wo haben Sie denn Frau Hammerblech gelassen?«, fragte Frau Sperling, die sich gerade auf den Heimweg machte, als Esme eintrat. Doro hatte sie kürzlich als »Gute Seele« der *Salzquelle* bezeichnet, und sie war wirklich der erste Ansprechpartner hier. »Ich glaube, ich habe sie vorhin aus dem Haus gehen sehen.«

»Doro hatte keine Lust auf den Spieletreff. Nachdem mich Frau Riemer drüben im Seniorenheim beim Mühle-Spiel abgezogen hat, verstehe ich den Standpunkt.« Sie lachte.

Frau Sperling stutzte. »Riemer? Meinen Sie vielleicht Anngret Riemer? Die müsste jetzt siebzig sein.«

»Den Vornamen kenne ich nicht.« Esme beschrieb die alte Dame. »Sie saß im Rollstuhl, wirkte eher zierlich und hatte einen Rentnerpudel.«

Frau Sperlings Lippen zuckten verdächtig.

Esme wedelte verlegen mit der Hand. »Ich rede von

dieser gelockten Kurzhaarfrisur, die man oft bei Senioren findet. Frau Riemer sah picobello aus, sogar mit Schal über der Bluse, und hat immer nur ganz kleine Schlucke aus dem Glas genommen.«

»Chic angezogen und tadellose Manieren?« Frau Sperling nickte eifrig. »Ja, ich glaube, das ist sie!«

»Also, Anfänger auszunehmen zeugt nicht gerade von guter Kinderstube«, beschwerte sich Esme gutmütig. »Woher kennen Sie die Dame?« Sie ließ sich in der Sitzgruppe nieder, wo Doro und sie sich bei der Ankunft beschnuppert hatten. Frau Sperling folgte ihrem Beispiel.

»Ich habe im Hasendorfer *Schlosshotel* meine Ausbildung gemacht«, erklärte sie. »Frau Riemer war meine Vorgesetzte. Sie hat als Hausdame wirklich alles und jeden im Blick gehabt und den kleinsten Fehler angekreidet. Aber immer höflich und sachlich.«

»Genau wie beim Mühle-Spiel!«, meinte Esme. »Dabei hatte sie es faustdick hinter den Ohren.«

»Wie geht es ihr denn?«, erkundigte sich Frau Sperling. »Ich habe vor einigen Jahren gehört, dass sie einen Schlaganfall erlitten hat.« Sie seufzte. »Das muss auch für das Hotel ein ziemlicher Einschnitt gewesen sein, weil die Hausdame von jetzt auf gleich ausgefallen ist.«

»Was so alles passieren kann, wenn es drunter und drüber geht, sieht man ja hier.«

»Wir waren früher das erste Haus am Platze mit eigenem Swimmingpool!«

»Die Klinik hat ein Schwimmbad?« Esme wunderte sich über den abrupten Themenwechsel.

»Nein, ich rede doch vom Hotel!«, korrigierte Frau Sperling. »Zu unseren Tanzveranstaltungen am Dienstag und Freitag erschienen Jung und Alt, sogar der eine oder andere Hasendorfer. Mit und ohne Ring, wenn Sie verstehen. Und da spielte der Pool eine tragende Rolle.«

Jetzt kam Esme nicht mehr mit. »Wie das? Poolpartys?«

Frau Sperling winkte ab. »So wild ging es nun nicht zu. Aber ich habe immer mal wieder Besucher des Tanztees dabei ertappt, wie sie die Handtücher im Schwimmbad nass gemacht haben, damit der Ehepartner zu Hause nicht merkte, wo sie wirklich gewesen waren, wenn sie angeblich ›zur Therme‹ wollten.«

Doro

Esme war kaum zur Tür hinaus, da bekam Doro eine Nachricht von Manuela aufs Handy: *Habt ihr zwei heute Abend Lust auf einen spontanen Ausflug aufs Land?*

Nach einem Abstecher zum Bücherregal, in dem sie einen alten Reiseführer ergattert hatte, saß sie neben ihr auf dem Beifahrersitz.

»Halte mal bitte Ausschau nach dem Ortsschild *Schmerlecke*. Mein Handy hat ein Firmware-Update bekommen, und nun funktioniert das Navi nicht mehr.«

»Klar.« Doro blätterte im Reiseführer und überlegte, ob das Navi-Versagen der wahre Grund gewesen war, dass Manuela für die Landpartie Beifahrer gebraucht hatte. Und wenn schon! Es war nett, aus dem Klinik-Umfeld auszubrechen und etwas anderes zu sehen.

Manuela erzählte so lebhaft vom Besuch ihres Mannes und dem Essen in der Pizzeria, dass Doro Appetit bekam.

»Das Tiramisu war traumhaft. Nicht zu süß, aber ganz niedlich mit Zuckerherzen dekoriert. Leider war ich danach pappsatt, sonst hätte ich glatt über eine zweite Portion nachgedacht. Und stell dir vor, wen ich da wiedergesehen habe – den seltsamen Vogel vom Möhnesee.«

»Unverhofft kommt oft!« Doro dachte an den Automatenmann, dem sie zu den unpassendsten Momenten über den Weg lief, und lachte nervös auf. »Wenn einem jemand mal aufgefallen ist, dann erkennt man ihn eben wieder.« Sie bogen auf die Autobahn ab. Die Strecke in Richtung Bad Westernkotten führte eine ganze Weile schnurgeradeaus.

»Erwitte«, meldete Doro. Landschaft zog vorbei, sie überholten einige Lkw. Stille. »Hat der Ausflug eigentlich auch etwas mit dem Fall zu tun?«, fragte sie, um das lastende Schweigen zu brechen.

Manuela zuckte die Achseln. »Ich folge nur meinem Gefühl und genieße ein bisschen *Sightseeing*. Bist du etwa auf neue Hinweise gestoßen? Ein Skelett im Schrank oder so was?«

»Was?« Woher weißt du ...?, verschluckte Doro gerade noch. Das war sicher einfach nur ein dummer Spruch gewesen. Die verrückte Geschichte auf dem *Highway to Hell* konnte unmöglich an Manuelas Ohren gedrungen sein. »Ich habe eine Idee«, druckste sie schließlich herum. »Bei diesen Mordfällen steckt irgendwie immer *Salz* drin. Das ist hier ja ein großes Ding, auch wegen der Salzroute. Könnte ein und derselbe Täter dahinterstecken?«

»Ein Serienmörder mit Salzfetisch, der am Hellweg mordet?«

»Das ist bestimmt weit hergeholt«, schwächte Doro Manuelas dramatische Zusammenfassung sofort ab. »Und es sind nicht alle nach dem gleichen Muster getötet worden.«

Doch Manuela fand Gefallen an der Theorie. »Du meinst den *Modus Operandi*. Es gibt Täter, die jedes Mal demselben inneren Drehbuch folgen: Ende Dezember werden mittelalte, bärtige Männer in roter Kleidung erdrosselt und unter Parkbänken abgelegt.«

Weihnachtsmann-Killer? Woher nahm sie nur ihre Beispiele?

»Na, das passt hier eben nicht«, strich Doro heraus. »Der ›Kurschatten-Mord‹ fand ein Jahrzehnt vor denen aus Westernkotten und Hasendorf statt, vor genau zwanzig Jahren. Und die Todesursachen waren ganz unterschiedlich.«

Manuela nickte. »Manche Täter entwickeln sich, brauchen eine Steigerung für die Befriedigung. Das kann zu einem kürzeren Zeitraum zwischen den Ausbrüchen der Mordlust führen.«

Mordlust, echote es in Doro. Sie erschauderte. Manuela ging richtig in dieser Aufzählung auf.

»Oder sie werden brutaler, ändern ihr Vorgehen ... oder sogar den Wirkungskreis«, erklärte sie. »Berüchtigt dafür war der *Golden State Killer* aus den USA, der unter verschiedenen Namen bekannt wurde und die Behörden lange zum Narren hielt. Eine hartnäckige Frau aus der True-Crime-Szene verknüpfte seine Mordserien in unterschiedlichen Regionen.«

Manuelas Ausdruck hatte etwas von Heldenverehrung. »Aber um noch mal auf das Salz zurückzukommen: Das fiele unter die sogenannte ›Handschrift‹. Merkmale, die so tief in der Persönlichkeit verwurzelt sind, dass sie jedes Mal auftauchen. Serienmörder können ihren Modus Operandi ändern, nicht jedoch die Handschrift. Und wenn Salz oder die Lokalgeschichte beim Motiv eine Rolle spielen, gehört das vielleicht dazu?«

»Apropos ›Lokal‹. Im Reiseführer steht, die B 1 würde dem Verlauf des ehemaligen Hellwegs folgen«, meinte Doro. Sie faltete eine Landkarte auseinander, die sie bei den Prospekten in der Klinik aufgetan hatte. »Und die A44 verläuft parallel zu der *Westfälischen Salzroute.* Darüber hatten wir ja vorgestern gesprochen. *Wander- und Radweg, der zwischen Unna und Bad Salzkotten Vergangenheit und Gegenwart verbindet*«, las sie vor.

»Ich kriege Gänsehaut! Vielleicht verknüpft der Weg ja die Morde«, sagte Manuela. »Der Täter könnte dort anreisen, sich als Tourist tarnen und gleich wieder verschwinden. So wie Möchtegernbart.«

»Du willst dich doch nicht etwa ins Blaue hinein auf die Lauer legen, bis du den Kerl auf frischer Tat ertappst?«, fragte Doro misstrauisch.

Das Abendlicht vergoldete den Himmel und warf einen samtigen Umhang über die Landschaft. Auf der rechten Seite erschien eine helle Silhouette mit markanter Form

»Da!«, rief Doro. »Die Mühle.«

»Oh! Dann müssten wir bald abfahren. Siehst du irgendwo das Ortsschild *Schmerlecke?*«

»Nein.«

Manuela

Manuela wartete auf einen Hinweis zur Schmerlecker Mühle. Von der Autobahn aus hatte Doro das frei stehende Gebäude ja gesehen. Aber in der Nähe lag nur eine Autobahnraststätte, mit Parkplatz, von dem aus ein schmaler Feldweg weiterführte. Der konnte es wohl sein.

Doch danach kam nichts weiter, und als Bad Westernkotten ausgeschildert war, wendete Manuela bei nächster Gelegenheit und fuhr dann wieder auf. Sie bog nun auf gut Glück in die Lerchenfelder Straße, die schließlich zwischen saftige Wiesen führte.

Am Horizont tauchte ein imposantes Gebäude auf, das sich dunkel gegen den pflaumenblauen Himmel abzeichnete.

»Da wären wir ja!« Manuela stieß einen Seufzer aus. Die konische Form und das abgerundete, dunklere Dach erinnerten an klassische Windmühlen. Es fehlten bloß die Mühlenflügel.

»Nein«, sagte Doro. »Die Mühle, die ich gesehen habe, war weiß!«

»Also die hier möchte ich mir unbedingt aus der Nähe anschauen.« Manuela parkte am unbefestigten Straßenrand. Die Mühle lag auf einer kleinen Anhöhe, etwa hundert Meter einen kombinierten Fuß- und Radweg hinauf.

Doro vertrieb Mücken. »Klar! Ein bisschen Bewegung ist genau das, was mir nach einem erholsamen Kurtag vorschwebt.«

Sie waren alleine auf weiter Flur. Ein gutes Stück abseits im Tal sah man ein Hofgebäude, daneben befand sich eine große weiße Kuppel, ein Silo oder eine Biogasanlage vielleicht.

In der Luft lag süßer Heugeruch. Manuela nahm einen tiefen Atemzug und stapfte los.

Mit jedem Schritt schälte sich im Abendrot der flügellose Mühlenstumpf vor den Bäumen deutlicher heraus. Das graue Bruchsteingebäude mit dem massiven Sockel wirkte wie aus einem Tim-Burton-Film. In Volkskunde und Literatur galten Mühlen als unheimliche Orte der Transformation ... *Da!*

Die Baumstämme gaben den Blick frei auf schlanke Säulen mit grotesken Köpfen, die die Mühle wie zu einem Hexensabbat umringten. Manuela zählte dreizehn – nein, fünfzehn Steinspitzen. Kälte fuhr ihr in die Glieder. Im schwindenden Abendlicht glichen die Stelen gedrungenen Wesenheiten. Auf einer thronte ein Rabe, der sich jeden Moment unter unheilvollem Krächzen in den Himmel erheben konnte.

Dann erkannte sie, dass die Gargoyleköpfe in Wahrheit Fantasievögel waren. Einer ähnelte mit der goldenen Bemalung sogar dem Phönix aus *Harry Potter*.

Ein Ausruf ließ Manuela herumfahren.

»Puh!«, sagte Doro erschrocken. »Da fliegt was.«

Sie zeigte in eine Richtung. Manuela erhaschte einen Blick auf einen Zipfel, der wie ein schwarzes Taschentuch drei Meter über ihr flatterte. »Eine Fledermaus!« Wirklich zu perfekt.

Die Mühle war nicht gerade eine Ruine, doch sie war sichtbar alt und verwittert, eine ausgeweidete Hülle ohne Türen. Man konnte durch zwei leere Türöffnungen im eckigen Sockel von der einen bis zur anderen Seite gucken. Hoch oben durchbrachen kleine Fenster die Fassade.

Ein Schild verriet, dass sich das Gebäude in Privatbesitz befand. Es warnte auch vor herabfallenden Steinen.

»Ich bekomme hier ein ganz komisches Gefühl«, sagte Manuela. »Weißt du noch? Bei den Recherchen bin ich auf einen Unglücksfall gestoßen, bei dem ein Tourist in einer historischen Mühle von einem Stein erschlagen wurde.«

Doro und sie sahen einander an. Dann machte Manuela ein paar Schritte in den torbogenartig ummauerten Eingang, vorbei an wild rankenden Brombeeren.

»Pass bloß auf!«, rief Doro.

Innen war es kühl und dunkel, der rötliche Glanz der tief stehenden Sonne fiel durch die Fenster. Manuela legte den Kopf in den Nacken und beäugte die alten, vom Gebrauch glatt geschliffenen Balken. Eine neu aussehende Holzkonstruktion trug die entflügelte »Haube« der

Mühle. Tags und Graffitis prangten auf den hellgrauen Bruchsteinwänden, Glasscherben verrieten, dass hier drin gelegentlich alkoholische Gelage stattfanden.

Manuela ging einmal durch den Bau, machte Fotos, ehe es zu dunkel wurde, und fotografierte auch das Gebäude von außen. »Phänomenal!«, sagte sie. Die düster romantische Kulisse würde ihren Beitrag für den *Crime Tower* aufwerten. Und was das andere anging …

»Wir sind falsch!«, beharrte Doro. Sie schien das gotische Ambiente nicht halb so sehr zu genießen und hatte sich lieber die bunten Vogelstelen ringsum angesehen. »Die Mühle war viel heller.«

»Wir sind goldrichtig! Zufällig habe ich in der Pizzeria nämlich einen Blick auf das Tablet des seltsamen Heinis mit dem räudigen Bart geworfen.«

Doro schnaubte belustigt. »Rein zufällig …«

»Er hatte eine Webseite über historische Mühlen am Hellweg geöffnet. Das brachte mich auf die Idee.«

Doro blieb ruckartig stehen. »Dafür schleifst du mich zu diesem Steinbrocken? Und das ist nicht mal die richtige Mühle!«

»Denk an deine Theorie. Nehmen wir mal an, es war kein Unfall, sondern der Tourist wurde mit einem Stein erschlagen und der Täter hat es als Unglück hingestellt. Die Sache ist jetzt dreizehn Jahre her. Wenn das alles zu einer Serie gehört, wäre die Pause zwischen dem ersten und den jüngeren Todesfällen gar nicht so lang.«

Doro bewegte sich unbehaglich. »War doch nur eine Idee. Und die Mühle ist ein bisschen groß!«

Sie sah über die Schulter, wie in Sorge, dass ein irrer Müller sie jeden Moment mit einem Sack Mehl angreifen könnte.

Ihr Gemaule wurde Manuela zu bunt. »Okay, machen wir uns auf den Rückweg. Ohne Straßenlaternen will ich hier draußen nicht im Dunkeln herumkurven.«

Sie folgten weiter der Straße und landeten ausgerechnet auf dem Parkplatz der Raststätte, an der sie vorhin vorbeigefahren waren.

»O Mann«, meinte Manuela. »Die Rumgurkerei hätten wir uns sparen können. Ich wäre nie darauf gekommen, hier langzufahren. Das sah wie ein Feldweg aus.«

Doro tippte auf ihrem Handy herum und meldete nun: »Lass uns in die andere Richtung fahren. Da gibt es einen Windmühlenweg.« Sie gab ein paar Wegbeschreibungen durch, und um des lieben Friedens willen folgte Manuela den Anweisungen.

Fünf Minuten später war das Ziel erreicht: eine strahlend weiß herausgeputzte Windmühle mit vier Flügeln. Die einzige Ähnlichkeit zu der anderen bestand in dem Steinsockel mit den gemauerten Bögen.

»Wusste ich's doch!«, kam es von Doro. »*Das* ist eine richtige Mühle!«

»Lauschig wie auf einer holländischen Ofenkachel.« Angesichts von Doros Begeisterung verkniff Manuela sich weitere Kommentare.

Sie hielten unter einer Baumgruppe und gingen die letzten Meter zu Fuß.

Doro las mit dem Handylicht ihren Reiseführer. »Da ist ein Restaurant.«

Rings um das Gelände der Bilderbuchmühle verlief ein Zaun. Das Tor darin war zugesperrt. Die Anlage sah tatsächlich nach einem Ausflugsziel aus, sogar mit Kinderspielplatz. Doch weder im Gebäude noch auf dem Außengelände regte sich etwas. Die verlassenen Spielgeräte umgab eine Aura von Einsamkeit.

»Das Abendessen müssen wir verschieben.«

Nasse Handtücher

Donnerstag, 19. August, Bad Hasendorf

Manuela

Manuela hatte Radek am Vortag beim Rückruf auf dem falschen Fuß erwischt. Er hatte sie auf den heutigen Tag vertröstet, weil er selbst noch etwas hatte recherchieren wollen.

Sie rief ihn nun von der Ferienwohnung aus an, vor sich eine Flasche eiskalte Waldmeisterlimonade. Ob man sich wohl in einen Frosch verwandelte, wenn man zu viel von der giftgrünen Zuckerbrühe trank?

»Schön, dass Sie sich melden!«, begrüßte Radek sie. »Das reicht als Entschuldigung, den Abwasch stehen zu lassen.«

Also war er am späten Vormittag in der Wohnung statt in der Redaktion. »Verzeihen Sie die Frage, aber arbeiten Sie von zu Hause aus?«

Eine Sekunde lang war nur ein »Mh«-Laut zu vernehmen. »Ich bin momentan freigestellt«, sagte Radek. »Und es kam nicht unerwartet.«

Beim ersten Gespräch hatte er ja bereits jeden Kommentar zu dem laufenden Skandal abgelehnt. Es reizte Manuela, ihre Rolle in der Geschichte offenzulegen. Aber damit hätte sie sich womöglich ins eigene Fleisch geschnitten. »Das tut mir leid. Es wird eng im Journalismus, oder? Ich habe gehört, dass viele Redaktionen zusammengelegt werden.«

»Ja. Wie beim *Hellweg-Boten*. Der *Börde-Anzeiger* hat das Konkurrenzblatt aufgekauft und dann geschlossen, unter der Auflage, dass die Arbeitsplätze erhalten bleiben. Doch die Bedingungen dort sind schlechter. Weniger gestalterische Freiheit und auch weniger Gehalt. Da bin ich einmal zu oft mit dem Chefredakteur aneinandergeraten.«

»Ich habe die Rede des Bürgermeisters beim Krimi-Festival gehört«, gab Manuela freimütig zu. Sie begab sich damit auf dünnes Eis. »Der wirkte verärgert über irgendeinen Artikel.«

»Ja, er und Schlawig, mein Chef, sind dicke. Beide im Schützenverein und kennen sich schon ewig.« Eine kurze Pause. »Aber das ist ja nicht unser Thema.«

»Stimmt!« Manuela tat unschuldig. »Was haben Sie denn für mich?«

»Dass Wickers' Verschwinden eine Menge Staub im Städtchen aufgewirbelt hat, erwähnte ich ja bereits. Es gab eine seltsame Ungereimtheit: Wieso seine Handtücher im Kurpark gefunden wurden, der gar nicht auf dem Weg vom Kiebitzweg zum Thermalbad lag, zu dem Wickers zu Fuß gegangen ist.«

»Moment. Sagten Sie ›Kiebitzweg‹?«

»Ja. Wickers' Grundstück befand sich ganz am Ende der Sackgasse. Heute ist da die …«

»… Ferienanlage Sonnabend«, beendete Manuela den Satz. »Da wohne ich gerade.«

»Na, was für ein Zufall!«, meinte Radek. »Also, die

Ehefrau des Vermissten hat sich später noch einmal zu den Handtüchern geäußert.«

Manuela war ganz Ohr.

»Die Polizei hatte ihr die Tücher gezeigt, damit sie bestätigte, dass sie wirklich dem Ehemann gehörten. Sie bekam sie einige Tage nach dem besagten Abend zurück, da nichts auf ein Verbrechen hindeutete.«

Also konnten darauf schon mal kein Blut oder verdächtige Spuren gewesen sein, sonst wären die Indizien einbehalten worden. »Und was war das Besondere?«

»Das ist jetzt inoffiziell«, sagte Radek verlegen, als missfiele es ihm, etwas wiederzugeben, für das er keine hieb- und stichfesten Beweise vorlegen konnte. »Aber Eva Wickers behauptete, die Handtücher hätten sich anders als gewöhnlich angefühlt und gerochen.«

»Vielleicht hat sie einen neuen Weichspüler ausprobiert«, riet Manuela.

»Nein. Sie schwor, dass das außer Haus passiert sein musste. Die Tücher waren nass, wie die Polizei festgehalten hat, obwohl es an dem Tag nicht geregnet hatte. Und für Morgentau war es etwas viel.«

»Feuchte Handtücher sind beim Schwimmbadbesuch normal. Hat ihn im Bad denn jemand gesehen? War Wickers allein da?«

»Seine Frau hatte Angst im Wasser, daher ging er immer solo. Allerdings mit einer riesigen Sporttasche, die seitdem verschwunden blieb.

Im Thermalbad erinnerte sich niemand an ihn. Sie müssen verstehen, dass das Bad nicht bloß von Kurgästen und Leuten aus dem Ort frequentiert wird. Es kommen auch viele Badegäste aus dem nahen Ruhrgebiet für einen Kurzurlaub in die Therme. Da ist es unwahrscheinlich, dass jeder die Fahndungsplakate kannte.«

Er räusperte sich trocken. »Das wäre dann das Mysteriöseste, das ich Ihnen für Ihr Video mitgeben kann. Alles andere sind harte, dröge Fakten.«

Moment mal. »Ja, bitte, erzählen Sie alles! Weiß man etwas über das Motiv? Gab es Verdächtige? Wer hat denn von Wickers' Verschwinden am meisten profitiert?«

»Das sind aber viele Fragen auf einmal. Indirekt hat die ganze Gemeinde profitiert – und Sie persönlich auch. Das wurde mir erst klar, als ich mich nun wieder mit der Sache beschäftigt habe.«

Manuela fragte verwirrt. »Ich? Das verstehe ich nicht!«

»Die Kiebitzweg-Häuser waren alt, klein und energietechnisch überholt. Aber zu allen gehörten Gärten, und es gab außerdem einen schmalen Streifen Brachland, der an die Siedlung anschloss. Ein Investor wollte das zusammen aufkaufen. Er hatte den anderen Hausbesitzern bereits einen Vertrag angeboten. Die Wickers' weigerten sich, ihr Heim zu verlassen. Doch ihr Grundstück lag ausgerechnet in der Mitte des Geländestreifens und hat somit den Verkauf blockiert. Das hat natürlich für böses Blut gesorgt.«

Manuela schwirrte der Kopf. »Was wollen Sie denn damit andeuten?«

Doro

»Der Knochenkumpel vom *Highway to Hell* war das Lustigste, das hier seit Jahren passiert ist!«, meinte Frau Jankovich, die Masseurin. »Ich habe den Song gleich als Klingelton eingestellt, der ist momentan für einen Lacher gut.«

Sie kicherte. Das klang eigenartig gedämpft, weil Doro, das Gesicht in einer ovalen Luke, bäuchlings auf der

Massagebank lag. Dann setzte das Brummen der Baumaschinen im Flügel neben den Massagekabinen ein und unterband jede Unterhaltung.

Die Hände der Masseurin fanden zielsicher Knoten in den Muskeln, die Doro zuvor nicht einmal bemerkt hatte.

»Ich habe mich bei dem Anblick erschreckt!«, sagte Doro in einen Moment der Stille hinein. Sie war froh, dass ihr Gesicht verdeckt war. »Woher stammte überhaupt das ganze Zeug?«

Wenigstens hatte sie dem falschen Skelett vermutlich diese Massage zu verdanken, nachdem ihr früherer Therapieplan vor allem auf »Aktivierung« statt Entspannung gesetzt hatte. Inzwischen galt *Bewegung* als Heiliger Gral der Orthopädie. Sie rümpfte die Nase: Dass sich die *Salzquelle*-Patienten zu wenig bewegten, konnte man aber nun wirklich nicht behaupten.

»Die anatomischen Modelle stammen aus dem Materialraum der hiesigen Gymnastikhalle«, verriet Frau Jankovich.

»Da, wo die Rückenschule stattfindet?« Doro erinnerte sich an lehrreiche Poster im Hinterzimmer, wo die Therapie-Pässe gesammelt wurden. Knochenmodelle musste sie ausgeblendet haben. »Kann man anhand des Hemdes nicht herausfinden, wer für den Hokuspokus verantwortlich ist?«

Frau Jankovich brummte anerkennend. »DNA-Spuren oder Fingerabdrücke auf der Wasserflasche? Haben Sie gestern etwa den Südsee-Krimi gesehen, Frau Hammerblech? Wo der Täter durch Abdrücke auf der Ukulele überführt wurde?«

Doro verneinte. *Krimi!* Wieso war eigentlich alle Welt so versessen auf Kriminalgeschichten?

»Hier am Empfang im Kurzentrum gibt es ein Fach

mit Fundsachen«, erklärte die Masseurin. »Man glaubt kaum, was die Leute liegen lassen: Handtücher, Duschgel, T-Shirts, sogar gebrauchte Unterwäsche. Noch mehr Handtücher. Da das Fundsachen-Fach nicht abgeschlossen ist, vermutet man, dass daher die Kleidung von Hellweg-Jones stammt.«

»Hellweg-Jones?« Das blöde Gerippe im Tunnel hatte nach seinem zehnminütigen Auftritt bereits einen Namen? Das wurde ja immer verrückter! Aber Doro wollte entspannen. Sie kicherte ein wenig gezwungen, bis ihr klar wurde, dass sie sich mehr über die Erinnerung an den Schrecken ärgerte als über den eigentlichen Anblick. Nun lachte sie wirklich, und ihre Frohnatur stimmte ein.

Eine angenehme Schwere floss von den Schultern ausgehend den ganzen Rücken hinab, und da fiel es ihr ein: »Der Sand stammt bestimmt vom Parkplatz der *Salzquelle!* Unter meinem Balkon liegt genau so ein Sandhaufen.«

»Und, haben Sie am Abend des Sechzehnten gegen dreiundzwanzig Uhr dort etwas Verdächtiges bemerkt?«, fragte die Masseurin mit verstellter Kommissar-Stimme. »Es muss entweder davor oder am Morgen nach sechs Uhr geschehen sein, denn nachts werden die Verbindungstüren zum Tunnel abgesperrt.«

»Ich hab geschlafen wie eine To… – äh, tief.« Das Krimigerede war ansteckender als Windpocken.

Die Masseurin benetzte die Hände mit frischer Lotion. »Das war bestimmt ein Patientenscherz vor der Abreise. Die Dauerhitze steigt den Leuten zu Kopf.«

»Oder doch jemand vom Personal, wegen des engen Zeitfensters.«

»Wer weiß. Die Situation mit der Baustelle im Haus geht allen auf den Keks«, gestand Frau Jankovich ein. »Man muss mal Dampf ablassen.«

Die Bauarbeiter legten erneut los, eine extrem laute Minute lang.

Dann kehrte Ruhe ein, und geschmeidig setzte die Masseurin ihren Gedankengang fort. »Schulungsmaterial, das zweckentfremdet wurde, darf man natürlich nicht offen gutheißen. Aber ich habe beobachtet, wie zwei der Doktoren Selfies mit dem Skelett gemacht haben.«

»Ärzte lieben schwarzen Humor«, steuerte Doro aus ihrem Erfahrungsschatz bei. »Und man glaubt momentan wirklich, man würde beim Treck unterwegs von einem Haus zum nächsten verdursten.« Obwohl sie jetzt nur entspannt herumlag, klebte ihr bereits die Zunge am Gaumen. Stirn und Wangen, die auf dem Kunststoffmaterial der Liege anlagen, waren schweißnass.

»Ja, viel Trinken ist wichtig. Auch im Anschluss an die Behandlung, damit die Muskeln gut versorgt werden«, riet die Masseurin. »Den Schwarzen Peter wegen Hellweg-Jones bekam nur der Hausmeister, der das Ganze abbauen musste. Und die Raumpflegerinnen, die den Rest Sand aufgesaugt haben.«

Sofort hatte Doro den umgänglichen Mann mit dem Wägelchen vor Augen, der täglich Koffer der An- und Abreisenden transportierte. Nur dass nun ein inneres Bild aufblitzte, in dem er einen Haufen Knochen umherkarrte.

»Glücklicherweise hab ich ein Foto vom Hellweg-Jones in seiner ganzen Pracht«, bemerkte Frau Jankovich.

Manuela mit ihrem morbiden Hobby wäre von einem Beweisfoto begeistert. »Können Sie mir das vielleicht zusenden? Als Souvenir?«

»Klar. Wenigstens hat die Presse nichts mitgekriegt, ehe die Klinikleitung alles beseitigen konnte. Anders als bei der Sache im Park letzte Woche. Waren Sie da schon hier?«

»Mh-mh!«, murmelte Doro bestätigend, und ihr Herzschlag beschleunigte sich. Sie war vor genau sieben Tagen eingetroffen.

»Also, ich habe da etwas mitbekommen«, deutete Frau Jankovich an. »Es ist ein komplettes Skelett gefunden worden, aber die Knochen gehörten zu keinem Grab vom alten Friedhof. Der Tote soll ein Vermisster aus Hasendorf sein.«

»Und wer?« Doro heuchelte Unwissen.

»Klaus Wickers«, sagte die Masseurin. »Ein Elektriker aus dem Ort, der vor zehn Jahren oder so über Nacht im Kurpark verschwunden ist. Die Polizei ermittelt.«

»Au weia!«, entfuhr es Doro. Das würde Esme und Manuela gar nicht gefallen. Wenn jetzt jeder Bescheid wusste, wurde der Fall bestimmt bald aufgeklärt. Doro sah die Belohnung – *ihre Belohnung!* – schon in weite Ferne schwinden. Frau Jankovich räusperte sich.

»So eine schreckliche Sache. Dabei wohnen in Hasendorf doch hauptsächlich Menschen in gesetztem Alter. Alle haben irgendwie ihr Auskommen, und es gibt wenig Kriminalität.«

»Und wie ist … Ich meine, kennt man bereits die Todesursache?«

»Sie reden ja wie eine waschechte Ermittlerin«, meinte Frau Jankovich.

Manuela färbte offenbar ab. Was für ein Triumph, wenn ausgerechnet ich mehr über den Toten herausbekomme, dachte Doro. Konnte die leidige Gerüchteküche dabei helfen? Sie kratzte ihr karges Vokabular in Sachen Mord zusammen. »Ich meine, ob Fremdverschulden vorlag.« Ja, das klang richtig.

»Darüber habe ich nichts gehört. Aber ich spitze die Ohren.«

Die Finger griffen jetzt kräftiger zu. In Doros Kopf ratterte es.

Als sie einige Minuten später aus der Kabine trat, kam ihr einer der Masseure entgegen. Der dunkelhaarige Mann war breit gebaut und hatte riesige Hände, die gewohnt waren, Fleisch zu kneten. Doro wurde eines klar. Er gehörte zu einer Gruppe in Hasendorf, die weder gebrechlich noch älter war und über anatomische Kenntnisse verfügte, was beim Umbringen von Leuten bestimmt vorteilhaft war. Frau Jankovich musste sich für potenzielle Täter bloß einmal in ihrem beruflichen Umfeld umsehen.

Aber warum um alles in der Welt sollten Therapeuten einen Elektriker ermorden? Doro kam sich wegen der mörderischen Spekulationen über das Personal hundsgemein vor. Die waren trotz des Stresses immer freundlich und hilfsbereit.

Sie holte ihren Therapie-Pass ab, in dem jede Behandlung quittiert wurde, und gab Frau Jankovich bei dieser Gelegenheit ihre Handynummer für das Foto.

»Dann bis nächstes Mal«, verabschiedete die Masseurin sie gut gelaunt. »Wenn einer meiner Patienten mehr weiß, kriege ich das raus. Ich bringe für Sie alles über das Skelett in Erfahrung, *Frau Kommissarin!*«

Prompt hoben sich einige Köpfe. Zwei Wartende auf der Bank musterten Doro durchdringend.

Ogottogott! »Danke«, sagte sie leise und stopfte das Betttuch in den Trolley. Erst mal was trinken, während sie sich auf den Weg zur Ergotherapie machte. Der Hackenporsche mit ihren Siebensachen platzte aus allen Nähten. Als Doro das Mineralwasser herauszog, rutschte ihr Laken wieder heraus und landete im Baustaub.

Genervt wollte sie mit einer Hand den überdimensionierten Stofflappen zurück ins offene Maul des Trolleys stopfen.

Da erhob sich einer der Männer. Er wischte den Staub oberflächlich ab und präsentierte ihr das Laken wie einen Blumenstrauß. »Darf ich behilflich sein, Frau Kommissar? Florian, mein Name.« Er sah eher wie ein Hubert aus.

Doro nuschelte einen Dank.

»Der Stoff scheint etwas schmutzig zu sein. Wenn ich Ihnen einen *Hinweis* geben dürfte …« Florian zwinkerte. »›Vergessen‹ Sie nächstes Mal einfach Ihre Massageunterlage. Dann bekommen Sie eine frisch gebügelte!«

Sein Sitznachbar gab ein meckerndes Lachen von sich. »Du musst es ja wissen!« Er wandte sich daraufhin an Doro: »Sein Masseur hat ihm die Ohren langgezogen, weil das Laken nach drei Tagen derart verknittert war, dass er das ›unhygienische Ding‹ nicht auf der Liege dulden wollte. Also hat er es gegen ein Sauberes ausgetauscht.«

Doro nickte. »Danke für den Tipp! Aber nun muss ich los«, erklärte sie rasch. Wie es aussah, ergötzte sich inzwischen der ganze Flur, Patienten und Arbeiter von der Baustelle gegenüber, an der kleinen Posse um das Laken. Doro wollte nur weg.

Florian ließ ein Lächeln aufblitzen. »Gerne, Frau Kommissar.«

Sie schüttelte den Kopf. »Ich bin nicht von der Polizei!«

Florian zwinkerte wieder. »In geheimer Mission, ich verstehe!« Er salutierte lässig.

Doro merkte, wie sie rot anlief. Hätte sie die Kommissarin-Sache mal besser gleich im Keim erstickt!

Es ging nun zur Ergotherapie in der *Moorklinik*. Wie

immer war die Zeit äußerst knapp. Dann stellte Doro auf halbem Weg im Lauftunnel fest, dass sie überhaupt nicht zum ERGOS-Raum in der *Moorklinik*, sondern zu einem komplett anderen Ort zur Ergo-*Einzel*therapie musste. Sie drehte um. Bis sie schließlich wieder im Kurzentrum eintraf, war die ganze Erholung von der Massage schon *perdu*.

Ein Pfleger schob eine alte Dame im Rollstuhl vorbei. »Gestern Mittag habe ich fast zwanzig Minuten gewartet, und das Essen war kalt«, beschwerte diese sich. Der junge Mann entschuldigte sich und lächelte gestresst.

Man sah immer nur genau diesen Mitarbeiter, der gleich für mehrere betagte Patienten verantwortlich war. Mit dem Rolli war es von einer Klinik zur nächsten geradezu eine Weltreise.

Doro verstand den Ärger der Seniorin. Man hätte für die stark Gehbehinderten aus der *Salzquelle* ruhig einen Shuttlebus zu den Mahlzeiten anbieten können! Oder gleich für alle.

Dann schob sich ein Einfall in den Vordergrund, wie ein ungebetener Gast an einem faulen Sonntag, den man eigentlich allein verbringen wollte. Doro registrierte, wie unauffällig und einfach man in diesem Umfeld Menschen im Rollstuhl transportieren konnte. Wer schaute da so genau hin? Waren die Teile von Hellweg-Jones so durch die Gegend geschoben worden? Oder doch auf der Gepäckkarre des Hausmeisters, versteckt unter einem der allgegenwärtigen Laken? Doro schüttelte noch einmal heftig den Kopf, um die Gedanken loszuwerden.

Manuela

Manuela hatte sich eine Kleinigkeit zu essen zubereitet – wegen der drückenden Hitze genau genommen nur ein bisschen Obst und zum Nachtisch ein Puddingdessert.

Sie saß gerade an ihren Notizen zu der Mühlentour, handschriftlich, da der Laptop ja bei der Polizei stand, als das Telefon die Titelmelodie der *Drei Fragezeichen* spielte. Sie meldete sich mit »König« und klopfte sich wie stets innerlich auf die Schulter über die Entscheidung, Geros Nachnamen anzunehmen.

»Radek hier!«

Das war unerwartet. »Gibt es etwas Neues?« Immerhin hatten sie erst vor zwei Stunden miteinander gesprochen.

»Sie haben mir da ja eine richtige Scharade vorgespielt.« Radek klang ganz schön geladen.

»Bitte?« Unwillkürlich wollte Manuela am Ohrläppchen zupfen.

»Bestimmt ist es reiner Zufall, dass ich vorhin einen Anruf aus der Redaktion bekam, was den Fall ›Wickers‹ angeht. Der unbekannte Tote vom Kurpark wurde inzwischen identifiziert, und raten Sie mal …«

Ein mulmiges Gefühl breitete sich in Manuelas Magen aus. »Es handelt sich um Wickers?« Die Katze war aus dem Sack!

»Und da frage ich mich, woher Ihr plötzliches Interesse an diesem alten Fall rührt, der sich nach einer Woche als aktuelle Mordermittlung herausstellt.«

Manuela schluckte und entschied sich für die Wahrheit. »Eine Freundin von mir hat die sterblichen Überreste im Park entdeckt. Wir haben vermutet, dass es sich um den vermissten Mann handeln könnte, und uns umgehört. Außerdem wollten *Sie* ja das Thema ›Fund im Kurpark‹ vermeiden, sonst wäre ich offener gew…«

»Schlawig hatte mir einen Maulkorb verpasst«, knurrte Radek. »Es war nicht zufällig ihre *Freundin,* die mir dieses Foto an die Adresse der Leserkolumne geschickt hat? Die Polizei hat sich dafür interessiert, müssen Sie wissen – und das kam meinem Chefredakteur nach dem Ärger mit Eichler gerade recht, mir Samstag um acht noch nahezulegen, meine Überstunden abzufeiern. Ein freier Mitarbeiter hat die restlichen Termine übernommen. Außerdem stand eine Abmahnung dräuend am Horizont.«

Manuela holte tief Luft und erklärte, was es mit dem Bild auf sich hatte. »Es könnte ein böser Streich sein, um mich in der Foren-Gemeinschaft in Misskredit zu bringen. Ich wundere mich jedoch, dass Ihre Redaktion dieses Foto sang- und klanglos ohne Quelle abgedruckt hat.«

Ein Moment Stille, gefolgt von einem Seufzer.

»Das Leser-Forum am Samstag gehört zu meinem Aufgabenbereich. Ich habe den Abdruck auf eigene Kappe durchgewinkt.« Der Journalist klang wie einer, der sich gerade peinlich berührt den Kopf kratzte.

»Die Polizei meinte, ich könne Ihre Zeitung verklagen, weil mein Urheberrecht verletzt worden ist.« Das hatte Manuela nicht vor. Radek war gestraft genug.

»Da sind Sie richtig informiert. Ich hätte hinterfragen sollen, wer das Foto geschickt hat. Es konnte ja nur von jemandem stammen, der am Freitagmorgen vor Ort war.«

»Aber wie um alles in der Welt ist Ihnen das denn durchgegangen?«, wollte Manuela wissen. »Sie sind doch ein alter Hase!«

Radeks gefühlvolles Ausatmen bewirkte eine leichte

Übersteuerung im Telefon. »Eine solche Kolumne lebt von den Einsendungen von Laienreportern und Hobbyfotografen. Wir haben sogar ein Online-Formular dafür. Für die betreffende Ausgabe gab es allerdings keine Einsendung. Ich saß Freitagabend allein in der Redaktion, mit einer halben Spalte, die gefüllt werden musste.

Das Foto erschien mir da wie ein Geschenk des Himmels. Allerdings war es kein Panoramabild, das man ohne Kontext veröffentlichen konnte.« Er lachte trocken. »Da ist es einfach über mich gekommen. Diesen Baustellen-Artikel habe ich in Gedanken schon ein Dutzend Mal verfasst. Herrgott, vielleicht war ich es auch nur leid, von Ausstellungseröffnungen und frisch gestrichenen Parkbänken des Verschönerungsvereins zu berichten!«

Manuela verkniff sich bei Radeks Ausbruch ein Grinsen. »Wenn ich an Eichlers Rede denke, hat der Beitrag im Städtchen wie eine Bombe eingeschlagen!«

Ein schwerer Seufzer. »Ja. Der Bürgermeister hatte Freitagmorgen beim Chefredakteur angerufen, um zu verhindern, dass der Vorfall mit dem Knochen durchsickert. Er wollte die Kurgäste nicht beunruhigen.«

»Kleine Stadt, kurze Wege«, meinte Manuela.

»Zu dieser Zeit war ich allerdings den Vormittag auf den Dörfern … Verzeihung, in den auswärts gelegenen Hasendorfer Stadtteilen, um Schützenkönigspaare zu interviewen. Das Drama ging größtenteils an mir vorbei.

Als die übrige Redaktion in den Feierabend verschwand und das Foto eintraf, war die Samstagsausgabe bis auf die Kolumne bereits im Satz. Allerdings hat Eichler sich gleich am Folgetag beim Herausgeber beschwert und auf eine Richtigstellung der Behauptungen gedrängt. Schließlich lässt der Bürgermeister nichts auf das saubere Image von Hasendorf kommen.«

Manuela schluckte. »Tut mir leid, dass mein Foto zu einer Abmahnung geführt hat. Das Ganze ist mir …«

»Geschenkt«, unterbrach Radek sie. »Der Kriminalfall hat für große Nachfrage bei der Montags- und Dienstagsausgabe gesorgt. Also hat mein Chef beide Augen zugedrückt, die Abmahnung ist passé, und ich mische wieder offiziell mit. Mit harmlosen Beiträgen wie dem über die Schützenpaare. Damit ich beschäftigt bin, bis der Skandal vorbei ist.«

»Gibt es denn so viele Schützenkönige? Die müssen doch alle beim Königsschießen mitmachen.«

»Hier existieren eine Menge Traditionsvereine. Das Königsschießen allerdings ist nur noch Spektakel«, berichtete Radek. »Im Grunde steht schon fest, wer König wird. Da die Ehre hohe finanzielle Verpflichtungen mit sich bringt und auch Zeit und Energie kostet, ist der Titel nichts für jedermann!«

»Also ein abgekartetes Spiel?«, fragte Manuela.

Sie hörte Radeks Achselzucken regelrecht. »Bei den Nachwuchsgruppen wird der König immerhin aufgrund von sportlicher Leistung ernannt und bekommt dadurch weitere Förderung.«

Er hüstelte. »Aber zurück zum Thema. Jedenfalls wird der *Börde-Anzeiger* morgen mit kräftig aufgestockter Auflage das alte Vermisstenplakat abdrucken, in der Hoffnung, dass sich vielleicht noch Zeugen finden. Ich dachte, ich warne Sie schon mal vor. Sie verstehen bestimmt, dass ich jetzt nichts mehr für Sie tun kann – um des Redaktionsfriedens und meines Jobs willen.«

Manuela sank der Mut. Bald würde der ganze Ort auf der Suche nach Wickers' Mörder sein!

Doro

Ergotherapie einzeln. Erste Etage, stand in ihrem Therapie-Plan, doch die Tür zum Treppenhaus, über das Doro nach oben hätte gelangen können, war an den Griffen von innen mit Flatterband zugebunden.

Bitte nehmen Sie zur Ergotherapie den Fahrstuhl!, verkündete ein computergeschriebenes Schild.

Schade, die Stufen hätten Doro vielleicht den ersehnten Treppenrekord eingebracht. Ihre Fitnessuhr hatte das heutige Training nämlich als Treppensteigen verbucht. Bei ihrem Pensum rechnete Doro täglich mit dem Feierdisplay der Uhr, einem zwanzigsekündigen Feuerwerk an Farben, Tönen und Rüttelfunktion. Das letzte Ziel war drei Monate alt, und die Anforderungen waren seitdem in die Höhe geschossen.

Doro ließ sich vom Fahrstuhl hinaufbringen. Das laute Betriebsgeräusch war alles andere als vertrauenerweckend. Als sie aus dem Lift trat, war sie genau fünf Minuten zu spät und musste sich erst mal orientieren.

Zur Linken standen einige Stühle, zur Rechten befand sich eine abgedunkelte Großbaustelle. Ein Teil der Etage war mit Flatterband abgesperrt. Folien verhängten halb herausgerissene Wände, lose Kabel schlängelten sich darüber wie Lianen.

Glücklicherweise öffnete sich in diesem Augenblick eine Tür, und Frau Schwarz-Däumler, die Ergotherapeutin, sah hinaus.

Doro entschuldigte sich wortreich. Dass sie auch ausgerechnet zur Ergotherapie immer zu spät dran war …

Manuela

Der Hausverwalter klingelte, um zu fragen, ob mit der Ferienwohnung alles in Ordnung sei, und um Toilettenartikel nachzufüllen.

Manuela ergriff die Gelegenheit beim Schopf. »Haben Sie ein paar Augenblicke? Ich interessiere mich für die Straße hier.«

Er kratzte sich den Kopf. »Auf dem Land hat man immer Zeit für ein Schwätzchen.«

Manuela lehnte sich in den Türrahmen. »Sind Sie bereits länger in der Anlage beschäftigt?«

Er nickte. »Kann man so sagen. Ich habe früher schon am Kiebitzweg gewohnt«

»Was für ein Zufall! In welchem Teil der Straße genau?«

Er wies belustigt mit dem Zeigefinger in eine Richtung. »Drei Häuser weiter auf der anderen Straßenseite. Was möchten Sie denn wissen?«

Manuela spielte mit ihrem Armband. »Ich habe gehört, dass es vor der Bebauung einigen Ärger wegen Grundstücken gab.«

Der Hausverwalter beäugte sie neugierig. »Damals standen hier in die Jahre gekommene Häuschen mit kleinen Gärten, deren Besitzer mit ihnen älter geworden waren. Die Bewohner lebten mit steilen Treppen und engen Bädern. Nicht besonders altersgerecht. Wie man früher eben gebaut hat, wenn Grundstück und Kapital knapp waren. Aber es macht einen Unterschied, ob man mit dreißig in so einem Haus wohnt oder mit siebzig.«

»Definitiv«, bestätigte Manuela. Die Wohnanlage verfügte über einen Aufzug, und im Bad befand sich eine große Dusche mit niedrigem Einstieg, Duschhocker und zwei Handgriffen zum Festhalten. Auch der Toilettensitz war relativ hoch. »Das Bad hier ist schon komfortabel.«

Er lachte. »Es war nur eine Frage der Zeit, bis am Kiebitzweg renoviert werden musste. Und nach dem Boom mit dem neuen Thermalbad wollte man die Gegend aufwerten.«

»Waren sich denn alle einig darüber?«

Sein Ausdruck verfinsterte sich geringfügig. »Der Klaus Wickers hing sehr an seinem Einfamilienhaus. Er hat da eine Menge Arbeit reingesteckt und weigerte sich zu verkaufen. Ein paar Nachbarn haben ihm vorgeworfen, dass er auf einen höheren Preis spekulierte. Sie wollten das Angebot der Investmentfirma annehmen. Da gab's Knatsch. Wie das so ist.«

»Ich glaube, so etwas kann die beste Nachbarschaft zerstören.« Sie dachte zurück an den Mord an Mark, der tiefe Narben in der Gemeinschaft hinterlassen hatte. Gräben, die in der Siedlung bis heute bestanden.

»Ach, halb so schlimm. Man hat sich nicht mehr gegrüßt und ist sich beim Schützenfest aus dem Weg gegangen. Letztlich ging's für die meisten gut aus. Aber die Geschichte mit Klaus und Eva war schon tragisch.«

»Wieso?«, spielte Manuela die Ahnungslose.

»Er ist abgehauen, der Kerl, trotz des Ärgers mit dem Grundstück, und hat seine Frau alleine zurückgelassen. Ich weiß nicht, was den geritten hat!«

Manuela musste unbedingt die Konturen von Wickers' Persönlichkeit herausarbeiten – wie ein Phantombildzeichner, der Linien eines Gesichtes skizzierte. Der Tote hatte jahrelang anonym in der Erde gelegen. Er verdiente Gerechtigkeit. »Kannten Sie ihn gut?«

»Das wäre zu viel gesagt. Aber die Bertholds gleich nebenan hatten mehr mit dem Ehepaar zu tun. Die haben nach seinem Abtauchen ein längeres Gespräch mit der Polizei geführt.«

Ein Dopamin-Kick raste durch Manuelas Adern.

»Das klingt ja richtig spannend. Hat man die verdächtigt, etwas mit dem Verschwinden zu tun zu haben?«

»Wie kommen Sie denn darauf?«

»Wenn Wickers der einzige Grund war, dass die übrigen ihre Grundstücke nicht zu dem guten Preis loswurden ...«, deutete sie an.

Der Hausverwalter sah sie skeptisch an. »Moment, so habe ich das nicht gemeint. Die Anwohner waren zu Hause an dem Abend, an dem Klaus abgehauen ist. Da gab's keinen, der ihn gesehen hat, nachdem er zu seinem geliebten Schwimmbad aufgebrochen ist.« Er kratzte sich wieder am Kopf. »Es wurde allerdings ein Kastenwagen in der Siedlung gesichtet. Vielleicht hat der ihn ein Stück mitgenommen.« Der Hausverwalter schob ausweichend das Wägelchen mit den Toilettenartikeln in den Flur. »Ich glaube, ich muss dann mal weiterarbeiten.«

Manuela dachte eine Sekunde nach. »Wohnen die Bertholds immer noch hier?«

Doro

Manuela klang gehetzt. »Hör mal, Doro. Ich hab's schon vergeblich bei Esme versucht. Weißt du, was da los ist?«

»Die hat gerade ihre Verkäuferin zum Rapport einbestellt«, meinte Doro launig. Wenn Esme mal telefonierte, klebte sie regelrecht am Handy. »Worum geht's denn?«

Manuela erzählte vom Telefonat mit dem Journalisten – genauer von zwei Anrufen –, und sie war so aufgeregt, dass Doro gar nicht erst versuchte, ihre Theorie vom massenmordenden Masseur darzulegen.

Was die Freundin zu berichten hatte, war allerdings keinesfalls ohne. Wickers war vor seinem Tod in der Nachbarschaft isoliert gewesen, weil alle Grundstücksbesitzer auf seiner Seite des Kiebitzweges gerne an einen Investor hatten verkaufen wollen und der *Deal* nur noch an der Einwilligung der Eheleute Wickers gehangen hatte. »Und da kommen wir ins Spiel.«

»Ich bin sicher, die Polizei …«, wollte Doro abwiegeln.

»Die Behörden haben damals einen Vermisstenfall behandelt, und nun ermittelt die Polizei wegen eines *Tötungsdelikts*. Und weil die Zeitung deswegen morgen die alten Plakate abdruckt, müssen wir allen mit der Lösung des Falles zuvorkommen.«

Also ehrlich, was stellte sich Manuela denn da vor? Doro fragte nach.

»Ich werde bei den Nachbarn gegenüber anklingeln und mich nach der Sache erkundigen. Aber ich könnte dabei ein bisschen Hilfe gebrauchen.«

»Du willst einfach so mit der Tür ins Haus fallen?« Doro zupfte unbehaglich an ihrem T-Shirt herum. »Bei mir ist die ganze Zeit Programm, da kann ich nicht schwänzen. In der letzten Dreiviertelstunde vor dem Abendessen gibt es noch einen Vortrag zum Thema ›Schmerzbewältigung‹, den ich mir unbedingt anhören möchte. Esme interessiert der bestimmt auch. Die war nach dem Training total fertig.«

»Gut, dann erledige ich das alleine«, sagte Manuela knapp. »Aber ich mache am Abend eine Tour in Richtung Bad Westernkotten. Da sind Nachbarn von Wickers hingezogen – vielleicht kann ich denen noch ein paar Einzelheiten entlocken, ehe die Bombe platzt. Sobald die Angelegenheit in der Zeitung steht, ist es zu spät.«

»Es geht nicht wieder zu dieser einsamen Mühle, oder?«, fragte Doro misstrauisch.

O sole mio

Manuela

»Du bist die ganzen Einträge im Telefonbuch durchgegangen?«, fragte Esme sichtlich beeindruckt.

»O ja. Hat auch ein Weilchen gedauert. Nachdem Doro mich darauf hingewiesen hat, dass man nicht einfach so unangemeldet reinplatzen kann, brauchte ich die Nummern der *ehemaligen* Nachbarn. Also habe ich erst überall nach der Hasendorfer Kiebitzweg-Adresse gesucht und die Namen mit der gegenwärtigen Nachbarschaft verglichen.

Es scheint in den letzten fünf Jahren einen Generationenwechsel gegeben zu haben. Von den alten Anwohnern sind kaum welche übrig. Das war viel weniger Lauferei als befürchtet, und ich konnte die gleich per Telefon befragen.«

»Und, ist etwas dabei herausgekommen?«, wollte Doro wissen.

Manuela griff fester um das Lenkrad. »Ich hatte den Eindruck, dass die Neuigkeit über Wickers' Leiche schon die Runde gemacht hat.«

»Schade!«, sagte Esme.

»Daher habe ich lediglich erfahren, dass er zweimal die Woche ins Schwimmbad gegangen ist, nur alkoholfreies Bier getrunken hat und bei den Nachbarschaftsfesten – ich zitiere – ›eine flotte Sohle aufs Parkett legte‹.«

Nun blieb noch ein vielversprechendes Eisen im Feuer, und dorthin waren sie unterwegs.

Manuela hatte sich und die beiden anderen bei den Bertholds als Klübchen stadtgeschichtlich Interessierter angekündigt. Nach wenigen Kilometern über die B 1 erreichten sie Bad Westernkotten. Ein Arbeiter auf einer Hebebühne reinigte gerade die Ampeln vor ihnen. Vorgärten waren mit grün-weißem Krepppapier und Wimpeln geschmückt. Die Stadt putzte sich für das Schützenfest heraus.

»Da ist es!«, rief Esme, die die richtige Abzweigung schon ausgemacht hatte.

»Also, das Reden übernimmst du, Manuela?«, vergewisserte sich Doro, als sie vor dem schmucken Haus in der ruhigen Nebenstraße hielten.

»Was macht das denn für einen Eindruck?«, meinte Esme kopfschüttelnd. »Wenn wir wie zwei stumme Fische danebensitzen.«

»Kannst gern etwas beitragen, aber ich finde das peinlich«, erwiderte Doro. »Ich bin nur dabei, damit es nicht nach der Befragung aussieht, die es ist, sondern nach einem gesellschaftlichen Ereignis.«

Die Bertholds hatten einen Hund: einen Dackelwelpen namens Füchschen. So war es tatsächlich Doro, die das Eis brach, bis Manuela schließlich ihre Dackelgeschichten unterbrechen musste, ehe es zu spät wurde.

Manuela erklärte, wie sie auf den mysteriösen Verschwundenen-Fall aus der Gegend der Wohnanlage aufmerksam geworden war.

»Sie können froh sein, dass Sie jetzt woanders unter-gekommen sind«, grätschte Doro dazwischen, gerade als Manuela zu Wickers überleiten wollte. »Sie haben es hier wunderbar ruhig. Wo in Hasendorf doch so viel gebaut wird.«

»Ruhe ist relativ, Sie sollten mal die Nachbarskinder beim Fußballtraining hören.« Die Gastgeberin schenkte ihnen Fassbrause mit Holunder-Geschmack aus.

Manuela nahm einen tiefen Zug. Das Getränk war le-cker, bitter und erfrischend fruchtig. Den zweiten Schluck verkniff sie sich, denn Doro öffnete bereits den Mund. Glücklicherweise tollte in diesem Moment der kleine Dackel heran und lenkte sie ab. Jetzt musste Ma-nuela das gekaperte Gespräch wieder zurücklenken. »Der Kiebitzweg war sicher auch ein ruhiges Pflaster. Ein Stück abseits der Stadt, wo die Nachbarschaft noch in Ordnung ist.«

»Ja, das war eine schöne Zeit«, sagte Herr Berthold. »Kein weiter Weg zur Arbeit und eine nette Gemein-schaft.«

»Darf ich dann fragen, wieso Sie umgezogen sind?«

»Dafür gab's ganz verschiedene Gründe«, antwortete Herr Berthold. »Wir zwei wurden auch nicht jünger. Als die Kinder ausgezogen sind, war das Haus mit Grund-stück einfach zu groß.«

»Aber ich vermisse die Kiebitze, die früher über die Felder geflogen sind«, meinte seine Frau etwas wehmü-tig.

»Am Kiebitzweg gab es doch den Vermisstenfall. Wissen Sie als ehemalige Nachbarn mehr darüber?«

»Wir haben die Wickers' gut gekannt. Der Klaus war eines Nachts einfach weg, und niemand von uns hat ihn je wieder gesehen. So was bleibt im Gedächtnis.«

»Was glauben Sie, was passiert ist?« Manuela bemühte sich um einen lockeren Plauderton, damit es nicht nach einem Verhör klang, wie Doro vorhin schon angedeutet hatte.

Max Berthold runzelte die Stirn. »Das nachbarschaftliche Verhältnis insgesamt war abgekühlt, es gab unterschiedliche Ansichten über die Zukunft des Kiebitzweges.«

»Also, ich glaube, da steckte eine Liebschaft dahinter«, warf seine Ehefrau ein.

»Eine Nachbarin vielleicht? Gab es in der Ehe der beiden denn Konflikte?«

Füchschen hatte sich zu Doros Füßen zusammengerollt, und Frau Berthold beobachtete ihn versonnen. »Wenn Sie meinen, ob die zwei sich angeschrien haben und Geschirr zu Bruch ging, dann nein. Aber die Eva war ziemlich anhänglich, ich glaube, eifersüchtig. Klaus durfte auf dem Schützenball kaum mehr als einmal mit einer anderen Frau tanzen.«

Na, wenn das der einzige Zündstoff war, dachte Manuela. *Wie oft kann man schon auf Schützenfeste gehen?*

»Aber Sie haben ihn nicht mit jemandem beobachtet? Vor dem Verschwinden vielleicht?«

Herr Berthold schüttelte heftig den Kopf. »Falls er abgehauen ist, hat er das so gut vorbereitet, dass niemand Verdacht geschöpft hat. Seine Brieftasche mit sämtlichen Papieren war auch noch zu Hause.« Er vertrieb eine Fliege.

»Ich habe Klaus an dem letzten Abend vom Garten aus vorbeilaufen sehen. Alles völlig normal, und er hatte bloß die übliche Schwimmtasche dabei. Die war allerdings riesig. Da passte locker der Inhalt eines Einkaufswagens hinein.«

»Wir haben oft gewitzelt, wen er damit ins Schwimmbad schmuggelt! Und er hat nur geantwortet, dass man bei den Preisen ruhig die ganze Familie mitnehmen könnte«, berichtete Frau Berthold. »Dabei war er doch kinderlos und immer allein unterwegs! Sie müssen wissen, die arme Eva ist als Mädchen bei einem Urlaub an der See mal fast ertrunk... *Füchschen, nein!*«, rief sie. »Der gehört dem Papa!« Sie beugte sich hinunter und zog dem Tier den schmalen Pantoffel aus den Pfoten. »Also, was die Hunde nur mit Schuhen haben!«

Doro holte Luft, und Manuela bereitete sich innerlich auf eine weitere Dackelgeschichte vor. Doch Frau Berthold wandte sich nur an ihren Mann. »Weißt du noch, wie Teutates sich bei der Feier mal über die Schuhe von Pastor Lehmann hergemacht hat? Teutates, das war unser Riesenschnauzer«, erklärte sie. »Der ist jetzt bald zehn Jahre tot. Aber ich hab hier irgendwo ein Foto von ihm. Derzeit sitze ich nämlich an den Fotoalben.«

Sie zog einen Schuhkarton voller Abzüge hervor, wühlte darin und breitete die Aufnahmen auf dem Tisch aus wie Spielkarten. »Ich weiß genau, dass – da!« Sie schob Doro einen Schnappschuss mit Hund und Mann im Garten zu.

Manuela überflog den Inhalt des Kartons, suchte dabei unauffällig nach anderen Motiven und erkundigte sich schließlich: »Haben Sie vielleicht noch Fotografien aus der Zeit damals am Kiebitzweg?«

Auch Esme betrachtete interessiert den Foto-Karton. Sie verrenkte sich geradezu den Kopf danach.

Fotos hatte Frau Berthold in der Tat – und es gab zu jedem eine kleine Anekdote zu erzählen. Es war interessant, mal andere Eindrücke von Wickers zu erhalten. Aber weiter half ihnen das nicht.

Schließlich verstaute Frau Berthold alles wieder und setzte den Deckel auf.

»*Edelhard, Größe 46*«, sagte Esme da und deutete auf

den Karton mit dem aufgedruckten *E&H*-Logo. »Das war noch Qualität! Leider wurde die Produktion vor Jahren eingestellt.«

Es waren schicke Herrenschuhe darauf abgebildet, das fiel nun auch Manuela auf. Schwarz, hochglänzend, mit dünner Sohle und etwas spitz zulaufend.

Die Bertholds sahen Esme verständnislos an. »Ja?«

»Ich bin nämlich vom Fach«, sagte sie. »Sie haben einen guten Geschmack.«

Innerlich seufzte Manuela. Wollte Esme ein Gespräch über Schuhe anfangen, wo Doro endlich von den Dackeln aufgehört hatte?

»Ja, wissen Sie, das sind nicht meine«, erklärte Herr Berthold. »Die Kartons hat der Klaus uns immer für die unsortierten Fotoabzüge überlassen. Er hat großen Wert auf hochwertiges Schuhwerk gelegt.«

»Und er war eitel. Ein paarmal habe ich sogar beobachtet, wie er mit den guten Schuhen zum Schwimmbad gegangen ist«, merkte Frau Berthold amüsiert an. »Sonst hatte er unterwegs zur Therme Sportschuhe an. Auf seine Edeltreter ließ er nämlich nichts kommen. Salzwasser hinterlässt auf Leder hässliche Flecken, daher hat mich das gewundert.«

Es half wenig, Manuela musste deutlicher werden. »Haben Sie mal darüber nachgedacht, ob Klaus Wickers vielleicht etwas zugestoßen sein könnte?«

»In Hasendorf?« Das verneinten die beiden vehement.

Manuela überlegte: »Ist Ihnen am Abend des Verschwindens möglicherweise ein Kastenwagen aufgefallen?«

»Lippert war mit seiner alten Karre von Montagen-Martin unterwegs«, sagte Herr Berthold und erklärte: »Er war in der Gegend so ein Mann für alle Fälle, der erledigte viel … *na ja*, schwarz. Damals hat er bei einigen Nachbarn, die Urlaub machten, den Rasen gesprengt.«

»Wäre es möglich, dass Klaus Wickers zu ihm ins Auto gestiegen ist?«

Frau Berthold wiegte den Kopf. »Die Polizei hat den Jungen befragt. Er wusste nichts, aber natürlich war er ziemlich nervös wegen der Schwarzarbeit.«

»Das war Nachbarschaftshilfe!«, betonte ihr Ehemann. »Die Polizei hat sogar den Wagen durchsucht. Ohne Ergebnis. Und soweit ich weiß, war Lippert später mit zehn anderen vom Verein in der *Stube* beim Stammtisch, und das mindestens bis Mitternacht.«

»Ist nicht billig, in der *Schützenstube*«, merkte seine Frau an. »Kein Wunder, dass Karsten nie auf die Beine kommt, wenn er alles direkt wieder verprasst.«

Stille trat ein. Dann räusperte sich Herr Berthold. »Tja, falls Sie noch mehr wissen möchten, haben Sie ja unsere Telefonnummer.«

Manuela verstand den Wink. Sie versuchte, sich die Enttäuschung nicht anmerken zu lassen. Die Fahrt war für die Katz gewesen.

Doro

»Das war ja ganz nett«, merkte Doro im Auto an. »Und wo geht's nun zum Abendessen hin? Mir knurrt der Magen.«

»Wenn wir ein bisschen länger bei den Bertholds gesessen hätten, wären wir bestimmt zum Abendbrot eingeladen worden«, sagte Manuela. »Ich könnte einen gebratenen Dackel verspeisen. Hieß dein Vierbeiner nicht sogar wie eine Wurst?«

»Warum so biestig?«, konterte Doro und schüttelte den Kopf. Meist beobachtete Manuela abgehoben das

Geschehen ringsum. Doch dann wieder haute sie so einen gemeinen Spruch raus.

»Du hast dich mit dem Welpen ja prächtig amüsiert. Esme konnte ihr Handwerkswissen anbringen, und ich war die Einzige, die wirkliche Fragen zum Fall gestellt hat.«

»Ich habe dich gewarnt!«, erinnerte Doro sie. »Ich bin nur der trottelige Begleiter des Kommissars, dem man jeden Gedankengang erklären muss. Und wir *haben* etwas herausgefunden: Wickers tanzte gern, und seine eifersüchtige Frau kam nie mit ins Schwimmbad. Und seine Schuhgröße …«

»Ja, ja. Du musst mir nicht alles wiederkäuen, wie«, Manuela malte mit zwei Fingern Gänsefüßchen in die Luft »*dem trotteligen Begleiter des Kommissars.*«

Doro nahm einen tiefen Atemzug. »Von dir stammt doch die Idee zu diesem Detektivspiel!«

Esme klopfte mit dem Griff der Krücke gegen das Handschuhfach. »Nun hört schon auf zu zanken.«

»Wir streiten gar nicht!« Manuela fluchte leise. »Mist! Jetzt bin ich in die falsche Richtung unterwegs. Und wir kurven endlos durch die Innenstadt!«

In der Tat. Die Straßen rückten zusammen. Ladenfronten und Schaufenster tauchten auf.

Doro ignorierte Manuelas Gemurmel und stupste Esme vom Rücksitz aus an. »Schau mal!« Sie hatte im Straßenbild lebensgroße Figuren entdeckt: farbenfrohe Pappmaschee-Menschen, die wie Passanten in der Einkaufsstraße unterwegs zu sein schienen oder auf einer Bank ein Buch lasen … Irgendeine Kunstaktion.

»Der Schmachtlappen vom Boot«, rief Esme da. Sie zeigte aus dem offenen Fenster. Jetzt bemerkte Doro ebenfalls den Mann, der auf dem Möhnesee so viele Fotos gemacht hatte.

»Möchtegernbart. Und wenn ich mich nicht verguckt habe, war er inzwischen beim Friseur!«

»Der dachte wohl, er könnte uns damit täuschen«, sagte Doro, abgebrüht wie ein alter Cop. Esme und sie mussten so sehr lachen, dass sogar Manuela angesteckt wurde.

»Also gut.« Sie scherte in eine Parktasche. »Sehen wir mal, was der hier treibt. Und: Abendessen. Wer zuerst ein Restaurant entdeckt, ruft: ›Stopp!‹«

Möchtegernbart fanden sie nicht wieder, aber dafür etwas anderes ein Stückchen die Straße herunter.

Auf dem kleinen Platz vor ihnen stand die Bronzefigur eines Arbeiters mit Schürze, der eine Art Abzieher in der Hand hielt. Das Werkzeug ragte in ein flaches Wasserbecken, vielleicht vier mal drei Meter groß.

»*Der Königsood*«, las Esme ein Schild vor, und brachte damit das fehlende Puzzleteil ins Spiel.

Manuela pfiff leise. »Junge, Junge. Hier lag doch der gepökelte Mann!«

Hastig blätterte Doro im Reiseführer. Das Denkmal stellte einen Sälzer bei der Arbeit dar, ein Hinweis auf die Historie der Stadt, die früher gleich drei Solequellen ihr Eigen genannt hatte. Hier war einst Salz gesiedet worden. Die Sole wurde in eckigen Eisenpfannen erhitzt – so eine stellte der Brunnen dar – und währenddessen mit dem »Krücke« genannten Werkzeug bewegt. Durch Verdunstung entstand eine breiige Masse und daraus schließlich streufertige Salzkristalle.

Nur dass vor vielen Jahren an einem Junimorgen in diesem Becken eine Leiche getrieben hatte. Ein rätselhafter Todesfall, überregional als der »Gepökelte Mann« bekannt.

»Denkt ihr, das ist Salzwasser?«, fragte Esme. »Wie in der Nacht mit dem Toten?«

»Es gibt nur einen Weg, das herauszufinden.« Manuela tunkte einen Finger ins Becken und hob ihn an die Lippen.

»Nein!«, schrien Doro und Esme gleichzeitig.

»Was da alles drin schwimmt!« Doro versuchte, das nachgestellte Zeitungsbild mit der Mordszene von ihrem inneren Auge zu verdrängen.

»Also, Salzwasser ist das jedenfalls nicht!«, befand Manuela. Ihre Augen funkelten übermütig. »Jetzt schiebt mal keine Panik. Ich habe das natürlich *nicht* probiert. Aber seht mal.« Sie wies auf ein paar Spatzen, die am entgegengesetzten Ende die Schnäbel ins Wasser tauchten. Und nun lief auch ein hechelnder Spaniel heran, vertrieb die Vögel und schlappte selbst Flüssigkeit mit der Zunge auf.

»Leider keine Spur von Möchtegernbart.« Manuela seufzte. Esme ließ sich auf einem der Drahtgestellsitze nieder und zählte an den Fingern ab. »Also, das war jetzt drei Mal, oder? Der Typ war Freitag in Hasendorf bei den Knochen, am Sonntag am Möhnesee und heute hier beim Brunnen.«

»In der Gegend des Brunnens!«, betonte Doro.

»Noch öfter.« Manuela streckte vier Finger und den Daumen aus. »Dann auf dem Krimi-Event und in der Pizzeria. Er hat Informationen über die Mühle gesammelt, bei der ein Tourist ums Leben gekommen ist.«

Doro war skeptisch. »Meint ihr echt, da besteht ein Zusammenhang? Ich sehe dieselben Leute auch jeden Abend vor denselben Lokalen und in der Raucherecke! Der umtriebige Kerl könnte Tourist sein.«

»Oder es steckt mehr dahinter, und er kehrt zu den Tatorten zurück«, spekulierte Manuela. »Vielleicht spioniert er neue Gegebenheiten für Untaten am Hellweg aus!«

»Ich finde, der sieht überhaupt nicht nach einem Verbrecher aus«, widersprach Esme.

»Als wäre das aussagekräftig!«, betonte Manuela. »Im Gegenteil, die bösesten Serienmörder werden von ihren Nachbarn als freundliche Menschen beschrieben. Mir kommt seine Auswahl an ›speziellen Sehenswürdigkeiten‹ jedenfalls komisch vor.«

Eine Gruppe Jugendlicher trottete lautstark heran. Sie zückten Bierflaschen und Chipstüten. Ein Mädchen zog die Sandalen aus und kühlte sich ungeniert die Füße im Brunnen.

So ist das also, dachte Doro. Wenn Kurgäste und Touristen sich an den kalten Buffets anstellen, stellen die jungen Leute ihre Musik an und erobern die Stadt zurück.

Tatsächlich ließ die Beschallung nicht lange auf sich warten.

Manuela

Die *Salzmühle* bot neben südosteuropäischen Spezialitäten eine Reibekuchen-Karte. Nach einer Runde Getränke und der Essensbestellung schnitt Manuela das Thema an, das ihr seit dem Königssood im Kopf herumging. »Was wissen wir denn eigentlich über den ›Gepökelten‹?«

Doro gab die Infos aus dem Zeitschriftenartikel wieder: »Der Mann lag tot im Brunnen. Da war teelöffelweise Salz in seinem Mund, hieß es – oder im Magen? Daher stammt der Name. Die Behörden haben vergebens nach Zeugen gesucht.«

»Mh, ich gucke mal.« Manuela beugte sich über ihr Smartphone und klinkte sich erst mal aus der Unterhaltung aus. Sie entdeckte schnell die Online-Ausgabe des

Picnic-Magazins, von dem Doro erzählt hatte, aber das förderte nicht mehr Fakten zutage. Es juckte Manuela in den Fingern, sich bei den *Tastaturermittlern* einzuloggen, die eine gut geführte Datenbank pflegten. Andererseits …

Schließlich fand sie eine Zeitschrift für »Wahre Verbrechen«, die auch diesen Fall behandelte. Der volle Text steckte hinter einer Paywall, doch wenn man die Vorschauseite vergrößerte, konnte man den Anfang des Beitrags lesen.

»Na bitte!« Manuela kniff die Augen zusammen, um die Mikroschrift besser entziffern zu können, aber viele Informationen gab es nicht. »Die sind ganz schön sparsam mit den Angaben zur Todesart.«

»Und was war nun die Todesursache?«, fragte Esme. »Ist er ertränkt worden?«

Manuela schüttelte den Kopf. »Bloß nicht die Begriffe durcheinanderwerfen. ›Todesarten‹ gibt es nur drei: natürliche, unnatürliche und ungeklärte. Sobald ein Mediziner eine der beiden letzteren Todesarten festgestellt hat, wird es möglicherweise ein Fall für die Polizei. Den konkreten Umstand, der zum Ende geführt hat, nennt man hingegen ›Todesursache‹.«

»Ah!«, sagte Doro. »Ertrinken im Meer nach Unterkühlung und Erschöpfung ist eine natürliche Ursache. Ertränken in einem Brunnen wäre unnatürlich? Ist beides Tod durch Mangel an Sauerstoff im Wasser, aber grundverschieden.«

Manuela nickte. Doros Erfahrungen im medizinischen Bereich waren eine wertvolle Ressource. »Da die Kriminalpolizei eingeschaltet wurde, gehe ich bei dem ›Gepökelten‹ von ungeklärt beziehungsweise unnatürlich aus. Obwohl ich das nicht genau weiß.«

»Also, ich weiß eines«, sagte Doro gut gelaunt, als in

diesem Moment der Kellner zum Tisch kam und eine Platte dampfender Reibekuchen abstellte. »Das sieht superlecker aus. Guten Appetit!« Sie spießte ein Kartoffelplätzchen auf, hob die Gabel und prüfte die Festigkeit. »Die Reibekuchen sind nur richtig, wenn man sie am Rand anfassen und aus der Hand essen kann«, erklärte sie dann zufrieden. »Zerbröseln sie dabei, sind sie zu dick.« Sie aß zu ihren Reibekuchen zarte Lachsscheiben mit Dill-Sauce.

Esme hatte ebenfalls Reibekuchen bestellt, gab aber Apfelmus auf ihren Teller. Manuela ließ sich den gebutterten Gemüsereis mit Cevapcici schmecken.

Bei der Mahlzeit unterhielten sie sich vorrangig über die Qualität der Speisen. Doro machte eine einhändige Vorführung des Zirkeltrainings an der Station bei der Ergotherapie, mit dem ergonomische Bewegungsabfolgen eingeübt werden sollten.

Während sie auf den Nachtisch warteten, spielte Manuela mit dem Salzstreuer und rief sich noch einmal den Königsood ins Gedächtnis zurück. »Ich habe online eine zusätzliche Information gefunden. Das Opfer war zum Zeitpunkt des Todes alkoholisiert.«

Esme nickte. »Ist er besoffen über den Brunnenrand gestolpert und ertrunken? Dann war es gar kein Mord?«

Manuela schüttelte den Kopf. »Von ›ertrunken‹ steht da leider nichts. Da hält die Polizei aus ermittlungstaktischen Gründen wohl einige Einzelheiten zurück. In Mund und Magen des Toten war ungewöhnlich viel Salz. Wie bringt man jemanden mit Salz ums Leben?«, überlegte sie laut.

»Vergraben in einem Haufen Streusalz?«, schlug Esme scherzhaft vor. »Salzvergiftung?«

»So eine Salzvergiftung ist kein Zuckerschlecken.« Manuela senkte aus Rücksicht auf die übrigen Gäste die

Stimme. »Der menschliche Körper toleriert nur gewisse Mengen, dann ... Ich sag mal so: Nicht umsonst dient Salzwasser auch als Brechmittel.«

»Na, danke!« Doro warf die Serviette auf den Teller. »Ich habe gerade erst gegessen. Außerdem, was hilft uns das bei Wickers' Fall weiter?«

»Der Aspekt mit dem Salz kommt mir bedeutungsvoll vor«, beharrte Manuela. »Schließlich befindet sich am Königsood nicht nur ein x-beliebiges Brunnenbecken, sondern es soll eine *Salzpfanne* darstellen.« Sie zählte noch einmal auf: »Der erdrosselte Kurgast aus Bad Waldliesborn, der gepökelte Mann in der Salzpfanne, Wickers, unterwegs zur Salzwassertherme. Da finde ich einen Zusammenhang gar nicht weit hergeholt. Vielleicht gehörte Salz zu einem speziellen Ritual?«

»Der ›Kurschatten-Mord‹ liegt zwanzig Jahre zurück!«, sagte Esme. »Da trug unser Bartjüngelchen gerade mal einen Tornister!«

»Es hat schon minderjährige Serienmörder gegeben, die ...«

»Halt!«, Doro winkte ab. »Angenommen, ihr habt recht. Was macht der Bartkerl jetzt hier, wenn er vor elf Jahren bereits zugeschlagen hat? Ist er auf seiner alljährlichen Ferienort-Serienmord-Gedächtnistour?«

Darauf wusste niemand eine Antwort.

Esme

Sie waren gerade in die Klinik zurückgekehrt, da klingelte Esmes Handy. Esme lehnte die Krücke gegen die Wand und grub das Telefon aus der Frida-Tasche. Die Nummer auf dem Display verriet den Anrufer. Gisela Andrasch aus dem Lederwarengeschäft nebenan, die Großvaters ehemalige Schusterwerkstatt gekauft hatte, als Esme sich auf das Ladengeschäft konzentriert hatte. Manchmal schickte Esme Kunden für kleinere Reparaturen zu ihr.

»Ja, bitte, Gisela?« Sie wunderte sich. Es ging auf einundzwanzig Uhr zu, und das war für einen Anruf außerhalb der Familie spät.

»Hallo, Esme. Ich wollte mich nur erkundigen, wie es Ihnen nach dem Schrecken so geht.«

»Schrecken?«

Gisela hüstelte leicht affektiert. »Ich meine wegen des Brandes. Hat Ihre Nichte …«

Das Blut rauschte in Esmes Ohren. »Welcher Brand? Was ist passiert?«, brachte sie heraus. Sie drehte sich mithilfe des einen Krückstocks vorsichtig auf dem gesunden Bein herum und setzte sich.

»Oh, Sie wissen noch gar nichts davon? Also, das ist mir jetzt ja sehr unangenehm.«

»Nun reden Sie schon!« Die Reibekuchen lagen Esme mit einem Mal schwer wie Steine im Magen.

»Als ich heute aus der Mittagspause zurückkam, stand die Feuerwehr am Straßenrand. Zuerst habe ich einen Schock bekommen, doch dann sah ich, dass nur Ihre Tür offen war. Da war ich sehr erleichtert. Die Feuerwehr hat da den Schlauch gerade wieder aus Ihrem Geschäft rausgerollt, also war es okay!«

»Okay?«, Esme schrie nun fast. Wenn die Feuerwehr gerufen wurde, war nie alles in Ordnung. Sie schluckte schwer. »Das kommt jetzt ungelegen, Gisela. Danke für den Anruf. Ich melde mich dann später noch einmal.«

Gisela hatte nicht einmal Zeit für eine Antwort, weil Esme das Gespräch bereits wegdrückte und Xenias Kurzwahl betätigte. Während es läutete, wickelte sie angespannt die Henkel der Frida-Tasche um die Finger der freien Hand.

Als Xenia sich meldete, hörte man im Hintergrund irgendeine Netflix-Serie. »Moment!« Der Fernsehton verstummte.

Esme ließ ihre Nichte gar nicht erst zu Wort kommen. »Was ist im Laden passiert?«

Sie vernahm ein Seufzen, und Xenia murmelte: »Ich habe Frau Montalbani doch extra …«

»Gisela von nebenan hat mich informiert! Frau Montalbani und du habt das ja für überflüssig gehalten.« Esmes Aufregung erreichte ein kritisches Level. Sie war froh, dass sie sich hingesetzt hatte, ehe ihr die Knie versagten. »Was – ist – passiert?«, wiederholte sie mit Nachdruck. »Gisela war in erster Linie erleichtert, dass ihr Geschäft nicht betroffen ist!« Ganz schön egoistisch.

»Es gab ein Problem mit der Elektronik«, erklärte Xenia. »Da muss ein Funke übergesprungen sein. Und der ist ausgerechnet in der Ecke mit dem gesammelten Seidenpapier aus den Schuhkartons gelandet.«

Vor Esmes innerem Auge standen plötzlich meterhohe Flammen, die sich durch das Lager brannten. Ihr blieb fast die Luft weg. Die verdammten alten Leitungen.

»Frau Montalbani war nur einen Moment weg, um Mittagessen zu holen. Sie hat gleich die Feuerwehr angerufen.«

Irgendwie gelang es Esme weiterzureden. »Und wann wolltest du mich darüber informieren?«

Schweigen. Vom anderen Ende des Zimmers aus fragte Doro in besorgtem Ton, ob alles in Ordnung sei.

»Xenia!«

»Ich wollte dich nicht beunruhigen. Bis zu deiner Rückkehr hätten wir den Laden aufgeräumt. Ich hätte es dir gesagt, auch wegen der Versicherung, aber …«

Das Wort dröhnte wie ein schwerer Gong durch

Esme. »*Versicherung?*« Es war also ein größerer Schaden als nur ein verbrannter Haufen Seidenpapier. »Ich komme morgen zurück und sehe mir das selbst an«, sagte sie, sobald sie die Sprache wiedergefunden hatte.

»Nein! Das brauchst du nicht«, wiegelte Xenia ab. »Der Gutachter hat sich für morgen angekündigt, und solange soll alles bleiben, wie es ist. Da ist nur ein Stück Tapete verkokelt, und es stinkt nach Rauch, weil man im Hinterzimmer schlecht lüften kann. Und es gibt ein paar Wasserflecken.«

Esmes Hand schloss sich fester um das Telefon. »Ich bin sehr enttäuscht. Wir sehen uns morgen.« Sie legte auf.

Schlagartig wurde ihr flau.

»Um Himmels willen, was ist denn los?« Doro sah sie an. »Du bist ganz grau im Gesicht.«

Doro

Esme blickte hektisch im Zimmer umher, öffnete und schloss abwechselnd die Hände. Sie gefiel Doro überhaupt nicht. Als sich Esme jetzt auf die Beine hievte und schmerzvoll durch die Zähne zischte, während sie zum Schrank humpelte, lief sie daher vorsichtshalber mit.

Sie hatte genug mitbekommen, um sich zusammenzureimen, dass es gebrannt hatte. »Ist jemandem was zugestoßen?«

Esme schüttelte den Kopf, aber die Geste war fast schon ein Nicken. »Hätte ich den Laden bloß nicht allein gelassen!« Vornübergebeugt und auf eine Krücke gestützt, zog Esme ihren Koffer aus dem obersten Fach und leerte dann die Kleiderbügel hinein. »Und ich kann mich nicht mal auf meine eigene Familie verlassen!«

Die Bügel verhedderten sich ineinander, die Enden

bohrten sich in den Stoff, und Esme schimpfte aus vollem Herzen und zerrte nur kräftiger daran!

»Jetzt warte doch mal. Du reißt das sonst kaputt!« Doro sortierte die Kleider auseinander, so gut es eben bei dem beschränkten Platz zwischen Schrank, Bett, Esme und der Krücke machbar war. »Was soll denn das?«

»Mein Geschäft brennt, und keiner hält es für nötig, mir Bescheid zu geben!«, schnappte Esme.

»Was?«, entfuhr es Doro. »Du willst löschen …«

»Gebrannt hat es heute Mittag«, schnitt Esme ihr das Wort ab. »Aber ich muss so schnell wie möglich im Laden nach dem Rechten sehen!«

»Setz dich bitte erst mal hin. Oder nimm wenigstens die andere Krücke dazu. Wenn du das Bein falsch belastest, wächst es schief ein. Und dann war alles für die Katz!« Doro hielt ihr demonstrativ die Gehhilfe hin.

Esme stieß die zweite Krücke mit einem wütenden Schnauben weg. »Mit den blöden Dingern kann ich aber nicht packen.«

Hilflos sah Doro zu, wie sich Esmes Augen mit Tränen füllten. »Die Familie war skeptisch, als ich alleine den Laden schmeißen wollte, nachdem meine Eltern in Rente gingen. Und nun das! Wäre ich bloß zu Hause geblieben.«

Doro musste Esme unbedingt beruhigen. »Du hattest eine Hüft-OP. Und, wie die Ärzte uns gerne erinnern, bist du hier keineswegs im Urlaub, sondern sollst dich ganz auf deine Heilung konzentrieren! Wenn du nach Hause fährst, wirst du Anwendungen verpassen. Ich bezweifele, dass man eine unterbrochene Kur so leicht fortsetzen kann.«

Doch ihre gut gemeinten Worte gossen bloß Öl ins

Feuer. »Ich habe echt andere Sorgen als irgendwelche bürokratischen Vorschriften!«

Doro wich vor diesem Ausbruch ein Stück zurück. »Der Laden steht noch, oder? Du hast jemanden vor Ort, der das regelt. Das wird halb so schlimm sein!«

»Hömma! Was weißt du schon, was schlimm ist? Du regst dich schließlich selbst wegen jeder Kleinigkeit auf.«

»Ich … *also!*« Doro schluckte.

»Genau: *ich.* Dich stört doch, dass du mal nicht mit deinem Drama im Mittelpunkt stehst. Kaum habe ich mal ein Problem, versuchst du, das kleinzureden.«

»Ich will dir nur helfen!«, beteuerte Doro. Sie dachte an die Situation mit dem Süßigkeiten-Automaten, die sich ganz von alleine zu einem peinlichen Fiasko entwickelt hatte. Von wegen Aufbauschen!

»Und was soll diese komische Kommissarin-Sache? Ist das auch ein Versuch, Aufmerksamkeit zu bekommen? Heute beim Mittag- und Abendessen haben dich Leute so begrüßt.«

»Meine Masseurin hat einen Scherz gemacht, und einige Patienten haben das aufgegriffen. Ich bemühe mich die ganze Zeit, das richtigzustellen.« Vielleicht sollte sie es hinnehmen, statt immer dagegen zu argumentieren.

»Am Ende ist Manuelas Detektivspiel dir zu Kopf gestiegen, und du fühlst dich geschmeichelt.«

Doro konnte einen Moment lang vor Ärger kaum noch geradeaus gucken. Sie hatte die Mordermittlung schließlich nicht angeleiert, sondern war eher widerwillig dabei.

»Gut«, meinte sie verletzt. »Fahr doch nach Hause, dann wirst du halt rausgeschmissen, und ich habe ein großes Zimmer für mich allein. Ohne Schnarchen!« Doro verschwand zum Duschen im Badezimmer und machte sich dort auch gleich bettfertig.

Heimelige Begegnung der dritten Art

Freitag, 20. August, Bad Hasendorf

Dorothea Hammerblech:
Frühstück 7–7:45 Uhr (Moorklinik)
Walking 8–9 Uhr (Salzquelle Hintereingang)
Reizstrom-/Elektro-Therapie 9:15–9:45 Uhr
(Kurzentrum)
Krankengymnastik einzeln 10–10:30 Uhr (Salzquelle)
Mittagessen 11:30–12 Uhr (Speisesaal Moorklinik)
Entspannungstraining 12:30–13:30 Uhr
(Studio Kurzentrum)
Abendessen 17–17:30 Uhr (Speisesaal Moorklinik)

Doro

Diesmal war der polternde Wäschewagen-Transfer »voll gegen leer« ungewöhnlich früh unter der offenen Balkontür unterwegs. Doro hatte wegen des Streits sowieso kaum geschlafen. Sie nutzte den Weckruf, um aufzustehen und sich Sportkleidung und Laufschuhe anzuziehen. Sie nahm nur eine Stofftasche und schlich aus dem Zimmer, ohne einen Blick auf ihre schlafende Zimmernachbarin zu werfen. Doro brauchte ein bisschen Zeit allein. Esmes gestrige Unterstellungen taten noch weh.

Sie kam am Aufenthaltsraum vorbei, doch die Tageszeitungen waren bisher nicht geliefert worden, sodass Doro nur spekulieren konnte, was über ›ihren‹ Fall so zu lesen war. Die Klinikstofftasche mit Telefon, Trinkflasche und Kleingeld schlug rhythmisch gegen Doros Hüfte. Nach wenigen Schritten quer über den Hof hatte sie die Kurpromenade erreicht.

Es war genau eine Woche her, seit sie beim Brunnenrondell den Fußknochen entdeckt und die Lawine von Ereignissen losgetreten hatte. Nichts erinnerte mehr daran. Die Stelle an der Friedhofsmauer war zugeschüttet und bepflanzt worden, die Baustellenabsperrungen ein Stück weitergewandert.

Doro ließ sich auf der Bank gegenüber der spritzenden Fontäne nieder, deren Tropfen wie umherschießende Libellen im Sonnenlicht glitzerten. Sie atmete durch. Die Luft war warm wie aus einem Fön, aber frischer würde sie im Laufe des Tages kaum werden.

Bereits eine Woche Hasendorf – es kam Doro kürzer vor! Die neuen Wegstrecken und Eindrücke, schon abgetreten wie alte Schlappen, und die Bekanntschaften … Nun, das hatte man ja am vergangenen Abend gemerkt.

Doro zückte ihr Telefon. Sie musste fast zwanzig Minuten bis zum Frühstück totschlagen, vor sieben Uhr wurde niemand in den Wintergarten eingelassen. Da traf es sich gut, dass über Nacht eine Nachricht von Julia angekommen war. Die Zeilen enthielten ein kleines Video von Cabanossi.

Eine Hand, die ganz nach Jonas' Pranke aussah, führte einen Wurstzipfel im Kreis, knapp außerhalb der Reichweite von Cabanossi. Der Dackel rannte hinterher. Zweimal rundherum, dazu erklangen sein aufgeregtes

Blaffen und im Hintergrund Julias Lachen. Das Bild wackelte ein wenig, dann brach das Video ab und ging wieder von vorne los.

Wir vermissen dich, stand darunter.

Doro saß eine Weile mit gesenktem Kopf da. Als sie schließlich einen feuchten Fleck auf ihrem T-Shirt entdeckte, wusste sie nicht, ob dafür ein Tropfen Brunnenwasser verantwortlich war oder eine der Tränen, die sie rasch wegzwinkerte. Was für eine verkorkste Kur!

Aber immerhin strahlte die Sonne. Doro ließ noch mal das Video in Dauerschleife laufen und lachte jetzt mit. Cabanossi ging es also gut.

Die Sonne schien, und das Leben war nun einmal, wie es war. Man rannte im Kreis, immer der Wurst hinterher, die sich, selbst wenn man sie mal erhaschte, allenfalls als kleiner Zipfel herausstellte.

Doro atmete tief durch, wischte sich die Augen und tippte ein paar Antwortzeilen.

Aus dem Kurpark erklang ein leises *Sssst Klack, Sssst Klack.* Kurz darauf erschien ein Nordic Walker im grauen Anzug. Doro hätte ihm trotz der ungewöhnlichen Kleiderwahl keinen zweiten Blick geschenkt, doch der Mann kam ihr vage bekannt vor. Er hielt an dem Mülleimer neben ihrer Bank und streifte die Spitze seines Stocks an der Kante des Behälters ab. Aufgespießte Papierfetzen landeten im Abfall.

Es war Bürgermeister Eichler, der die Laufstöcke offensichtlich mit kräftigen Metalldornen zu Müllsammel-Werkzeugen umgerüstet hatte. Diese Eisenspitzen verursachten das klackernde Geräusch auf dem Pflaster. Doro kannte Walking-Stöcke bloß mit stumpfen Gummifüßen. Sie hatte einmal gelesen, das geschehe zum Schutz von Kleintieren wie Fröschen, die sich unter dem Laub versteckten.

»Guten Morgen!« Eichler hatte wohl bemerkt, dass sie ihn beobachtete. Wie peinlich!

Von Nahem waren seine Lippen noch runder und fischähnlicher. Sie grüßte zurück. »Sie sind ja früh unterwegs, Herr Bürgermeister! Und so fleißig.«

Er blieb stehen, offenbar erfreut, dass sie ihn erkannte, und nutzte die Gelegenheit, ein zerknülltes Papiertaschentuch neben der Bank mit seinem Stock aufzuspießen.

Kein Frosch hätte bei diesem Dorn eine Chance!

»Ja, wenn man eine saubere Stadt will, packt man am besten selbst mit an. Das ist meine tägliche Runde zum Rathaus. Sommers wie winters zwischen sieben und sieben Uhr dreißig.«

Unwillkürlich sah Doro auf die Fitnessuhr und sprang auf. Sie hatte hier fast eine Viertelstunde vertrödelt. »So spät? Ich muss zum Frühstück«, rief sie. »Wiedersehen!«

Eichler brummte eine Erwiderung und machte sich zwei Meter weiter an einem besonders ertragreichen Zaunstück zu schaffen.

Doro grummelte vor sich hin. Wenn der Bürgermeister schon täglich in der Grünanlage nach Abfall stöberte, warum war er vergangene Woche eigentlich nicht *vor* ihr auf den vermaledeiten Knochen in der Baugrube gestoßen? Das hätte ihr eine Menge Ärger erspart.

Ein Klingelton durchschnitt den schläfrigen Park.

»Eichler am Apparat!«, erklang das redegewohnte Organ des Bürgermeisters durch Wasserplätschern und Vogelgesang. »Ach, du bist's!« Dann unwirsch: »Nein, besser als im Büro.« Er senkte die Stimme, doch er war so aufgebracht, dass Doro immer noch jedes Wort mitbekam. »Was? Stumpfe Gewalteinwirkung?«

Das klang nicht nach politischem Schlagabtausch.

Ohne nachzudenken, brachte Doro sich hinter der Ufer-mauer des Flüsschens außer Sicht. Der Herzschlag dröhnte ihr in den Ohren.

Der Bürgermeister seufzte vernehmlich. »Genau das, was wir jetzt brauchen. Ist das schon offiziell?« Pause. »Am Montag? Danke. Dieser Radek wird sich darauf stürzen wie ein Aasgeier! Ich habe Hanno letzte Woche klargemacht, dass er ihn wegen der Parkgeschichte an die Leine nehmen soll, ehe hier …«

Oha! Dann stimmte ja Manuelas Information über den Zensurversuch beim *Börde-Anzeiger*.

»Der Kerl kann was erleben. *Mh!* Ja, wir sehen uns morgen.« Eichler steckte das Telefon weg und murmelte: »Ich bring diesen Trottel um.«

Doro wurde mulmig. Sie musste sich an der Mauer abstützen, um nicht das Gleichgewicht zu verlieren und auf ihren vier Buchstaben zu landen. Sie wartete, bis das *Sssst-Klack*-Geräusch der Stöcke verriet, dass Eichler sich entfernte. Zurück auf seiner Morgenrunde wie vergan-gene Woche. Wie jeden Tag!

Ihr kam ein ungeheuerlicher Gedanke.

Eichler hatte vorigen Freitag frühmorgens die Redak-tion vor der Berichterstattung über Baustellen gewarnt. Um diese Zeit hatte niemand geahnt, um was es sich im Park genau handelte, außer ihr selbst, Manuela und der Polizei.

Das Spurensicherungszelt jedoch war erst nach Ma-nuelas Physiotermin aufgebaut worden, als der Knochen schon im Wasser lag. Woher hatte Eichler also davon ge-wusst, dass dort etwas vor sich ging? Hatte ihm das die Polizei gesteckt? Würden die Beamten den Bürgermeis-ter wegen eines ungeklärten Fundstücks am ehemaligen Friedhof, das vielleicht bloß ein Hund vergraben hatte, aus dem Bett werfen, ehe sie sich ein Bild der Lage gemacht hatte?

Oder hatte Eichler auf seiner Morgenrunde ins Büro bereits etwas gesehen?

Doro beschleunigte automatisch, und ihr Verstand schlug Purzelbäume.

Manuela hatte vor ihrem Termin das Knochenfoto geschossen. *Nach* der Physiotherapie lag der Knochen unsichtbar auf dem Grund der Grube im Wasser, und der Terminzettel war fort.

War Eichler in der Zwischenzeit auf den Fußknochen gestoßen? Mit den Eisenspitzen seiner Stöcke konnte man problemlos in einer Erdwand graben und etwas abschlagen. Und vor lauter Müllsammeleifer gleich einen Zettel einstecken.

Doro holte tief Luft. Nur nicht überreagieren. Mal angenommen, Eichler hatte beschlossen, wie ein echter Sheriff persönlich für Ordnung in seiner Stadt zu sorgen. Auch wenn das bedeutete, einen knöchernen Schandfleck außer Sicht zu befördern, damit sich kein Kurgast gruselte. Ihm wäre in so einem Fall natürlich daran gelegen, auch die Presse nach Möglichkeit rauszuhalten.

Die Vertuschung hätte vielleicht funktioniert. Nur dass Doro da bereits die Polizei informiert und die behördliche Maschinerie in Gang gesetzt hatte.

Es passte. Doro fischte das Telefon aus der Stofftasche und klingelte bei Manuela an. Dort sprang nur die Mailbox an. Doro musste es später versuchen. War Manuelas Kontaktmann bei der Presse in Gefahr? Oder hatte der verärgerte Eichler gerade nur Dampf abgelassen, weil Radeks Artikel seine Pläne von der heilen Hasendorfer Welt sabotiert hatte?

Manuela

Manuela nutzte die Morgenfrische für eine kleine Besorgung im Nachbarort Bad Sassendorf und parkte am Rande eines Wohngebiets in der Straße Alter Hellweg.

Sie war in *Tante Gretes Sagenschatz* auf das Bodendenkmal gestoßen. Auch Pfennig hatte es angesprochen.

Manuela ging das restliche Stück zu Fuß und erwartete einen eingezäunten Bereich, so wie bei der prähistorischen Steinkiste. Doch es ging ein Stückchen weiter auf einen Hohlweg in ein Wäldchen. Dank der noch tief stehenden Sonne war der Hellweg in Schatten gehüllt. Die von Farn und, so glaubte sie, Holunder bewachsenen Wände waren mannshoch. Das Stück der originalen Straße erstreckte sich etwa dreihundert Meter. Abgetretene Stellen im Gras verrieten, dass der Weg regelmäßig benutzt wurde. Wenn man nichts von seinem wahren Alter wusste, so konnte man darin einfach einen Trampelpfad von Gassigängern und Schulkindern aus der Siedlung vermuten.

Der Pfad mündete in eine Autostraße. Die Bäume schluckten den Verkehrslärm, und sah man von den hinten vorbeiflitzenden Fahrzeugen einmal ab, war es leicht, sich vorzustellen, wie es an diesem Ort vor fünfhundert Jahren ausgesehen hatte.

Manuela liebte es, Geschichte so unmittelbar zu erleben, und die Vergangenheit beinahe mit Händen greifen zu können. Nur handelte es sich nicht um eine sagenumwobene Burgruine oder eine alte Höhle, sondern um eine Fernstraße, die der Region ihren Namen verliehen hatte. Der Hellweg hatte als Hauptverkehrsader des Mittelalters gedient. Damals waren hier beladene Fuhrwerke gerollt, Händler mit Kiepen, Reisende und Pilger gewesen, auf Schusters Rappen unterwegs zu einer der zahlreichen Kirchen oder zur Hansestadt Soest.

Manuela ertappte sich bei dem Gedanken, wie leicht es gewesen sein musste, als Gesetzloser am Rand der alten Handelsroute auf der Lauer zu liegen und wohlhabende Kaufleute auszuplündern wie Robin Hood!

Sie lächelte. Auf ihre Fantasie war Verlass – natürlich dachte sie gleich an schauerliche Missetaten.

Nach einigen Fotos, die Doro und Esme zeigen sollten, wie der *echte* Hellweg-Tunnel aussah, blätterte Manuela noch einmal in der mitgebrachten Sagen-Broschüre. Aber leider fand sie im Zusammenhang mit dem Sassendorfer Stück des Hellwegs keine ungeklärten Todesfälle. Dabei eignete sich die abgelegene Stelle theoretisch gut als Ablageort für ein Mordopfer.

Ehe sie das Büchlein wieder in die Tasche steckte, machte sie dafür eine andere Entdeckung: Ludger Pfennig, der fantasievolle Buchhändler, hatte das Vorwort dieser Sammlung geschrieben, die ein Historiker einige Jahre zuvor aus den Aufzeichnungen einer Hebamme mit Namen Grete zusammengestellt hatte.

Darin wies Pfennig extra auf die Steinkiste als uralten Bestattungsort hin. Soso, dachte Manuela. Damit war ja vermutlich die Frage geklärt, wo der Hund aus seiner Krimigeschichte begraben lag.

Ihr Telefon klingelte.

»Natürlich!«, sagte sie nach den ersten Sätzen. »Ich bin sofort da.«

Doro

Ein paar Minuten später betrat Doro den zum Frühstücksraum umfunktionierten Wintergarten der *Moorklinik*. Nach Esme guckte sie bewusst nicht. *Ich setze mich einfach an einen der größeren Tische und suche Anschluss an eine andere Gruppe,* dachte sie, immer noch niedergeschlagen.

Doch der Plan zerplatzte wie eine Seifenblase. Ein Großteil der Tische war besetzt – es blieben nur noch die kleinen Zweimann-Plätze an der Fensterfront.

Doro legte die Tasche auf einen der Stühle und reservierte so den Sitz.

Obwohl sie sich Mühe gab, auf dem Weg zum Buffet keinen Augenkontakt aufzunehmen, nickte Florian ihr grüßend von der anderen Seite der Speiseinsel zu.

Doro tat so, als hätte sie nichts bemerkt. Sie beschäftigte sich ausgiebig mit der Auswahl des fluffigsten Brötchens und des passenden Aufschnitts und wählte ein Schälchen Joghurt dazu.

Florian jedoch hatte sie im Auge behalten. »Und, haben Sie den Fall von Hellweg-Jones bereits gelöst, Frau Kommissarin?«

Kommissarin. Was für ein Witz! Sie las nicht einmal Krimis. Zwar konnte niemand die Behauptung, sie sei Polizistin, ernst nehmen, aber langsam fühlte sich Doro persönlich angegriffen. Vor allem, nachdem Esme ihr am Vorabend unterstellt hatte, sie würde es genießen.

Von wegen! Gehörte Florian etwa zu den Leuten, die sie am Dienstag während ihrer Nervenkrise im Hellweg-Tunnel beobachtet hatten? Hatte er sie deswegen auf dem Kieker?

Zum Teufel mit Richtigstellungen. »Ja, ich habe schon einen Hauptverdächtigen!« Doro lächelte betont freundlich über ihr Tablett hinweg. Sie dachte an die Begegnung mit Bürgermeister Eichler, und da sprudelten die Worte wie von selbst aus ihr hervor. »Und der Täter liegt ganz nahe. Er hatte ein Motiv und die Gelegenheit, sich an den Knochen zu schaffen zu machen. Ich habe bereits mit den hiesigen Behörden gesprochen.«

Doro fasste Florian fest ins Auge. »Wo waren denn Sie am Dienstag um sieben Uhr morgens?«, fragte sie im strengsten Vorzimmerdrachen-Tonfall.

»Ich? Also …«, stotterte er verlegen.

Ohne auf eine weitere Reaktion zu warten, drehte sich Doro um und gönnte sich noch ein Schälchen Obstsalat vom Buffet.

Inzwischen war wirklich jeder Tisch besetzt. Und es saß auch jemand Doros Tasche gegenüber.

Esme.

Ihre Zimmergenossin grinste schief.

»Du bist noch da?«, meinte Doro betont neutral und setzte sich.

»Es tut mir leid wegen gestern Abend. Ich hab da echt überreagiert. Du hattest recht.«

So eine Entschuldigung war ja schön und gut. Doro aber lag der gestrige Schlagabtausch noch im Magen. Esme hatte sie verletzt. Also nickte sie nur und schenkte sich Kaffee ein.

Ringsum plauderten die Leute, einige gähnten verstohlen, in einer Ecke wurde gelacht. Die ersten Patienten standen bereits wieder auf, stellten das schmutzige Geschirr auf Tabletts und hasteten zu ihren Terminen.

Doro schluckte. »Und, wann fährst du?«, fragte sie schließlich in das lastende Schweigen hinein.

»Gar nicht«, antwortete Esme munter. »Meine Nichte hat mir heute Morgen Bilder von der Brandstelle geschickt. Der Gutachter kommt am Nachmittag. Xenia meint, dass es auf Ausbesserungsarbeiten hinausläuft. Das Feuer hat sich glücklicherweise auf eine Ecke konzentriert.«

Esme beugte sich vor. »Xenia hat einen Lufttrockner

geliehen. Wir müssen wohl zwei Dutzend durchweichte Kartons austauschen. Aber die meisten Schuhe daraus können wir reduziert anbieten. Xenia und Frau Montalbani wollen übers Wochenende vorsichtshalber alle Paare im Lager auf Schäden durch Feuchtigkeit oder Rauch überprüfen. Und nach gründlichem Durchlüften ist die Sache hoffentlich erledigt. Für den entstandenen finanziellen Schaden wird hoffentlich die Versicherung aufkommen.« Esme hatte bei der langen Erklärung nicht ein einziges Mal Luft geholt.

Doro hatte in der Zeit ihr Brötchen aufgeschnitten und die Hälften gebuttert. »Das klingt ja, als hätten die beiden alles im Griff!«

»Ja. Genau, wie du gestern gesagt hast.«

Doro hatte noch mehr gesagt. Doch die Bitte um Verzeihung für die harschen Worte wollte ihr nicht über die Lippen kommen. Stattdessen bemerkte sie extra heiter und unverbindlich: »Dann musst du jetzt den Koffer wieder ausräumen.«

»Ja, und es wäre super, wenn du mir dabei ein bisschen zur Hand gehen könntest. Oder sollte ich Frau Sperling besser nach einem anderen Zimmer fragen? Ich meine ...«

Doro atmete tief aus. Bloß nicht alles erneut durchkauen. Sie sah ihr direkt in die Augen. »Du willst unsere schöne Unterkunft aufgeben, wo du dir den Wecker sparen kannst, weil der Wäschewagen im Hof um fünf bereits die Runde dreht?«

Esme machte ein verlegenes Gesicht.

Doro wollte sie nicht länger auf die Folter spannen. »Willkommen zurück! Ich hab dir da was zu erzählen. Aber ich bin auf dem Sprung zum Walking und habe nicht viel Zeit.«

Nachdem Doro ihre Neuigkeiten losgeworden war,

gab Esme einen Stoßseufzer von sich: »Da hätte ich im Tunnel ja lange nach dir suchen können! Es war übrigens gerade großartig, wie du Florian hast abblitzen lassen.«

Doro bedankte sich und sprang auf. »Muss los.«

Sie waren zu zwölft in der Walking-Gruppe.

Die Therapeutin (»*Nennen Sie mich einfach Angela!*«) in ihrem kunterbunten Outfit ließ sich alle Therapie-Pässe reichen, verglich die Namen mit der Teilnehmer-Liste und machte Kreuzchen. »Ihre Pässe bekommen Sie nach der Tour zurück. Damit Sie unterwegs nicht irgendwann aus Versehen falsch abbiegen und den Anschluss verlieren.«

Einer der Männer seufzte schwer, als wäre genau das sein Plan gewesen.

Bei Doro stutzte die Gruppenleiterin. »Ich kann Sie auf der Liste nicht finden. Sind Sie hier richtig?«

Doro zog ihren ständigen Begleiter, den Therapieplan, hervor und zeigte auf den Freitagsslot.

»*Behandelnder Arzt Dr. Scheuer*«, las Angela vor. »Aber das ist unmöglich.«

»Ja, ich weiß, der ist in Urlaub«, sagte Doro freundlich ihr Sprüchlein auf. *Ich brauche ebenfalls Urlaub nach dem Chaos hier.* »Es gab eine Verwechslung, daher steht dort der falsche Name. Zuletzt war ich am Dienstag bei Dr. Khalid, der mich netterweise solange übernommen hat.« Das klang irgendwie nach Menschenhandel. »Da Dr. Scheuer ja kommende Woche zurückkehrt, stimmt der Plan ab *überübermorgen* wieder.«

War man einmal aus dem Raster gefallen, regierte im Gesundheitsbetrieb das Chaos. Eigentlich war das ganze Hickhack zum Kringeln, also konnte man dabei ruhig etwas Spaß haben, dem gesunden Menschenverstand zuliebe.

Die Mitpatienten stapften auf der Stelle wie ungeduldige Rennpferde, aber vielleicht sollten das Aufwärmübungen sein.

»Letzten Freitag ist eine Teilnehmerin unentschuldigt ferngeblieben«, erinnerte sich die Therapeutin.

»Das war ich«, erklärte Doro.

Angela sah sie streng an. »Sie müssen bei Krankheit rechtzeitig absagen. Am besten bereits am Vortag.«

Nein, dachte Doro und biss sich auf die Zähne. *Das tue ich mir jetzt kein weiteres Mal an.* »Ich bin Freitagmorgen aufgehalten worden. Unterwegs zum Frühstück, das ja bekanntlich einen halben Kilometer entfernt in einer ganz anderen Straße stattfand.«

Aus der Gruppe lachte jemand trocken auf.

»Das kam *überraschend*«, betonte Doro. »Wie Überraschungen das so an sich haben. Ich habe angenommen, die Sache sei längst mit dem Schwesternzimmer geklärt.«

»Ach, *Sie* waren das!« Die Therapeutin sah sie mit neu erwachtem Interesse an. »Wir dachten, wir müssten Sie dauerhaft streichen.« Das hörte sich an, als wäre Doro Opfer eines Verbrechens geworden, statt eins zu melden.

Also wirklich! »Ich bin putzmunter!«, versicherte sie. Seit der Versöhnung mit Esme ging es ihr viel besser.

Angela kapitulierte. »Kommen Sie einfach mit.«

Glücklicherweise starteten sie in so strammem Tempo, dass Doro einigen Abstand zu den Mitpatienten halten konnte. Bestimmt stellte der Wortwechsel für die ein gefundenes Fressen dar. Ob wohl jemand eine terminliche Verbindung zwischen ihrer Fehlstunde und dem Spurensicherungszelt herstellte?

Froh–na–tur, skandierte Doro innerlich bei jedem Schritt. Sie umrundeten weiträumig die Klinik, zum Großteil auf einen Parcours durch die Grünanlagen von Hasendorf, wo Doro Ecken entdeckte, die sie noch gar nicht gesehen hatte. Die Sommerluft schmeckte wie Seide, kein Wölkchen verunzierte den Himmel. Es würde ein heißer Tag werden. Die Bewegung half dabei, die letzte Müdigkeit nach der unruhigen Nacht zu vertreiben.

Während die Trainerin Patienten korrigierte (Doro wunderte sich, dass man bei so etwas Selbstverständlichem wie *Gehen* so viel falsch machen konnte), genoss Doro einfach den Ausblick. Der Park stand in voller Blüte, es gab wunderbare Staudenbeete, und es war noch ausreichend kühl für Sport.

Sie walkten vorbei an einem Kiosk mit Zeitschriften und Erfrischungen, in dessen Auslage ein bekanntes Gesicht Doros Blicke anzog.

Ein paar Schritte weiter watschelte eine entschlossene Stockenten-Mama mit neun Küken über den Pfad vom Flüsschen zum Zierteich. Während die ersten Küken sich dicht bei der Mutter hielten, trödelten die letzten drei und schienen sich nicht vorwärts zu trauen. So kam es, dass die Entenfamilie den Weg und den nebenherlaufenden Grünstreifen zugleich blockierte. Alle blieben stehen, Handys wurden gezückt.

Die umherirrenden Entlein mit ihrem Flaum waren aber auch zu niedlich!

Niemand achtete auf Doro. Sie entfernte sich unerlaubt von der Gruppe und kaufte am Kiosk rasch das letzte Exemplar des *Börde-Anzeiger*s mit dem Vermisstenplakat.

Sie schloss rechtzeitig genug wieder auf, um zu beobachten, wie Angela mit ausgebreiteten Armen wie ein

Paradiesvogel in farbiger Sportkleidung die kleine Ententruppe vorsichtig vom Weg dirigierte.

»Und denk dir«, berichtete Doro beim Mittagessen. »Im Kurpark gibt es sogar einen Fahrradverleih! Oder gäbe es, wären da nicht die Bauarbeiten. Und das hier habe ich auch gefunden.« Sie reichte Esme die Zeitung.

Vermissten-Fall vermutlich gelöst!, lautete die Überschrift, dazu war über zwei Spalten das damalige Suchplakat gedruckt: *Wo ist Klaus Wickers?* Es folgten allgemeine Angaben wie Körpergröße, Haarfarbe, Beschreibung der Kleidung und die genaueren Umstände des Verschwindens. Und die Höhe der Belohnung.

Der Text darunter stammte von Chefredakteur H. Schlawig.

Die Polizei bittet um Ihre Mithilfe. Die am vorigen Freitag im Hasendorfer Kurpark gefundenen menschlichen Überreste wurden inzwischen als die von Klaus W. identifiziert. Wenn Sie Informationen haben, die dabei helfen, Licht in das Dunkel der letzten Stunden von Klaus W. zu bringen, wenden Sie sich bitte an unsere Zeitung oder direkt an eine Polizeidienststelle.

»Also, von ›Todesursache‹ steht hier nichts«, bemerkte Esme leise.

»Die Informationen sollen erst ab Montag freigegeben werden«, erinnerte Doro sie. »Wenn ich das Telefongespräch richtig gedeutet habe. Vielleicht ging es ja auch um etwas ganz anderes.«

»Oder es gab einen weiteren Mord! Warum hat die Geschichte den Bürgermeister so mitgenommen?«

»Er sorgt sich eben um das gute Image der Stadt, Doro. Wenn du für die Gesundheit die Wahl zwischen mehreren Kurorten im Bäder-Dreieck hast, würdest du dann den mit einem aufsehenerregenden Mordfall nehmen?«

Doro schüttelte den Kopf. Sie nicht, aber … »Apropos: Gibt es immer noch nichts Neues von Manuela?«

»Nö. Nur die Mailbox.«

Schlangengrube

Esme

Zwischen dem Vortrag zur Berufswiedereingliederung gleich nach Mittagessen und einer Stunde Wassergymnastik hörte Esme hie und da in den Korridoren oder dem Hellweg-Tunnel etwas über den Artikel. Patienten fragten die Therapeuten, ob sie diesen vermissten Mann gekannt hatten.

Esme hätte sich liebend gerne an den Spekulationen beteiligt, aber ihr Physiotherapeut war einer von der schweigsamen Sorte. Er konzentrierte sich vollkommen auf sie und seine Arbeit. Nach den ersten paar Minuten stand Esme der Schweiß auf der Stirn, und ihre Gedanken drehten sich nur noch darum, die Übung einen kleinen Tick weiter über die Schmerzgrenze hinweg zu halten. Und abermals.

Und dann machte die Zeit einen Sprung, und das nachmittägliche Abendessen in der *Moorklinik* beendete den offiziellen Teil des Tages.

Frau Sperling summte leise vor sich hin, als Esme kurz vor achtzehn Uhr mit Doro an der Empfangs-Loge vorbeilief. Sie steckte gerade einen Autoschlüssel und eine Rolle Bonbons in die Hosentasche und schloss die Tür.

»Schönen Abend!«, grüßte Esme und schob die kleine Lacklederhandtasche im Folklore-Look über der weißen Bluse und dem hortensienblauen Rock zurecht. Doro trug wieder ihr gelbgrünes Sommerkleid.

Die Rezeptionsdame nahm sie in Augenschein, und der anerkennende Blick ging Esme runter wie Öl. »Sie beide haben sich aber chic gemacht. Geht es ins *Schlosshotel?*«

»Nein, wieso?«, fragte Doro und klang dabei verdächtig interessiert. Suchte sie einen Vorwand, um zu kneifen und auf eine andere Abendunterhaltung umzuschwenken?

»Nun, da ist freitagsabends Tanztee. Ich hatte Frau Kadesch letztens davon erzählt, und deshalb dachte ich, Sie wollten sich vielleicht dort umsehen.«

Die Tanzveranstaltung gab es immer noch? »Umsehen?«

»Ja, falls Ihnen die Herren in der Klinik zu wenig Aufmerksamkeit entgegenbringen.«

Doro trat mit verkniffenem Gesicht einen Schritt zurück und murmelte: »Darüber wird man von mir keine Klagen hören.«

»Und ich kann mit den Krücken sowieso nicht tanzen«, brachte Esme eine unschlagbare Ausrede vor.

»Zu schade. Die Tanztees sind eine echte Institution«, erklärte Frau Sperling. »Bevor jeder ein Handy in der Tasche hatte, boten sie die Gelegenheit, Leute kennenzulernen und ein paar Runden übers Parkett zu drehen.« Sie zwinkerte: »Eine Kontaktbörse.«

»Danke, kein Bedarf«, erwiderte Esme.

»Wir gehen zum Spieletreff«, meinte Doro mit größter Selbstverständlichkeit, als wäre das ihre Idee gewesen. »Und danach ein bisschen was essen.«

»Dann wünsche ich viel Spaß! Und grüßen Sie Frau Riemer von Hanna. Hanna Sperling.«

»Gerne«, versprach Esme. »Ich habe Doro von ihr erzählt. Nachdem Sie meinten, dass Ihre ehemalige Lehrherrin so etwas zu schätzen weiß, haben wir uns extra herausgeputzt!«

»Und wie sehen die sonstigen Wochenendpläne aus?«, wollte Frau Sperling wissen.

Wieder war Doro schneller: »Morgen geht's ins Thermalbad. Stimmt es, dass man mit der Kurkarte verbilligten Eintritt bekommt?«

»Richtig.« Frau Sperling griff zu einem Stapel mit Prospekten. »Haben Sie die Infobroschüre der Therme schon?« Sie schob Doro das Faltblatt zu. »Am frühen Vormittag ist da am wenigsten los. Und Sie sollten sich unbedingt Zeit nehmen, um dieses Wochenende auch über den Salzmarkt und das Schützenfest zu schlendern.«

Jetzt war Esme verwirrt. »Findet das beides gleichzeitig statt? Die Veranstaltungen machen sich doch gegenseitig Konkurrenz!«

»Im Gegenteil, sie ergänzen sich. Für das traditionelle Schützenfest sind auf dem Marktplatz Buden, Fahrgeschäfte und das Schützenzelt aufgebaut. Es ist der jährliche Höhepunkt der Vereine hier, aber die Location ist ein bisschen eng. Deswegen gibt es noch den Salzmarkt, der sich über die ganze Fußgängerzone und den Kurpark zieht.«

»Und dort kann man *Salz* kaufen?«, erkundigte sich Esme skeptisch. »Lohnt das den unternehmerischen Aufwand?«

»Bestimmt auch das!« Frau Sperling lachte. »Im

Grunde ist es ein Kunsthandwerkermarkt, aber mit Trödel und Schnickschnack für jeden Geldbeutel. Natürlich werden deftige Leckereien und süße Versuchungen angeboten. Wenn Sie am Eingang eine gebackene Riesenkartoffel essen, dann haben sie am Ende des Markts garantiert schon wieder Hunger.«

»Na, gut, dass wir nicht auf Diät sind«, murmelte Doro.

»Von wegen!« Bei den Mahlzeiten, die sie bereits aus Termingründen verpasst oder freiwillig hatte ausfallen lassen, weil die Hitze über den Tag den Appetit dämpfte, fühlte sich die Reha für Esme durchaus nach einer Fastenkur an.

Im von der Sonne aufgeheizten Aufenthaltsraum des Heimes herrschte reges Treiben.

Einige Besucher verbrachten den Feierabend mit ihren Angehörigen, ein Mann in Hemd mit breiten Hosenträgern blätterte geräuschvoll in den Zeitungen, aber viel zu schnell, um sie wirklich zu lesen. Der Stapel vor ihm wuchs von Minute zu Minute. Das gleiche Grüppchen vom letzten Mal spielte Karten, und auch das Schachbrett war besetzt.

So steuerte Esme gleich wieder den Tisch von Frau Riemer an.

»Guten Tag! Ich bin Dorothea«, stellte sich Doro vor. Auch Esme nannte noch einmal ihren Namen, unsicher, ob die alte Dame sich an sie erinnerte.

Frau Riemer breitete mit schönster Selbstverständlichkeit die schwarzen und weißen Spielsteine auf dem Mühle-Brett aus.

Esme schüttelte den Kopf. Sie kramte in der Kiste nach dem Leiter-Spiel. »Wie wäre es denn damit?«

Das Brettspiel hatte definitiv schon bessere Tage gesehen; die Kanten waren bis auf die Pappe durchgescheuert, und die beiden Hälften am Kniff hingen bloß an dünnem Papier. Aber immer noch bezauberte die nostalgische Zirkusszene. Artistinnen mit Schirmen und Ballettkleidchen balancierten auf Leitern oder rutschten herabhängende Seile hinunter, die als bunt gemusterte Schlangen gestaltet waren.

Doro gluckste entzückt. »Schau mal, Esme, die Seiltänzerin da sieht genau aus wie ich. Darauf habe ich jetzt Lust.« Sie schnappte sich die Anleitung und legte das Leiter-Spiel über das Mühle-Brett. »Machen Sie auch mit, Frau Riemer?«

Die Seniorin drehte den Spielplan und betrachtete ihn. »Ja«, sagte sie heiser. »Die Frauen wollen alle tanzen. Sie sind schön angezogen, so wie Sie beide.« Ihre Hand mit den deutlich hervortretenden blauen Venen aber wanderte zum Mühle-Brett.

»Es ist Freitagabend«, versuchte Esme, die alte Dame vom Mühle-Thema abzubringen. »Waren Sie da im *Schlosshotel* früher auch immer beim Tanztee? Ich soll Sie nämlich von ihrem ehemaligen Lehrmädchen grüßen, der Hanna Sperling.«

Der Blick ihres Gegenübers ging nach innen, als suchte Frau Riemer die richtige Erinnerung. Sie wiegte sich ein bisschen zu einer Melodie, die nur sie allein hören konnte. »Hanna?«, fragte sie. Sie wirkte sehr zerbrechlich.

Esme nickte. »Hanna Sperling.«

»Nein«, gluckste Frau Riemer. »Hanna hat nie mit den Gästen getanzt.« Sie schluckte. »Wenn Sie mögen, können Sie Walzer tanzen. Es sind stets weniger Herren als Damen da, nur unser Stammgast ...« Ihr Fokus wechselte, sie hob die Hand. Die Geste umfasste den ganzen Raum. »Aber ich bin zu wackelig auf den Beinen, und hier machen wir nur Stuhltanz.«

Nach einer zähen Proberunde verging die Zeit schnell. Im Gegensatz zum Mühle-Spiel, das Esme eine Niederlage nach der anderen beschert hatte, bot das Würfelspiel Höhen und Tiefen. Wenn man sich mühsam vorgearbeitet hatte, konnte es passieren, dass man auf einem Feld mit Seil landete und eine oder sogar zwei Reihen hinunterrutschte. Oder man erreichte mit Glück eine Leiter, auf der man in Richtung Ziel kletterte.

Es wurde stiller im Zimmer. Die Angehörigen waren schon wieder gegangen. Eine Angestellte stapelte neben ihnen alle auseinandergerupften Zeitungen nach Datum geordnet. Danach wandte sie sich ihnen zu: »Es wird langsam Zeit …«

Während Esme das Spiel zusammenräumte, half die Pflegerin Frau Riemer beim Aufstehen. Die alte Dame stützte sich am Nebentisch mit dem Zeitungsstapel ab. Gleich obenauf lag die Ausgabe von heute, und prompt erregte die Titelseite des *Börde-Anzeiger*s mit dem Foto von Wickers ihre Aufmerksamkeit. »Da ist er ja!«, rief die Seniorin. »Da ist der Stammgast.«

»Kennen Sie den Mann in der Zeitung?«, erkundigt sich Esme. »Wer ist das?«

»Ein wunderbarer Tänzer.« Frau Riemer hob mit brüchiger Stimme zu singen an: »*Klausi Wickers mit den elastischen Beinen.*« Sie kicherte. »Ich frage mich, ob er noch zum Tanztee kommt.«

Esme stockte der Atem. »Klaus Wickers war Stammgast bei der Tanzveranstaltung freitags im *Schlosshotel*?«

»Aber ja«, versicherte Frau Riemer. »Wir hatten durch den Kurbetrieb viele wechselnde Gäste. Nur auf den Klaus konnte man sich verlassen.«

Mann! »Wie lange sind Sie denn im Ruhestand, Frau Riemer?«, fragte Esme, und als keine Antwort kam, wandte sie sich direkt an die wartende Pflegerin. »Wissen Sie das vielleicht? Mit unserer gemeinsamen Bekannten Frau Sperling habe ich mich heute noch darüber unterhalten.«

»Die kleine Hanna!«, sagte Frau Riemer. »Ein propperes Mädchen.«

»Ich arbeite fast acht Jahre für dieses Haus, und damals war Frau Riemer bereits zwei oder drei Jahre bei uns untergebracht. Das stimmt doch, Frau Riemer?«

Die alte Dame nickte.

Doro

Der Salzmarkt warf seine Schatten voraus. In der Fußgängerzone wurde eine Bühne aufgebaut, Lieferwagen mit vielversprechenden Aufdrucken wie *Die Gewürzerey* oder *Kirmeskram* sammelten sich am Straßenrand.

Obwohl die meisten Läden geschlossen hatten, vertrieben sich Besucher den lauen Abend beim Schaufensterbummel oder bei einem sommerlichen Cocktail vor einem der Restaurants.

»Das war interessant«, sagte Doro. »Ich meine allerdings nicht so sehr das Brettspiel …«

»Weil du Letzte geworden bist«, stichelte Esme.

»Nein, weil Frau Riemer den Wickers wiedererkannt hat«, korrigierte Doro. »Also wirklich!«

»Vielleicht hat der Anblick des Plakats sie an die damalige Suche erinnert. Sie kann etwas durcheinandergebracht haben. Denn wenn wir eins und eins zusammenzählen, dann fällt ihr Schlaganfall in etwa in den Zeitraum, in dem auch Wickers verschwand.«

»Sie hat ihn aber einen ›Stammgast‹ beim Tanztee genannt.«

Esme blieb stehen und bewunderte ein vor Blüten überquellendes Blumenbeet. »Falls es Frau Riemer schlimm erwischt hat, bringt sie möglicherweise die Zeit durcheinander.«

»Ich wundere mich, dass ausgerechnet du das vergessen hast.«

»Bitte?«

»Na, die Sache mit *Edelhard, Größe 46*. Bertholds haben doch erwähnt, dass ihr Nachbar manchmal mit seinen guten Schuhen zur Therme marschiert ist.«

»Solange das Leder gepflegt und eingecremt ist …«

Doro musste kichern. Das klang eher nach einer Wellness-Behandlung. »Gepflegt und eingecremt, wie verlockend.«

»Ach, du weißt, was ich sagen will«, wehrte Esme ab und riss sich endgültig vom Petunienbeet los.

»Ja, und ich meine, dass Wickers mit den guten Schuhen im Anschluss an den Schwimmbadbesuch noch schön tanzen gegangen ist«, erklärte Doro. »Weil doch seine Ehefrau nie mitkommen wollte. Wickers konnte sich in der Therme sogar problemlos umziehen – er brauchte bloß einen Anzug in der großen Tasche mitzunehmen, die er immer dabeihatte. Für mich klang es, als wäre er ein richtiger Charmeur, *der gefährlich in den Knien federn kann.*«

»Wir hätten fragen sollen, ob er im *Schlosshotel* jedes Mal mit derselben Frau getanzt hat«, bemerkte Esme. »Die hätte ihn vermisst. Meinst du nicht, dass sich jemand aus dem Hotel nach der öffentlichen Suche an die Behörden gewandt hätte?«

Doro legte den Zeigefinger an die Lippen. Sie dachte an die Eskapaden ihres Ex-Mannes. »Es ist kein Verbrechen, heimlich still und leise seine Ehe zu verlassen. Bertholds glaubten, dass Wickers abgehauen ist. Und vielleicht haben andere ebenso gedacht.« Sie holte Luft. »Und was den Tanzabend angeht: Frau Riemer, die im Hotel immer alles im Blick hatte, lag schließlich eine Weile im Krankenhaus, da hatte sie eigene Probleme. Und angeblich waren das ja Veranstaltungen für die Kurgäste. Die reisen ab und kriegen selten Wochen nach Kurende noch mit, was im Ort passiert.«

»Das passt hinten und vorne nicht«!, sagte Esme, als ginge es um eine Schuhanprobe. »Wie können die Nachbarn denken, er sei abgehauen, wenn er so an seinem Grundstück gehangen hat, dass er sich deshalb mit der ganzen Straße verkracht hat?«

»Eben.«

Die beiden sahen sich an, und es dämmerte ihnen gleichzeitig.

»Ich glaube …«, fing Doro an, da drang ganz in der Nähe Blasmusik, und um die Ecke bog auch schon die dazugehörige Kapelle.

Die Frauen blieben stehen. Doro klopfte den Takt mit dem Fuß mit.

Die Melodie wurde mit jedem Schritt lauter. Von Paukenschlägen angekündigt, folgten ungefähr ein Dutzend Paare. Die Herren in grünen Anzügen mit federgeschmückten Hüten und Sträußen am Revers, die Damen in farbenfrohen Abendkleidern. Der Festzug der Schützenkönigspaare marschierte durch die Fußgängerzone. Ein Großteil der Leute lief unbeeindruckt weiter, als wäre der Anblick das Alltäglichste von der Welt. Aber Doros Frohnatur flüsterte ihr zu: *Wir haben echt die beste Zeit für die Kur erwischt!*

In einer Braustube, deren Spezialität Sandwiches waren, ließ sich Doro ein paar Minuten später je einmal

Sydney mit Krabben und *Mumbay* mit Curryhühnchen schmecken. Esme gab sich klassisch mit *Roma* in den italienischen Nationalfarben und einem Extra-Salat dazu.

Das Telefon klingelte gerade, als Doro die Serviette auf dem Teller zusammenknüllte. Es war eine unbekannte Nummer, daher meldete sich Doro nur mit »Hallo«. Vielleicht war das Frau Jankovich?

»Doro, bist du das?« Eindeutig Manuelas Stimme.

»Ja. Wo warst du denn? Wir haben ewig versucht, dich zu erreichen.«

Manuela

»Ich habe gerade schon mal angerufen.«

»Was?«, fragte Doro ungläubig. »Wann?«

»Ist vielleicht eine halbe Stunde her.«

»Ach, da war das Musikkorps da!«, meinte Doro lachend und warf einen Blick aufs Handy-Display: *Ein Anruf in Abwesenheit*, stand da. Unbekannter Teilnehmer. »Ich habe nichts anderes gehört als Pauken und Trompeten wegen des Schützenfests!«

Nanu? »Wo seid ihr denn?« Das Stimmengewirr im Hintergrund klang nach einer ganzen Reihe Menschen.

Doro nannte ein Lokal in der Innenstadt. »Wo warst du? Hier ist so einiges los gewesen.«

Manuela seufzte. »Ich rufe vom Festnetz der Ferienanlage an. Die Polizei hat mich heute Morgen um mein Handy gebeten. Jetzt wollen sie zusammen mit dem Admin eine digitale Mausefalle vorbereiten und brauchten dafür …«

Doro räusperte sich vielsagend, und Manuela brach die Erklärungen ab.

»Allerdings habe ich mein Laptop zurückbekommen, und wir können endlich wieder richtig recherchieren.«

»Du wirst nicht glauben, was Esme und ich schon so alles herausgefunden haben!«, warf Doro rasch und mit hörbarem Stolz in der Stimme ein. »Am besten kommst du gleich vorbei, dann tauschen wir uns aus.«

Manuela trank einen alkoholfreien Hugo, als Erfrischung nach dem anstrengenden Tag. Sie ließ sich in puncto Sandwich von den zwei Freundinnen beraten und entschied sich ebenfalls für *Roma*, das sie verzehrte, während Esme und Doro sie auf den neuesten Stand brachten.

»Und?«, fragten die beiden schließlich.

»Ja, ist ganz lecker, nur die Tomate …«

Die zwei ächzten, und Doro klopfte ungeduldig mit dem Zeigefinger auf den Tisch.

Manuela wischte die Hände an der Serviette ab und kam zur Sache. »Mir fehlt der Hintergrund zu Eichler, und ehe ich weitere Schlüsse ziehe, suche ich heute Abend noch mal. Nur, weil er Herr Saubermann persönlich ist und den Chefredakteur beeinflussen will, braucht da ja nichts dahinterzustecken.« Sie grinste boshaft. »Aber komisch ist das schon. Die Polizei wird es wenig lustig finden, wenn sich jemand an so einem Fund zu schaffen macht. Auch ohne Beweis für seine Manipulation dürfte die Untersuchung der Überreste zeigen, ob da etwas in jüngster Zeit gewaltsam abgebrochen wurde. Metall wie diese Gehstockspitzen hinterlässt winzige Späne, die man unter dem Mikroskop vergleichen kann.«

Esme nickte. »Vielleicht wollte er den Knochen schnell wegschaffen, ehe noch jemand in Ohnmacht fällt. Ähm, *Verzeihung*, Doro!«

»Und was hältst du von Wickers und dem Tanztee?«, fragte Doro ungerührt, als wäre sie inzwischen in Sachen Gebeine abgebrüht. »Und der *stumpfen Gewalt.* Wer auch immer Eichler das gesteckt hat: Ich könnte mir vorstellen, dass es sich auf Wickers' Todesursache bezieht.«

»Also, ich denke da an den ›Kurschatten-Mord‹.« Manuela zählte auf: »Begegnung beim Tanztee. Eine gefährliche Affäre. Und der Walzer endet mit gewaltsamem Tod zum Schlussakkord.«

»Deine Fantasie möchte ich haben! Und die Ehefrau hat nichts von der Sache geahnt?« Doro schüttelte den Kopf. »Wenn Wickers ein Fremdgänger war, dann habe ich gar keine Lust, seinen Mörder zu finden!«

Hat sie persönliche Erfahrungen mit einem untreuen Mann gemacht, die so eine extreme Reaktion erklären?, überlegte Manuela.

»Streng genommen sind ja bloß Hinweise erwünscht, die sein Verschwinden aufklären«, meldete sich Esme zu Wort. »Mit der Verbindung zum Tanztee haben wir schon etwas für die Polizei. Also packen wir's an!«

»Ich möchte ungern der Spielverderber sein«, sagte Manuela vorsichtig. »Es ist möglich, dass die Behörden bereits von Wickers' regelmäßiger Teilnahme an der Tanzveranstaltung wissen. Sie behalten sich bei einer Fahndung gerne Details vor, auch um die Relevanz von Aussagen zu überprüfen.« Sie sah den beiden an, dass noch Erklärungsbedarf bestand.

»Wenn Wickers zu einer bestimmten Zeit erwiesenermaßen nicht in der Therme war, ihn dort aber zu der Uhrzeit angeblich drei Leute gesehen haben, dann muss man deren Beobachtungen nicht mehr in Betracht ziehen.«

Das nahm den beiden den Wind aus den Segeln.

Adios, Belohnung! Esme sog die Wangen ein, Doro spielte mit ihrer Unterlippe. Manuela fuhr mit dem Finger an dem beschlagenen Rand ihres Glases entlang.

Doro fand als Erste die Sprache wieder. »›Therme‹ ist ein gutes Stichwort«, sagte sie betont munter. »Morgen machen wir einen Ruhetag. Therme und Salzmarkt und *keine* Verbrechen.«

»Das wird schön.« Esme träumte mit offenen Augen. »Ohne Anstrengung im warmen Wasser aalen. Ich habe noch genau *ein* sauberes Handtuch! Wenigstens trocknet das Badezeug bei dem Wetter ruckzuck auf dem Balkon, und der Chlorgeruch bleibt draußen.«

»Chlor«. Das Wort erzeugte ein winziges Klingeln in Manuelas Kopf. Die Begriffe »Handtücher«, »Therme« und »Chlor« tanzten darin auf jeweiligen Bahnen umeinander wie Elektronen um einen Atomkern. »Packen die Chlor in die Sole? Ich dachte immer, Salzwasser-Thermen seien extra schonend für Leute mit Atemwegsbeschwerden. Mann, ich wüsste das jetzt zu gerne.« Es juckte ihr in den Fingern, schnell die Information zu suchen.

»Kann ich mir mal eins eurer Handys leihen?«

Doch Doro zog bereits ein Faltblatt aus der Handtasche. »Gucken wir doch mal.« Sie überflog den Prospekt unter einigen gemurmelten »Mh-Mh-Mh's« und las schließlich eine Zeile vor. »*Chlorfreie Sole-Therme.*« Dann musterte sie Manuela. Ihre Augen leuchteten auf. »Willst du morgen mitkommen?«

Manuela winkte ab. Sie kramte in ihrem Gedächtnis. »Erinnert ihr euch an Eva Wickers' Bemerkung zu den Handtüchern? Die rochen und fühlten sich, laut ihr, fremd an. Aber bei Sole fehlt im Gegensatz zu Chlorwasser dieser typische Schwimmbadgeruch.«

Esme sah plötzlich aus, als hätte sie einen Geist gesehen. »Frau Sperling hat erzählt, dass das *Schlosshotel* für seinen Swimmingpool bekannt war. Und dass einige Tanztee-Besucher, die zu Hause behauptet haben, schwimmen zu gehen, dort mitgebrachte Handtücher reingetunkt haben, damit ihnen keiner auf die Schliche kam.«

»Das hast du aber nie erwähnt«, sagte Doro vorwurfsvoll.

»Ja, weil mich die Tanzerei so wenig interessiert«, antwortete Esme.

Sie hatten es die ganze Zeit vor Augen gehabt.

»Gelangt man durch den Kurpark zum *Schlosshotel?*«, fragte Manuela, während sich Esme und Doro weiter kabbelten. »Dass die kürzeste Strecke vom Kiebitzweg zum Thermalbad *nicht* über den Park läuft, haben wir ja schon gehört. Das ist damals der Polizei aufgefallen.«

Doro zückte nun doch ihr Handy und legte das Telefon mit dem aufgerufenen Stadtplan zwischen leere Teller und Gläser. »Laut der Karte, ja. Glaubst du immer noch an den ›Kurschatten-Mord‹, Manuela? Ist der oder die Mörderin Stammgast beim Tanztee im *Schlosshotel?*«

»Ich muss darüber nachdenken. Aber inzwischen bezweifele ich stark, dass Wickers überhaupt in der Therme war. Jedenfalls nicht am Abend seines Verschwindens und vermutlichen Todes!« Sie holte Luft. »Ich glaube eher, jemand wollte den Eindruck erwecken, er sei wie üblich unterwegs gewesen. Derjenige hat die Handtücher nass gemacht und extra ausgelegt. Aber weil er dabei vergessen hat, Wickers' gewohnte Routine einzuhalten, also gechlortes Wasser zu verwenden, wurde seine Ehefrau stutzig.«

»Das bedeutet, dass Wickers und sein Mörder schon früher aufeinandergetroffen sind. Nicht erst nach der Therme … oder auch dieser Tanzveranstaltung. Denn sonst hätten die Handtücher wie üblich nach Chlor gerochen.« Esme konnte den Satz vor lauter Gähnen nur mit

Mühe zu Ende bringen. »Ich muss in die Falle. Habe die letzte Nacht vor Sorge kaum geschlafen.«

Doro nickte bekräftigend. »Gilt auch für mich. Ausschlafen ist morgen nicht! Erst Frühstück, dann Schwimmbad. Also Manuela, bist du dabei, oder nicht?«

Manuela aber schüttelte den Kopf und war in Gedanken bereits bei ihren Recherchen.

Gepflegt und eingecremt

Samstag, 21. August, Bad Hasendorf

Esmeray Kadesch:
Frühstück 7–7:45 Uhr (Moorklinik)
Mittagessen 11:30–12 Uhr (Speisesaal Moorklinik)
Abendessen 17–17:30 Uhr (Speisesaal Moorklinik)

Esme

»Hach, das war richtig schön!«, schwärmte Doro auf dem Weg aus der Therme. Ihre blauen Shorts und das blau-weiß gestreifte Top mit breiterem Kragen ließen sie wie eine Kreuzung aus Matrose und Sträfling aussehen.

Sobald sie ins Freie traten, schlug ihnen eine trockene Hitze entgegen. Dabei war es noch nicht einmal elf Uhr. Sie eilten in den Schatten der Kastanien und zur Bushaltestelle, wo sie auf den Pendelbus zur Fußgängerzone warteten.

Doro quasselte unentwegt. »Wenn Manuela wüsste, was sie verpasst! Die Schwalldusche brauche ich auch zu Hause.«

Esme nickte und rieb sich den Nacken.

War jetzt der richtige Moment? Sie zog den länglichen Umschlag mit der Aufschrift *Für Doro* aus der Frida-Tasche, ehe die feuchten Badesachen das Papier unleserlich machten und die Überraschung verdarben. »Hier, für dich!«, sagte sie und schob ihn der Freundin zu. Esme hatte das Präsent vorhin spontan erworben, als Doro im Vorraum die Toilette aufgesucht hatte. »Als Dankeschön, weil du mich davon abgehalten hast, gestern Hals über Kopf nach Hause zu fahren.«

Doro faltete umständlich die Klappe auf und holte den Wellness-Gutschein hervor. »Danke«, hauchte sie einen begeisterten Aufschrei später und blinzelte gerührt. »Ich weiß gar nicht, was ich da sagen soll.«

»Der gilt für alle Angebote im Wellness-Bereich der Therme. Massagen und Co. Es liegt eine Liste bei.« Esme schmunzelte. »Du kannst dir auf den Gutschein natürlich auch die Nägel machen oder das Gesicht renovieren lassen.«

Doro winkte ab. »Vergebliche Liebesmüh. Nagellack und Schwimmbad, das geht nie gut. Besser gepflegt und eingecremt wie ein guter Lederschuh.« Sie zwinkerte und vertiefte sich in den Prospekt. »Am liebsten würde ich die kombinierten Massage-/Aroma-Behandlungen ausprobieren: Schoko-Trüffel, Zitronen-Butter, Rosenbeet, Bergkräuter. Oder das hier: Kräuterdampfbehandlung. Und das da: Moorkneten. Klingt nach einer Therapie für deine Hände.«

Esme schielte auf den Zettel. »Oder die aufgelegten heißen Steine im Hawaii-Stil. Aber bitte mit echter Blumenkette.«

Doro seufzte schwer. »Machen wir einen Doppeltermin! Wenn wir etwas Handfestes bei unserem Fall finden, können wir das volle Wellness-Programm bis zum Abwinken genießen.«

»Obwohl Wickers unter gewissen Umständen ein untreuer Ehemann war?«, fragte Esme.

»Selbst dann!« Doro steckte den Gutschein nach mehrmaligem Umsortieren der feuchten Schwimmsachen in die Hosentasche. »Ist heute eigentlich wieder ein Fußballspiel?«

»Nur Zweitligisten!«, antwortete Esme. »Vielleicht schalte ich mal rein.«

»Dann sollten wir besser gleich auf den Markt gehen, solange die Temperatur noch einigermaßen erträglich ist.« Doro streckte sich. »Ich schätze, am Nachmittag ist viel mehr los, und die Hitze wird schlimmer.«

Esme nickte. »Wir schwänzen das Mittagessen. Es gibt sowieso nur Eintopf, da finden wir auf diesem Salzmarkt genug Schlemmereien. Vorher will ich aber das Badezeug loswerden.«

Gesagt, getan.

Doro

Das heiße Wasser und das Gerede über Massagen hatte in Sachen Entspannung ganze Arbeit geleistet. Tatsächlich wirkte das kühle Zimmer in der *Salzquelle* viel verlockender als ein überfüllter Markt, und so fiel es den beiden schwer, sich zu irgendeiner Aktivität aufzuraffen.

Sie dösten auf dem mit der Tagesdecke abgedeckten Bett, als ein Telefonklingeln sie hochschreckte.

Noch ganz beduselt nahm Doro das Gespräch an. »Hammerblech!«

»Ich bin's, Manuela. Mein Gott, hast du etwa getrunken?«

»Nur mit Salzwasser gegurgelt. Den Alkohol hebe ich mir fürs Schützenfest auf.«

»Dann können wir uns ja gemeinsam betrinken. Ich

habe gerade die längste Bildersuche aller Zeiten hinter mir.«

»Hättest ja mit uns in die Therme kommen können. Was war bei dir los?«

Esme sah bei dem für sie einseitigen Wortwechsel neugierig herüber. Mit übertriebenen Mundbewegungen und einem stummen »Manuela« verdeutlichte Doro, wer am Apparat war.

»Wo soll ich anfangen? Das hiesige Schützenkönigspaar lebt gegenüber der Ferienanlage. Die Herrschaften wurden von den Schützenbrüdern heute früh mit Marschmusik geweckt. Die müssen einen echt tiefen Schlaf haben; das Konzert ging fast zwanzig Minuten.«

Doro sah vor ihrem geistigen Auge zwei Leute total zerrupft aus dem Bett springen, sich in Rekordzeit zurechtmachen und zuletzt noch Krönchen auf den Kopf setzen, während auf der Straße die Post abging. Aber wahrscheinlich war das eine abgekartete Sache gewesen, und das Königspaar hatte mit gefüllten Schnapsgläschen und Schnittchen seit Stunden hinter der Tür auf die Musikkapelle gelauert.

Manuela redete schon weiter, ohne etwas von Doros innerem Film zu ahnen. »Und danach gab es nebenan einen Wohnungswechsel. Dort ist ›Familie *Laut*‹ eingezogen. Die haben ein Trampolin in die Wohnung mitgebracht.«

Doro prustete ungläubig.

»Aber genau so klingt es«, beharrte Manuela. »Die Kinder hüpfen den ganzen Tag drauf herum. Ich fühle mich wie gerädert und konnte mich kaum auf die Arbeit am Laptop konzentrieren.« Sie ächzte.

»Dann mach Feierabend! Es ist Samstag«, erinnerte Doro sie. »Wir wollten eigentlich über den Salzmarkt geschlendert sein, doch irgendwie sind Esme und ich bei der Hitze auf dem Zimmer hängen geblieben.«

»Kann ich vorbeikommen? Ich halte den Lärm keine fünf Minuten länger mehr aus.«

Am Ende trafen sie sich im verwaisten Aufenthaltsraum der *Salzquelle*-Klinik, wo Manuela den Laptop aufbaute, während sie sich über die schwierige Parkplatzsuche ereiferte. »Vielleicht könnt ihr ja damit was anfangen. Die dazugehörigen Berichte erspare ich euch. Mir brennen jetzt noch die Augen.«

Manuela überließ Doro den Platz am Bildschirm. Als sie sich setzte, schob sich ein steifes Papier aus der Tasche ihrer blauen Shorts. Der Prospekt vom Bad bohrte sich in ihren Rücken. Doro zupfte ihn abgelenkt zurecht, bis er nicht mehr störte.

Auf dem Bildschirm wechselten sich in einer Diashow Zeitungsausschnitte aus mindestens zwanzig Jahren ab.

»Sind die thematisch sortiert?«, fragte Esme, doch Manuela verneinte das.

»Es ist einfach immer wieder dasselbe in Grün!« Die Fotografien zeigten Eichler bei verschiedenen Veranstaltungen, denen er in seiner Funktion als Lokalpolitiker beiwohnte. Die Eröffnung einer Bibliothek für Kurgäste. Richtfest eines neuen Fremdenverkehrsbüros. Die Durchtrennung eines roten Bandes, die offiziell die Umgehungsstraße einweihte.

Der feierliche erste Schuss zum hundertjährigen Jubiläum der Schützen. Die Einweihung einer renovierten Ladenpassage. Die Grundsteinlegung der Salzkristall-Schule.

Natürlich durfte auch die Eröffnung der Therme vor fünfzehn Jahren nicht fehlen.

Puh. Langsam verstand Doro, was Manuela mit langweiliger Recherche meinte.

Unter der Überschrift *Schützenbaum – eine neue Tradition*, sah man eine Gruppe Männer um den Bürgermeister auf dem Marktplatz ein Loch ausheben. Eichler hielt eine Schaufel, doch aus Körperhaltung und Kleidung ging klar hervor, dass er das Werkzeug nur pro forma trug. Die offenen Kragen und hochgekrempelten Ärmel der Umstehenden verrieten, wer tatsächlich die Arbeit erledigte.

Irgendwas kam Doro bekannt vor. »Oh«, sagte sie und beugte sich unwillkürlich vor, sodass ihre Hand auf dem Touchpad landete und die Dia-Show stoppte. »Karstn«, murmelte sie.

»Kasten?«, fragte Esme und las die oberste Zeile vor: »... *auf dem Schützenbaum, die Wappenplaketten aller hiesigen Vereine* ... Ich glaube nicht, dass das ein Kasten ist, sondern dieser Schützenbaum! Hier das ›Nachher‹-Bild.«

Man sah auf einem zweiten Foto einen Pfahl, wie einen überdimensionierten Wegweiser, an dem die handgroßen Wappenschilde verschiedenster Vereine prangten.

Das war es nicht, was Doro aufgefallen war. Eines der Gesichter, die das Bauloch umgaben, gehörte ihrem Helfer in Sachen Automaten-Kung-Fu.

Unwillkürlich blickte sie sich zum Snack-Automaten um.

»Welchen Kasten meinst du?« Esme bewegte die Hände vor Doros Augen, um ihre Aufmerksamkeit auf sich zu ziehen.

»Es heißt nicht ›Kasten‹, sondern ›Karstn‹.« Doro versuchte, den verschliffenen Klang nachzuahmen, mit dem der Mann sich vorgestellt hatte, und wies auf den Bildschirm. »Der da!«

»Sollte mein Laptop sich jetzt beleidigt fühlen?«, fragte Manuela mit hochgezogener Augenbraue.

»Ich meinte den Typen, der …«, sprudelte es aus Doro hervor, und prompt wollte Esme wissen:

»Dieser aufdringliche Florian?«

»Nein.« Doro verstummte. Aber die beiden Freundinnen bedachten sie mit derart neugierigen Blicken, dass sie schließlich in drei Sätzen die Sache mit dem Automaten erklärte.

»Oh«, sagte Manuela, als wäre das Gerät gerade erst aus dem Nichts in der Ecke aufgetaucht. »Kann jemand einen Fünf-Euro-Schein wechseln?«

Doro gab ihr einige Münzen im Austausch.

Manuela zog sich eine Dose mit gekühlter Cola. »Klappt doch prima«, bemerkte sie und nahm einen tiefen Schluck. »Wer braucht ›Karstn‹?« Ihre Lippen zuckten amüsiert. »Es sei denn, für einen oberkörperfreien Auftritt als *Mr. Automato!*«

Kunststück, die Getränke-Dose war viel zu schwer, um an einer Schraube hängen zu bleiben. Genau wegen solcher Witze hatte Doro bisher geschwiegen. Sie schob das Portemonnaie gröber als nötig in die Hosentasche zurück. »*Wir* brauchen ihn nicht, aber Eichler schon!«, betonte sie und zeigte auf den Zeitungsbericht. »Da ist ›Karstn‹, der mit dem Spaten in der Hand, neben dem Politiker. Die Arbeit erledigen andere, und Eichler drischt bloß Worte.«

Esme kniff die Augen zusammen und versuchte, die Bildunterschrift unter dem Gruppenfoto zu entziffern.

»Soll ich weitermachen?«, fragte Manuela. »Da wären noch Eichler bei einem Goldenen Brautpaar und …«

»Kannst du alles von vorne laufen lassen?«, bat Esme nachdenklich.

Manuela und Doro stöhnten gequält auf.

Am Ende entdeckten sie »Karstn« auf insgesamt sieben Bildern, die meisten im Zusammenhang mit Vereinsaktivitäten des letzten Jahrzehnts.

»Worauf willst du hinaus, Esme?«, wollte Manuela wissen.

»Bertholds sprachen von einem nützlichen Helfer, der an dem Tag in der Straße den Garten gewässert hat, als Wickers verschwunden ist. Lippert, nicht wahr?«

Manuela nickte. »Du hast ein Gedächtnis wie eine Bibliothek.«

»Frau Berthold hat ihn einmal Karsten genannt. Sie meinte, aus ihm würde nichts werden, weil er dauernd mit seinen Freunden feiert. *Ihre* Worte.«

Manuela sah nachdenklich aus. »Karsten heißen viele Leute.«

Esme ging einige Bilder zurück, zu einem Foto von »Karstn« im Kreis junger Männer, tippte mit dem Zeigefinger genau unter eine Zeile und las vor: »*Die Junior-Schützenauswahl v. l.: K. Lippert …*«

»Wie genial!«, sagte Manuela beeindruckt. »Eigentlich sind gemeinsame Auftritte des Vereins ja nichts Besonderes. Aber dass ausgerechnet *dieser* ›Karstn‹ zum Zeitpunkt des Verschwindens ebenfalls im Kiebitzweg war, hat ein *Geschmäckle!*«

»Also«, meldete sich Doro zurück, die geduldig auf ihren Moment gewartet hatte. »Ich weiß, wo wir ›Karstn‹ unter der Woche antreffen können. Falls ihr ihm hinterherspionieren wollt.«

Die beiden sahen sie an wie das achte Weltwunder. »Warum rückst du erst jetzt damit heraus?«

»Ihr habt euch ja vorhin lieber über die Automatensache lustig gemacht, statt mich weitererzählen zu lassen.«

Doro klärte Manuela gerade über die Arbeiter im Kurzentrum auf, da öffnete sich die Tür, und ein anderer Patient betrat den Aufenthaltsraum.

Das Gespräch erstarb, als er sich am Kaffeeautomaten gleich nebenan zu schaffen machte und in aller Seelenruhe mit dem Becher in der Hand einen der Sessel in Beschlag nahm. In seiner Gegenwart mochten sie lieber nicht weiterspekulieren.

»Wir könnten zum Schützenzelt gehen. Ich hab da so eine Ahnung, wo sich unser Freund gerade aufhält«, schlug Manuela vor.

»Eigentlich wollten Esme und ich über den Salzmarkt bummeln und was essen. Können wir das Schützenfest um eine Stunde verschieben?«

Manuela winkte ab. »Ich versuche lieber gleich mein Glück.«

Sie merkte wohl, wie enttäuscht die zwei anderen waren: »Es war gerade die Hölle, einen Parkplatz zu finden, da musste ich durch die halbe Fußgängerzone latschen. Das meiste von dem Markt habe ich also schon gesehen. Und, ganz ehrlich, beim Anblick der Stände fühlte ich mich um Jahre gealtert.«

Vor Ort verstand Doro Manuelas Bemerkung. Sie schob sich neben Esme durch die Menschenmenge. Von irgendwoher drang Musik und übertönte die Gespräche. Kinder flitzten umher, und Erwachsene mit Gehhilfen, Rollatoren oder in Rollstühlen suchten ihren Weg zwischen den zahllosen Tagesbesuchern.

Zweierlei Stände in unmittelbarer Kliniknähe führten Produkte für das leibliche Wohl: Spezialitäten für den Gaumen sowie eine komplette Front Buden mit merkwürdigen Heilmittelchen. Von energetisierten Armbändern und Einlegesohlen über Einreibemittel und Öle, die »den Schmerz aus den Gelenken zogen«, bis hin zu Nahrungsergänzungsmitteln in Pulver-, Tee-, Tropfen- oder Pillenform. Entsäuerung. Entgiftung. Entalterung. DNA-Re-Programmierung. Fehlte bloß »Sonnenschein im Glas«!

Doro hatte durchaus nichts gegen Duftöle und hübsch anzusehenden Hokuspokus. Ein bisschen Selbstfürsorge war völlig in Ordnung. Aber in geballter Form vor der Orthopädie-Klinik eines Kurstädtchens wirkten die vollmundigen Versprechen dubios. Die Stände waren derart umlagert, dass es nicht einmal Spaß machte, gepflegt über den zweifelhaften Schnickschnack zu lästern. »Komm, lass uns verschwinden.«

»Ich bin gebannt von dem ganzen Pillepalle, das ich nicht brauche«, meinte Esme vor einem Händler mit Antistrahlungs-Aufklebern fürs Handy.

»Zeit für eine Stärkung?« Ein charakteristisches Aroma lotste Doro zu einer kombinierten Champignon- und Wurstbraterei, neben der Bierbänke und Tische zum Sitzen einluden.

»Da!« Esme wies auf zwei Plätze, ein wenig über Eck, und reservierte den einen mit sich selbst, den anderen mit der Frida-Tasche. Dann musterte Esme die Teller der übrigen Gäste und gab Doro ihre Bestellung durch.

Kurz darauf erschien Doro mit je einer Portion Champignons in Knoblauchsauce sowie einer Backkartoffel mit Kräuterbutter. Sie hatte eine Flasche Apfelschorle samt Becher auf dem Flaschenhals unter den Arm geklemmt. Doro schenkte ein, schob Esme ihr Mittagessen und das Getränk zu. Sie selbst trank den Rest direkt aus der halb leeren Flasche. Kohlensäure »zizzelte« in ihrer Nase.

Eine Unterhaltung war wegen des Stimmenwirrwarrs unmöglich.

Während Doro mit dem Holzpicker die gebratenen, mit Kräutern bestreuten Pilze durch die Sauce zog, um auch den letzten Geschmack vom Pappteller aufzuwischen, beobachtete sie ein paar aufgedrehte Kinder. Sie turnten an einem eisernen Objekt herum, einem würfelförmigen »Salzkristall«, der Werbung für das hiesige Salzmuseum machte. Ein Mädchen brachte das Kunststück zuwege, einhändig und in Lackschuhen fast drei Meter hoch bis zur Spitze des Gerüsts zu klettern. In der Linken hielt die Kleine ein aufgetürmtes Himbeereis-Hörnchen, das bereits Schlagseite hatte.

Ausgerechnet auf der obersten Sprosse glitt ihr Fuß von der Eisenstange. Das Mädchen rutschte ab, doch beherzt sprang ein Passant hinzu.

Die Eiswaffel klatschte gegen seine Brust, doch er fing die Kleine rechtzeitig auf.

»Karstn.« Doro hätte ihn in der Schützenuniform und mit den schicken Schuhen beinahe nicht erkannt. Wieso trieb er sich hier herum? Er sollte eigentlich beim Festzelt unter Schützenbrüdern sein.

»Esme, da ist er!«, rief Doro quer über den Tisch, aber das Geheul wegen der verlorenen Eiscreme übertönte die Worte. Sie griff zum Handy und machte rasch ein Foto von Karsten. Manuela würde sich schwarz ärgern.

Doro sprang auf und beugte sich zu Esme herüber. Sie konnten »Karstn« Trinkgeld für die Hilfe am Automaten neulich aufdrängen und ihn dabei ein bisschen ins Kreuzverhör nehmen. Doch bis Esme aufmerksam wurde, war der junge Mann schon in der Menge untergetaucht.

Manuela

Das Schützenzelt bot einigermaßen Schatten, allerdings sammelte sich darin die stickige Luft. Vom Bürgermeister oder von »Karstn« war nichts zu sehen. Dafür erspähte Manuela Radek, den sie von dem Foto bei der Kolumne wiedererkannte, die sie wohl ein Dutzend Mal gelesen hatte. Er würde sich hüten, sie in aller Öffentlichkeit lautstark abzuservieren.

»Guten Tag, Herr Radek!«, grüßte sie.

Der Journalist blickte von seinen Unterlagen auf. »Ja, bitte?«

»Haben Sie vielleicht den Bürgermeister gesehen? Ich muss mit ihm reden.« Schenkte man den Fotos zu den alten Berichten Glauben, war »Karstn« nie fern, wenn Eichler etwas für den Verein erledigte.

»Oh, da sind Sie nicht die Einzige. Aber er ist nach der Eröffnung des Spektakels abgetaucht.«

»Haben Sie eine Ahnung, wohin?«

»Kennen wir uns?«, kam die Gegenfrage. Manuela wand sich unter dem forschenden Blick. »Manuela König. Wir hatten telefoniert.«

»Sie haben einen Termin mit Eichler?«, erkundigte sich Radek ungläubig. »Der ist dieser Tage sehr gefragt.«

Ihr Verstand arbeitete auf Hochtouren. »Ich möchte ihm zu seinem Engagement gegen die Parkverschmutzung gratulieren.«

»Leider gehöre ich nicht zu Eichlers innerem Kreis. Wo er sein könnte, müssten Sie schon meinen Chefredakteur fragen. Er stand gerade dort, zwischen den Schützen.«

Manuela nutzte die Vorlage, um sich genauer im Schützenzelt umzuschauen. Ebenfalls erfolglos. »Ist vielleicht Karsten Lippert hier?«, erkundigte sie sich dann.

»Wie kommen Sie denn auf den?« Radek schüttelte den Kopf. »Den habe ich vorhin noch telefonieren gesehen. Möglicherweise braucht man ihn in der alten Heimat!«

Manuela bedeutete ihm, dass sie die Anspielung nicht verstand.

»Er stammt aus Westernkotten. Dort war er sogar mal Jungschützenkönig. Aber irgendwann hat er sich mehr nach Hasendorf orientiert. Die hatten ja auch eine nagelneue Schießsport-Anlage.«

Manuela wunderte sich. »Er hat den Verein gewechselt, so wie ein Starfußballer? Wann war denn das?«

»Ich schätze, so vor zehn Jahren«, meinte Radek. »Und ehe Sie weiterfragen – ich bin kaum der Richtige für diese Art Erkundigungen. Ich bin weder gebürtiger Hasendorfer, noch war ich je bei den Schützen aktiv, also …«

Eine Frau mit umgehängten Kameras eilte auf Radek zu. Der hob die Hand und verabschiedete Manuela. »Die Arbeit ruft! Viel Glück mit der Lokalgeschichte.«

Abserviert, aber höflich.

Hals über Kopf

Doro

Im Meer der Köpfe suchten Doro und Esme vergeblich nach »Karstn«. »Bestimmt ist er irgendwo untergetaucht, um seine Jacke sauber zu machen«, vermutete Doro. »Aber da braucht er schon eine Waschmaschine.«

Esme betrachtete noch einmal das Bild auf Doros Handy-Bildschirm. »Schicke Schuhe hat er da. Man könnte fast …« Sie verstummte. »Das Foto ist so verwackelt!«

»Entschuldige«, sagte Doro ironisch.

»Hauptsache, er hat das kleine Mädchen aufgefangen. Und bei dem Automaten hat er auch geholfen. Klingt, als wäre er ein netter Kerl. Und du meintest, er würde dir aus dem Weg gehen und hätte es nach dem Kraftakt mit dem Gerät gar nicht mal auf Trinkgeld angelegt?«

»Nun, anfangs bin *ich* ihm ja aus dem Weg gegangen, weil ich kein Kleingeld hatte.« Oder in Zeitnot war. Oder …, dachte Doro. »Weg ist weg. Lass uns den Markt genießen!«

Das war kinderleicht. Esme und Doro standen vor einem Süßwarenstand am Kurzentrum, das selbst aussah wie ein mit rosa Zuckerguss verziertes Hexenhäuschen. Der Anblick der bunten Köstlichkeiten erinnerte Doro an Kirmesbesuche ihres jüngeren Ichs mit leider stets zu knappem Taschengeld.

Es war für ihre Frohnatur eine wahre Wonne: Zuckrige Düfte stiegen von den verschiedenen Sorten gebrannter Mandeln auf, die mit Kakao oder Extra-Zimt bestäubt waren. Daneben verströmten Lakritz und Fruchtgummis eine salzig-süße Wolke. Verboten rote Paradiesäpfel verlockten zum Reinbeißen, in einer Trommel wurde Zuckerwatte gesponnen. Vom Rand des Stands baumelten Lebkuchenherzen in allen Größen.

Ein Duft von frischem Gebäck überlagerte alles.

»Churros!«, rief Esme entzückt. »Die gönne ich mir.«

Die Teigstreifen, die wie Spritzgebäck aus einer sternförmigen Düse kamen, wurden in Fett ausgebacken. Es gab verschiedene Toppings: Puderzucker, Schokoglasur, Nougatcreme … Eigentlich war es viel zu heiß für Fettgebackenes, aber das Aroma regte Doros Appetit trotz alledem an.

»Da bin ich dabei. Warte, ich stelle mich an und bringe dir was mit!«

Doro griff in die Tasche, um ihr Geld zu zücken. In diesem Moment durchzuckte sie ein Gedanke. Wo war der Umschlag mit dem Wellness-Gutschein geblieben?

Hektisch tastete sie sämtliche Hosentaschen ab. Nichts. Auch in der Handtasche fand sie bloß Telefon und Börse, egal, wie oft sie darin kramte. »Oh nein!«, sagte sie leise.

Auf dem Zimmer hatte sie den Gutschein noch in der Gesäßtasche gespürt, doch statt ihn aus der Hose zu nehmen und in Sicherheit zu bringen, hatte sie ihn dummerweise wohl einfach zurückgeschoben.

Wo mochte der Umschlag sein? Zuletzt hatte sie im Aufenthaltsraum der *Salzquelle* beim Wechseln von Manuelas Geldschein in die Hosentasche gefasst. War der Gutschein dort runtergefallen? Sie musste zurück und nachsehen. Über den Markt war momentan kein Durchkommen, Menschen schoben sich pulkweise durch die Fußgängerzone.

»Hast du was, Doro? Du bist ganz rot angelaufen.«

»Diese Höllenhitze«, stieß sie hervor, da machte es Klick. *Highway to Hell.* Der hassgeliebte Hellweg-Tunnel führte auf schnellstem Weg zur *Salzquelle*, und er war tagsüber geöffnet. »Ich habe meinen Hut im Zimmer vergessen. Den brauche ich unbedingt. Bin gleich wieder da, aber warte mit den Churros besser nicht auf mich.« Das war zu peinlich. Wie sollte sie Esme erklären, dass sie ihr Geschenk verschusselt hatte?

Die Freundin sah sie etwas verwirrt an und nickte.

Manuela

Manuela fand ein ungestörtes Plätzchen hinter einem Kaffeestand, der mit freiem W-LAN warb. Mit einem eisgekühlten Frappuccino hockte sie sich im Schatten eines höchstens zwei Meter messenden Kinderkarussells aufs Mäuerchen. Zu dem entzückend winzigen Fahrgeschäft gehörten gerade mal vier Reittiere: Frosch, Schwan, Bär und – Doro würde es lieben! – ein schlappohriger Hund.

Manuela googelte »Lippert« und verschiedene Begriffe in allen möglichen Kombinationen zu Schützenaktivitäten.

Einige Westernkottener Links zu einer historischen Schützengemeinschaft poppten auf: Lipperts Tage als Junior-Schützenkönig, nach einem aufregenden Stechen. Er schien seinen Erfolg in vollen Zügen zu genießen. Auf der etwas altbackenen Homepage der Schützen gab es sogar Bilder von Grillveranstaltungen.

Und im gleichen Jahr das Aus für die Jugendgruppe. Wie seltsam. Glaubte man den Artikeln und Statements, war es eine erfolgreiche Wettkampfsaison gewesen.

Manuela überprüfte noch einmal das Datum. Sie rief einen gänzlich anderen Bericht auf und nahm dann erst mal einen tiefen Schluck ihres Getränks, das über der Suche lauwarm geworden war. Na, so was!

Neben ihr erklang das unverwechselbare Klicken einer Fotokamera, als Radeks Kollegin vom *Börde-Anzeiger* ein paar Bilder des Kinderkarussells schoss.

»Können Sie mir wohl verraten, wo sich der Bürgermeister aufhält?«, unterbrach Manuela die Journalistin beim Sichten der Fotos. »Ihr Kollege Radek wusste es leider nicht.«

»Ich glaube, er wurde zu einer Baustelle gerufen!«

»Am Schützenfestsamstag?«

Die Fotografin nickte. »Er ist Bauunternehmer. Vielleicht ging es ja um etwas Geschäftliches.«

Ganz schön rege, dieser Eichler. Im selben Moment fiel ein Schatten auf Manuela. Sie sah hoch und erkannte das unverwechselbare Profil von Möchtegernbart, der bei seiner westfälischen Fotosafari das Schützenfest heimsuchte. Aber wie passte das Kirmestreiben zu seinen sonstigen Motiven?

Manuela hatte eine Sekunde zu lange hingesehen … Nun nickte der Kerl, und ihr blieb wenig mehr übrig, als zurückzugrüßen. Alles andere wäre zu auffällig.

»Wir laufen uns ja wohl dauernd über den Weg. Sie sehen auch aus, als würden Sie bei diesem tollen Sommerwetter arbeiten«, sagte er mit Blick auf ihren Laptop.

Tja, erwischt! Manuela fühlte, wie ihre Ohren warm wurden. »Nur ein paar Recherchen.«

»Schreiben Sie für eines der Lokalblätter? Seit dieser Knochen im Park gefunden wurde, ist hier ja einiges los.«

Sie schüttelte den Kopf. »Sie denn?«

»Ich bin Reiseblogger. Schneider ist übrigens mein Name, doch ich höre auch auf Tillman.« Er grinste.

Manuela rief sich jeden Ort in Erinnerung, an dem sie den Schlacks bisher beobachtet hatte. Reiseblogger. Das passte ja wie die Faust aufs Auge. So viel zum Serienmörder-Verdacht.

Wie nett, wollte sie zurückgeben. Aber es wurde ein »Wie schade« daraus.

Schneider wirkte kein bisschen irritiert. »Ich hatte gehofft, Sie hätten vielleicht einen Geheimtipp für mich, der nicht in jedem Reiseführer zu finden ist.«

Peinlich berührt stellte sich Manuela hastig vor. »Hasendorf ist nur mein zeitweiliges Zuhause«, erklärte sie. »Doch ein kleines Touristikprogramm gehört dazu.« Sie tat unschuldig und erzählte von den beiden grundverschiedenen Mühlen im Nachbarort. »Die Kliever Mühle ist nur ein Stumpf, aber dafür irre stimmungsvoll. Dann wäre nicht weit entfernt die Schmerlecker Mühle, propper in Weiß und mit Flügeln.«

»Ja, bei der weißen Mühle war ich. Der alte Mühlenstumpf klingt spannend. Vielen Dank. Dort muss ich unbedingt auch hin.«

Mann, das klang so glaubwürdig! »Passen Sie aber auf, das Gebäude ist baufällig.«

Schneider nahm die Bemerkung gelassen hin. Als Mörder, der jemanden erschlagen hatte, müsste er jetzt ja wenigstens zusammenzucken, oder?

»Und von der Bloggerei kann man leben?«, fragte Manuela geradeheraus. Es musste doch etwas Verdächtiges geben.

»Der Blog ist ein Hobby von mir, quasi ein Neben-produkt. Eigentlich arbeite ich für ein Reiseportal und kundschafte die touristischen Angebote vor Ort aus. Da es um Bewertungen geht, ist das alles vertraulicher Natur, Sie verstehen?«

Manuelas schöne Serienmord-Theorie löste sich zunehmend in Luft auf.

Doro

Hoffentlich fand sie den Gutschein rechtzeitig genug, ehe ihn am Ende jemand einsteckte! Es war dunkel hinter den spiegelnden Glasscheiben des Kurzentrums. War es am Samstagnachmittag überhaupt geöffnet? Der Haupteingang blieb geschlossen, doch zu Doros Erleichterung ging die Nebentür auf. Sie schnappte sich ein Infoblatt *vom* verwaisten Empfangstresen. Da: *Kontaktdaten zur Salzquelle.* Doro wählte die angegebene Nummer. *Bitte seien Sie da, Frau Sperling!* Es klingelte und klingelte, und Doro gab schließlich auf.

Außer ihr war noch jemand im Gebäude. Doro hörte leise Stimmen vom seitlichen Korridor und überlegte, ob Anwendungen durchgeführt wurden? Wie Wellness klang es jedoch ganz und gar nicht.

Sie ging neugierig näher.

»Ich habe jetzt lange genug für einen Fehler bezahlt!«

»Du hast ja Nerven, von ›Bezahlung‹ zu reden, Karsten. Wer bezahlt dich denn seit Jahren?«

»Ja, beschissenes Geld für beschissene Jobs.«

Die Sätze wurden kürzer und aggressiver. Wer war Karstens Gesprächspartner, und worum drehte es sich?

Eigentlich fehlte Doro jede Muße für Spionage. Doch ihre Füße bewegten sich wie von selbst auf die Stimmen zu, wobei die Gummisohlen kaum Geräusche verursachten.

Auf Höhe der Baustelle wurde der Streit deutlicher. *Arbeitete* »Karstn« *etwa noch?*

Doro lugte um die Ecke. Der abgesperrte, verwüstete Seitentrakt war menschenleer, dort lagen nur Werkzeuge und eine Menge Schutt.

Die Stimmen kamen eindeutig von hier irgendwo.

»Sei froh, dass ich dir überhaupt helfe«, hallte es zu ihr herunter, und endlich fand Doro des Rätsels Lösung. Die Worte drangen durch den Mauerdurchbruch weiter oben, aus der Ergotherapie-Etage, die nur mit dem alten Fahrstuhl erreichbar war.

Doro holte tief Luft und kletterte über die Absperrung.

Baustaub knirschte leise unter ihren Sportsandalen. Zum Glück fiel ausreichend Licht ein, um den scharfen Metallteilen auszuweichen. Doro drückte sich die Mauer entlang, außer Sichtweite des Lochs. Von hier aus konnte sie ungestört lauschen.

»… bestellst mich her wie einen Pizzaboten. Was ist so dringend, dass wir das nicht im Zelt besprechen können?«

Karstens trockenes Lachen, bitter wie eine unreife Paprika: »Da, wo die Reporter herumschnüffeln, hinter denen du dich schon seit drei Tagen versteckst, Bert?«

Doro spitzte die Ohren. Bert. Kannte sie einen Bert?

Und was war Donnerstag gewesen? *Oh.*

»Ich habe nun mal Verpflichtungen. Im Gegensatz zu anderen, die nur so in den Tag hineinleben und verhungern würden, wenn Leute wie ich nicht wären!«, höhnte Bert.

Robert. Bert. Ja, das war Eichler! Ein Kribbeln wanderte Doros Wirbelsäule herunter wie feiner, elektrischer Strom.

Karsten quittierte die Aussage des Bürgermeisters mit einem Schnauben: »Ich denke, *du* schuldest mir was.«

»Wer ist denn nach der Sache mit Heiko zu mir gekommen? Immer muss ich hinter dir aufräumen. Und zum Dank beißt du die Hand, die dich bis jetzt gefüttert hat. Spuck aus, was du zu sagen hast. Ich sollte mich längst beim Schützenempfang blicken lassen.«

Das Gespräch wurde ausfallender, und die Männer näherten sich der Mauerlücke. Doro, ein Stockwerk tiefer, wagte kaum zu atmen.

»Ich will Starthilfe. Mir wird der Boden zu heiß. Jemand beobachtet mich. Ich glaube, eine Kommissarin.«

Doro riss überrascht die Augen auf und schüttelte stumm den Kopf.

»Stümper. Seit dem Mist …«

»Das war keine Bitte!«, unterbrach Karsten ihn. »Entweder, du legst was drauf, oder ich rede mit dieser Frau. Wenn sie mich schnappen, hab ich nichts zu verlieren. Die Bullen interessiert bestimmt, was damals passiert ist.«

»Na gut!«, sagte Eichler. »Ich kann dir …«

Ein Aufschrei. Etwas stürzte nur knapp an Doro vorbei und landete mit einem dumpfen Laut auf dem schuttübersäten Boden. Geschockt starrte sie auf den Körper. »Karstn« bewegte sich nicht.

Eichler streckte den Kopf aus der Maueröffnung. »So viel zu Erpress…!« Er schrak bei Doros Anblick zusammen und verstummte. Dann sagte er schwer atmend: »Wir haben die Arbeiten der letzten Woche kontrolliert. Dabei ist der Ärmste einfach abgerutscht!«

So wirkte das ganz und gar nicht. Wollte Eichler ihr weismachen, es sei ein Unfall gewesen?

Karsten lag verkrümmt im Staub. Doro kniete sich neben ihn. Wie stark war er verletzt? Hier gab es überall hervorstehende Metallstücke. Ein dunkler Fleck auf dem mit Silberknöpfen geschmückten jagdgrünen Revers und dem weißen Hemd darunter zog ihren Blick magisch an. Das sah gar nicht gut aus.

Doro wurde flau bei dem Gedanken, dass Karsten auf einem scharfen Schuttteil gelandet sein könnte. Dann durfte man ihn gar nicht bewegen, um weitere Verletzungen zu vermeiden. Doch das Ersthelfer-Training der Praxis machte sich bezahlt. Reflexartig stellte sie sicher, dass der Verletzte frei atmete, und maß den Puls. Zumindest bildete sich keine Blutlache.

»Er ist bewusstlos!«, meldete sie angespannt und suchte nach sichtbaren Kopfverletzungen. »Hallo?«

Eichler gab keine Antwort. Doro traute dem Mann nicht über den Weg. War der feine Bürgermeister etwa abgehauen, nachdem er Karsten heruntergestoßen hatte? Seltsam. Wenn er mit dem scheppernden Aufzug nebenan gefahren wäre, hätte sie ihn doch gehört. Doro biss sich auf die Lippe und sah sich unruhig nach Eichler um, ehe sie das Handy zückte. Das Smartphone rutschte ihr fast aus den schweißnassen Fingern, und sie wechselte es in die linke Hand. Ihr Puls hämmerte.

Da bog Eichler um die Ecke. Er musste auf Zehenspitzen durchs gesperrte Treppenhaus gekommen sein. Der Bürgermeister schwenkte eine Art kurzen Besenstiel. War das etwa ein Gymnastikstab aus der Ergotherapie?

»Weg mit dem Telefon!«

»Bitte was?« Ehe Doro den Notruf wählen konnte, machte Eichler einen Satz auf sie zu und wischte ihr mit dem Stab das Handy aus der Hand. *Knack!*

Doro sprang mit einem Aufschrei zurück und strauchelte beinahe über einen Betonblock. Vor Schmerz und Verwirrung schossen ihr Tränen in die Augen. »Wir brauchen einen Notarzt!«

»Ich kümmere mich um den Jungen!« Eichlers Stimme klang vollkommen vernünftig, doch Doro bezweifelte, dass er Gutes für Karsten im Sinn hatte. Ein eiskalter Schauer raste ihre Wirbelsäule hinab.

Draußen auf dem Markt hielten sich Hunderte Leute mit Telefonen auf. Allerdings gab es da ein kleines Problem in Form des Bürgermeisters. Eichler blockierte den Weg. Spekulierte er darauf, dass Karsten ohne Hilfe starb? Oder wollte er gar mit seinem Holzprügel nachhelfen?

Doro bückte sich nach den Trümmern des Handys. Aber was sie aufhob, war nicht die zersprungene Plastikschale des Telefons, sondern eine Metallstange. Lang und dünn, schwerer als ein Florett und ohne Handschutz. Doch Doro ging damit in *En-garde*-Stellung, die rechte Hand vorgestreckt. »Lassen Sie mich durch!« Das klang viel entschlossener, als sie sich fühlte.

Eichler grinste. »Wollen Sie mit dem rostigen Ding etwa Abfall aufpicken?«

Aber er wusste nicht, dass Doro vor der Handball-Phase zwei Jahre im Fechtklub verbracht hatte. »Ich hoffe, Sie haben einen gültigen Tetanusschutz. Den werde Sie nämlich brauchen.«

Sie machte einen Ausfallschritt. Automatisch hob Eichler den Stab, um abzublocken, und Doro stieß mit ihrer improvisierten Waffe darunter durch. Die Spitze der Eisenstange bohrte sich ein Stückchen in den Bauch des Bürgermeisters. So trieb Doro ihn vor sich her Richtung Korridor.

Doch das war kein Duell unter Wettkampfbedingungen. Eichler packte schließlich mit der freien Hand die Metallstange. Er zerrte sie kraftvoll zu sich. Weil Doro gleich losließ, verlor Eichler die Balance. Das eröffnete die Lücke, auf die sie gewartet hatte.

Doro spurtete auf den Gang. Aber der Bürgermeister setzte ihr nach und bedrohte sie mit beiden Stäben. Beide umkreisten einander wie lauernde Wölfe. Sie waren beinahe am Empfangstresen angekommen.

Doro äugte verzweifelt hinaus zu den Menschen, die ahnungslos feierten, ohne etwas vom Drama zu ahnen, das sich hier abspielte. Sie versuchte, seitlich auszubrechen.

»Lassen Sie uns wie Erwachsene miteinander reden«, beschwor Eichler sie. »Sie kommen nicht hier raus. Ich habe die Hintertür gerade abgeschlossen. Die Scheiben sind verspiegelt, also wird niemand zu Ihrer Rettung erscheinen.«

Vergiss die Tür! Doros Kreislauf raste vor Adrenalin. Es gab noch zwei andere Richtungen, und Eichler konnte immer nur eine davon mit dem Körper blockieren.

Doro lief los.

An der automatischen Tür zum Hellweg-Tunnel verlor Doro Schwung. Der Eingang schwang träge auf, sie fädelte sich im Eiltempo durch den Spalt und rannte weiter.

Nur wenige Meter hinter ihr passierte Eichler die nun offen stehende Tür und machte Abstand wett. Vor Doro lag die volle Länge des Tunnels, und ihr Vorsprung schmolz dahin. Eichler blieb ihr dicht auf den Fersen. Sie spürte seine dröhnenden Schritte fast im Nacken. Das tägliche Müllsammeln hielt ihn so fit, dass er sogar Luft übrig hatte. »Denken Sie nach!«, beschwor er sie.

150 Meter. Die motivierenden Entfernungsangaben

für die Reha-Patienten spornten Doro auf dem Weg zum Ärztezimmer der *Salzquelle* an.

Die Nachmittagssonne schien ihr direkt ins Gesicht. Doros linke Hand schmerzte, die Knie stachen. Doch Rennen war das Einzige, was zählte. Mit zusammengekniffenen Augen kämpfte sie sich durch die stickige Luft des Tunnels. *Highway to Hell.* Nie war der Spitzname passender gewesen.

120 Meter, verkündete das Schild.

»Das mit Karsten war ein Unfall!«, beteuerte Eichler. »Er ist ein echter Pechvogel, da kann man nichts machen.«

Von wegen, dachte Doro. Fast hatte sie die Bucht mit der kleinen Bank auf der halben Strecke erreicht. Man sah sie gegen die blendende Sonne kaum. *Moment mal!* Darauf saß …

Selbst wenn sie gewollt hätte, konnte Doro bei der Geschwindigkeit nicht ohne Weiteres stoppen. »Muss – Hilfe – holen!«, stieß sie schnaufend aus wie eine Dampflok und war schon an Esme vorbei.

Nur einen Lidschlag später ertönte ein Klappern, gefolgt von einem Schmerzensschrei.

»Esme!« Geschockt kam Doro zum Stehen, doch sie brachte so viel Tempo mit, dass sie seitlich ausbrach und gegen die Seitenwand prallte.

Sobald sie sich sortiert hatte, drehte sie sich um.

Eichler lag am Boden und hielt sich das Bein. Offensichtlich war er irgendwie über die Bank gestolpert.

»Worauf wartest du?« Esme sammelte mithilfe ihrer Gehhilfe noch den Gymnastikstab und die Metallstange ein, die rings um den gestürzten Bürgermeister verteilt waren. »Lauf, Doro! Ich passe schon auf den Herrn auf!«

»Sie sollten liegen bleiben«, hörte Doro ihre leiser werdende Stimme. »So ein Hüftbruch ist übel, aber keine Sorge, die Klinik hat gute Ärzte. Möchten Sie einen Churro?«

Außer Puste und schweißüberströmt erreichte Doro in Dr. Khalids Begleitung das Kurmittelhaus. Sie waren schon an Esme und dem zeternden Bürgermeister vorbei. Eichler hatte lautstark eine Vorzugsbehandlung verlangt. Der Doktor hatte ihn nach einem Kürzestcheck vertröstet. Der Bürgermeister war offenkundig stabil genug zum Schimpfen, und die Versorgung eines schwer verletzten Sturzopfers ging vor.

Nun spurtete Dr. Khalid mit flatternden Kittelschößen als medizinischer Superheld auf die Baustelle. Doro zuckelte hinterher wie eine lahme Ente.

Karsten lag mit schmerzverzerrtem Gesicht, jedoch bei Bewusstsein, da. Doro schluckte beim Anblick der blutigen Hemdbrust und mochte gar nicht genauer hinschauen.

Dr. Khalid leuchtete ihm in die Augen und prüfte die Reflexe.

Als der Verletzte Doro bemerkte, stieß er hervor: »Ich muss Sie unbedingt sprechen.«

Der Arzt schaute skeptisch.

»Ich bin vom Fach«, erinnerte sie ihn und meinte damit die Arbeit als Arzthelferin. Das gab den Ausschlag, und Dr. Khalid nahm sie kurz zur Seite.

»Ich möchte, dass der Patient bei Bewusstsein bleibt, und sich möglichst wenig bewegt. Aber regen Sie ihn bitte nicht zu sehr auf.« Er griff zum Handy und kümmerte sich um einen Krankenwagen, während Doro sich an Karstens Seite hockte.

»Frau Kommissarin, was macht dieses Schwein Eichler?«

In dem Moment ging ihr auf, dass Karsten ihre Bemerkung missverstanden hatte und sie immer noch für eine Kripobeamtin hielt. Aber solange es half, ihn wach zu halten …

»Keine Sorge«, beruhigte sie ihn und behielt das Pulsoximeter an seinem Finger im Auge. »Ich habe alles aus erster Hand mitbekommen. Der schubst so bald niemanden mehr!«

»Ich muss etwas loswerden. Ehe Bert Lügen verbreitet.«

Doro nickte. Dem Wunsch eines Schwerverletzten nachzukommen war wohl kaum Amtsanmaßung, oder?

Bad Westernkotten, Königsood

Dreizehn Jahre zuvor

Karsten reichte die Tequila-Flasche aus der Supermarkttüte an Heiko weiter, der neben ihm auf der Sitzbank hockte. Der Platz mit dem flachen Brunnenbecken und der kleinen dekorativen Holzeisenbahn war verlassen. Die letzte Kneipe hatte vor einer Stunde dichtgemacht. Aber der Jungschützenkönig und sein Begleiter waren in Feierlaune.

Heiko hatte sich gerade den Handrücken mit einer halben Zitrone eingerieben und streute nun großzügig Kochsalz aus einer Ein-Kilo-Familienpackung darauf. Es war nicht der erste Tequila, seine Hand schwankte, und weiße Körner rieselten überall hin.

»Hey«, sagte Karsten jäh ernüchtert. »Salz verstreuen bringt Unglück.«

»Mach's doch besser!« Heiko leckte sich über den Handrücken, verzog bei dem salzigsauren Geschmack die Lippen und spülte alles mit einem großzügigen Schluck weg. »Auf Karsten, den Schützenkönig!«

Endlich schwamm Karsten auf der Gewinnerseite. Obwohl

seine Zukunft nicht gerade rosig ausgesehen hatte, nachdem sein Vater vor fünf Jahren abgehauen war. Dafür hatte Karsten beim Schützennachwuchs richtig gute Kumpel gefunden und mit Robert eine Art Ersatzvater.

»Gib her!« Er klemmte die Flasche zwischen die Knie und bereitete seinerseits das Salz-Zitrone-Gemisch vor.

»Falsch«, kommentierte Heiko. Er deutete lachend mit dem Finger auf ihn. »Nicht auf die Handfläche!«

Als Antwort schlug Karsten dem Freund kräftig auf den Rücken, und wieder flog Salz. »Wenn der König das will, wird das so gemacht!« Er prustete bei Heikos belämmertem Ausdruck, und prompt bekam er Schluckauf.

»Salz!«, murmelte Heiko. »Eine Prise Salz im Mund vertreibt den Schlickschluck.« Er ahmte ein extralautes Hicks-Geräusch nach.

Überraschend schnell war die Flasche leer. Die Zitrone war ihnen bereits vorher ausgegangen. Blieb nur noch das Salzpäckchen.

Und Karstens Schluckauf. Jeder Hicks löste neue Lachanfälle aus und damit weitere Hickser. Schließlich probierte er Heikos Tipp mit dem Salz.

Eine halbe Minute verstrich, eine.

»Weg!«, befand er.

»Dann besorgst du die nächste Flasche«, sagte Heiko und meinte »klauen«. Schnaps legal kaufen konnten sie mit knapp siebzehn Jahren ohnehin noch nicht.

Karsten schüttelte den Kopf. Flaschen im Laden einfach einzustecken kam nicht infrage. Jetzt, da es gerade gut für ihn lief, wollte er um keinen Preis in Schwierigkeiten geraten. Der Jugendrichter hatte ihn nachdrücklich gewarnt, dass es keine weitere Chance geben würde.

»Wir wetten darum«, schlug Heiko schließlich vor, um das Problem der Alkoholbeschaffung zu lösen. Er wog das fast volle Salzpaket in der Hand. »Wer mehr Salz essen kann, ohne zu kotzen, der gewinnt. Der Verlierer organisiert die neue Flasche Sprit.« Heiko zog eine angebrochene Stange Plastik-Shot-Gläschen aus der Tüte, füllte eines randvoll mit Salzkörnern und reichte es ihm. »Eure Majestät!«

Karsten kippte das Salz hinunter und musste augenblicklich würgen. Sein Magen rebellierte. Aber irgendwie schaffte er es, das Zeug bei sich zu behalten. »Du bist dran!«

Auch Heiko gelang das Kunststück, und er gab mit tränenden Augen die nächste Runde aus und krächzte: »Gleichzeitig!«

Karsten hob das Schnapsglas. Ihm wurde schon übel beim Gedanken, den Inhalt herunterzuwürgen.

Heiko war schneller. Allerdings schien es ihm nicht gut zu bekommen. Er schwankte und musste sich an der Bank festhalten. Sein Gesichtsausdruck war urkomisch.

»Lass es raus!«, krakeelte Karsten und sparte sich seine Portion Salz. »Loser!«

Heiko taumelte einige Schritte vorwärts und würgte, das Salzpäckchen immer noch in der Hand. Er stolperte über die Brunnenkante, kippte und brach dann im Wasser zusammen. Der Brunnen, der eine historische Siedepfanne darstellte, war kaum tiefer als ein Babybecken. Doch Heiko strampelte und machte kehlige Geräusche. Tolle Verarsche!

»Hast du Durst, Alter?« Karsten wollte nach ihm sehen. Zumindest versuchte er das. Es war schwer, einen klaren Gedanken zu fassen. Sein Gehirn schien in Tequila eingelegt zu sein, die Beine bewegten sich in verschiedene Richtungen. Er stolperte über die eigenen Füße. Schließlich fand sich Karsten im Wasser wieder, wo die triefende Pappe der Salzpackung neben Heiko trieb. Irgendwas stimmte nicht. Karstens Herz klopfte wie ein Dubbass. »Alter, was ist los?«

Er drehte Heiko herum. Dessen Augen waren offen und vollkommen leblos, wie die eines toten Fisches.

Das Salz rumorte in Karstens Magen. Er hätte sich fast bei

dem Versuch übergeben, seinem Freund irgendein Lebenszeichen zu entlocken. Schließlich schlug die Panik über ihm zusammen. Heiko war tot.

Und sein Leben wäre vorbei, sobald man ihn mit einem Todesfall in Verbindung brachte!

»Also, das ist ja …« Doro rang um Worte. »Was für ein Unglück!«

Dr. Khalid suchte ihren Blick. »Das klingt durchaus plausibel nach einer Salz- und Alkoholvergiftung. Das kann zu weiteren Komplikationen führen«, flüsterte er ihr zu. »Sein Blutdruck stabilisiert sich. Machen Sie ruhig weiter.«

»Und was geschah dann am Königsood, Karsten?«

»Hab gleich Bert angerufen!«

»Bürgermeister Eichler?«

»Ja. Der Vereinsjugendleiter. Ich wusste sonst niemand! Bert hat mir eingeschärft, das ganze Zeug mitzunehmen. Die Flasche, das Salzpäckchen …«

Also alles, was Hinweise auf Karstens Beteiligung geben könnte, dachte Doro. *Schlau!*

»Er hat mich abgeholt. Aus 'ner Nebenstraße. Und wegen Heikos … Tod.« Karstens Augen glänzten feucht. »Die Bullen haben alle Schützen befragt. Bert hat behauptet, er hätte den Abend mit mir Vereinssachen geregelt.«

Doro merkte auf. Nun ergab das belauschte Gespräch einen Sinn. Eichler hatte den jungen Mann seitdem in der Hand. Der tragische Todesfall erklärt auch, wieso die Schützengruppe im gleichen Jahr aufgelöst wurde und Karsten sich von Westernkotten nach Hasendorf orientiert hatte. Die Erinnerungen mussten einfach zu schmerzhaft gewesen sein.

»Ich glaube Ihnen, dass es ein Unfall war.« *Unfall, das*

erinnerte Doro an das Klettergerüst, und sie blickte genauer auf Karstns Füße. Die Schuhe waren staubig. Trotzdem erkannte Doro das kleine Logo mit dem verschlungenen *E&H*, das sie zuletzt auf den Schuhkartons mit alten Fotos gesehen hatte.

»Sind das Edelhards?«, fragte sie, und Karstens Ausdruck wurde völlig leer.

»Sie wissen ja schon alles!«, sagte er schicksalsergeben.

»Erzählen Sie es mir ruhig noch einmal.«

Er atmete hörbar aus. »Ich weiß, warum Sie hier sind! Die ganze Stadt spricht inzwischen davon. Wenn Sie da was finden, mit DNA und so. Ich kann das erklären.«

Moment mal … »Ja?«

Er hielt sich den Kopf. »Ich werde wegen Wickers nicht allein vor Gericht stehen.«

Bitte? Doro konnte kaum sprechen, so trocken wurde ihr Mund. »Es geht um *Klaus* Wickers?«

Karsten nickte knapp und machte dann eine längere Pause. Seine Augenlider begannen zu flattern, und der Arzt trat näher an den Verletzten. »Ich denke, das genügt.«

»Nein«, wehrte der Patient ab. Er redete schneller, als hätte er Angst, dass ihm die Puste ausging. Oder die Zeit. »Bert wollte Grundstücke am Kiebitzweg bebauen. Aber es gab Stress mit einem Eigentümer. Wickers. Der war Bert ein Dorn im Auge.«

»Wollen Sie damit andeuten, der Bürgermeister …« Doro überkam ein flaues Gefühl. Gleichzeitig klang das einleuchtend, immerhin war Eichler Bauunternehmer.

»Bert meinte, dass ich dem Wickers Angst machen muss, damit der nachgibt. Dann ist Bert in Urlaub gefahren. Hat auf seine weiße Weste geachtet.«

Von draußen war Sirenengeheul zu hören. Hoffentlich der Rettungswagen!

»Ich wusste, wo Wickers freitags in den feinen Schuhen zum Tanz geht. Dass er den Besuch im *Schlosshotel* vor seiner Alten geheimhielt, hab ich beim Rasenmähen mal mitgekriegt. Also hab ich eine Maske aufgezogen und ihn Freitagabend am Fluss abgepasst. Am *Knutschfleck*. Der ist vom Weg aus kaum zu sehen.« Wieder eine Pause. Karstens Stimme wurde zittrig. »Wollte nur mit Wickers reden, das schwöre ich.« Er wischte sich über die verschwitzte Stirn. »Aber er ist vor Schreck herumgefahren ... Der ist mit den glatten Tanzsohlen weggerutscht.«

Vor Schreck oder aus schlechtem Gewissen?, überlegte Doro.

»Sein Kopf landete auf einem Stein ... das war's für ihn.« Karsten schluckte.

Das distanziert vorgebrachte Geständnis schockierte Doro derartig, dass die nächsten Sätze an ihr vorbeirauschten.

»Bert war auf Sardinien, dem habe ich nichts davon erzählt. Er hat später nicht mal nach Wickers gefragt. Praktischerweise war der ja weg vom Fenster, sodass seine Frau alles verkauft hat. Bert muss ein fettes Geschäft gemacht haben.«

»A... aber, wie ... ist ...?«, stammelte Doro erschüttert. »Das Skelett?«

Er seufzte. »Die Leiche passte genau in die Sporttasche rein. Hab sie an der Friedhofsmauer vergraben.«

Doro erinnerte sich, wie kräftig Karstn am Snack-Aautomaten gerüttelt hatte, und es gruselte sie bei dem Gedanken daran, dass er mit denselben Armen eine Leiche transportiert hatte. »Alles? Tasche, Badezeug, Frotteetücher ...?«, fragte sie.

»Ich kannte den Trick mit dem nassen Handtuch. Also hab ich Wickers Badetücher im Kurpark verteilt, mit extra Salzwasser dran. Tasche und Klamotten sind im Fluss gelandet. Alles bei den Fischen.« Er wackelte mit einem Fuß. »Bis auf die Schuhe!«

»Bitte?«, krächzte Doro, doch sie hatte es beinahe geahnt.

»Hab sie eingesteckt. Ich brauchte was für die Schützenuniform.«

»Bereuen Sie das alles denn?« Würde Karsten den Tag überleben, und spielte das dann noch eine Rolle?

»Ich wollte Wickers echt nichts tun«, flüsterte er und sah sie mit flehendem Ausdruck an. »Und ich hab ihn zum Friedhof gebracht. So lag er wenigstens bei den übrigen Toten und war nicht so allein.«

Undoing, echote es in Doros Gedanken. *Genau, wie Manuela erklärt hat.*

In diesem Moment erschienen die Sanitäter mit einer Trage, und Dr. Khalid übernahm wieder.

Es gab einigen Kuddelmuddel im Foyer, als ein zweites Rettungsteam anrückte und ziemlich irritiert Karstens Krankentransport verfolgte.

Doro fühlte sich völlig erschöpft. »Ich glaube, Sie wollen dahin.« Sie zeigte auf den Eingang zum verfluchten Hellweg-Tunnel.

Der gestürzte Bürgermeister

Sonntag, 22. August, Bad Hasendorf

Dorothea Hammerblech:
Frühstück 7–7:45 Uhr (Moorklinik)
Mittagessen 11:30–12 Uhr (Speisesaal Moorklinik)
Abendessen 17–17:30 Uhr (Speisesaal Moorklinik)

Doro

Die drei Frauen ließen beim Kaffee in Manuelas Ferienwohnung den gestrigen Nachmittag Revue passieren. Die Gastgeberin hatte zur »Nachbesprechung« eingeladen und Nervennahrung besorgt.

Es war nett hier. Manuela hatte den Tisch mit Geschirr und Sektgläsern gedeckt und ein Trockenblumengesteck daraufgestellt. Aus einer rosa Papiertüte duftete es nach süßem Gebäck. Doro erzählte ausführlich, wie sie im Kurzentrum die beiden Männer belauscht hatte und was dazu geführt hatte, dass sie fluchtartig durch den Hellwegtunnel gerannt und dort auf Esme gestoßen war.

Manuela nickte gelegentlich, rührte in ihrem Kaffee

und meinte schließlich: »Dröseln wir das doch mal von vorne auf. Wie konntet ihr euch im Kurzentrum verpassen, und was wollte Esme da überhaupt? Ich dachte, sie sollte auf dem Markt bleiben.«

»Nachdem Doro so rasch verschwunden war, habe ich die Churros einpacken lassen, um sie im Sitzen zu verspeisen«, erklärte Esme. »Anders geht's mit den Krücken schlecht. Draußen gab's keine freie Sitzgelegenheit, also habe ich auf der Bank im Hellweg-Tunnel gewartet, um Doro abzupassen und dabei in Ruhe zu essen. Dabei ist mir eingefallen, woher mir Karstens Schuhe so bekannt vorkamen. Es waren schwarze Edelhards. Man erkennt die Marke an dieser Naht …«

»Bitte?« Manuela sah verwirrt aus. »Was für Schuhe?«

»Karsten trug die *gleichen* Edelhards wie dieser Wickers!«, erinnerte Esme sie. »Jedenfalls rannte Doro im Hellweg-Tunnel irgendwann an mir vorbei. Ich hätte mich fast am letzten Churro verschluckt.«

»Ja, das muss urkomisch ausgesehen haben!«, meinte Doro und riss sich vom Anblick der Gebäcktüte los.

Esme schüttelte mit ernster Miene den Kopf. »Eichler hat dich mit Knüppeln in der Hand und einem irren Ausdruck im Gesicht verfolgt. Das hat mir gehörige Angst eingejagt.«

»Also, mir auch.« Doro schauderte! »Schließlich wollte er mich ausschalten, weil ich von seinen Machenschaften und dem Mordversuch an ›Karstn‹ wusste. Dass er ausgerechnet über deine Krücke gestolpert ist, nenne ich mal einen glücklichen Zufall.«

Esme klimperte gespielt unschuldig mit den Wimpern. »Ich habe nicht die geringste Ahnung, wie das passieren konnte!«

Doro seufzte tief. Hatte Esme Eichler etwa mit Absicht zu Fall gebracht? Das war brandgefährlich gewesen! Sie bewegte vorsichtig die bandagierte Hand. Es handelte sich nur eine mittelschwere Prellung, wie Dr. Khalid versichert hatte. Bis auf das zerstörte Handy war sie gut aus der Kriminalgeschichte herausgekommen. Abgesehen natürlich vom verlorenen Gutschein, den sie in all der Aufregung glatt vergessen hatte.

»Doro als Degenheldin und Esme, die Retterin in der Not. Ich fasse es nicht, dass ich die ganze *Action* verpasst habe, während ich Kleinkindern beim Froschreiten zusehen durfte! Aber wenigstens habe ich eine Sache herausgekriegt.« Manuela rief eine Seite auf dem Handy auf und hielt sie Doro unter die Nase. »Tillman Schneider ist Reiseblogger«, erklärte sie. »Er war aus beruflichen Gründen so oft genau an denselben Orten wie ich. Scheint einen guten Geschmack zu haben.«

»Na bitte. Alles also weit weniger schlimm, als du herbeifantasiert hast mit diesem Serienkiller-Zeug.« Doro schielte wieder zu der Papiertüte hinüber. Endlich bemerkte Manuela ihre begehrlichen Blicke und zog die knisternde Verpackung auf. Sie fischte einen puderzuckerbestäubten Windbeutel vom Tablett und lud die beiden mit einer Geste ein, sich zu bedienen.

Schneller, als Cabanossi einen Pfannkuchen schnappen konnte, zog Doro ein Schweineohr-Teilchen auf ihren Teller. »Guten Appetit«, wünschte sie sich selbst und biss in den knusprigen Blätterteig.

Zwischen den einzelnen Happen berichtete Doro von Karstens doppeltem Geständnis. »Wieso konnte Karsten Lippert überhaupt noch so gut reden?« Manuela biss vom Windbeutel ab. »… dachte, er wäre … schwer verletzt!«, murmelte sie, den Mund voll Brandteig und Sahne.

»Karstn ist auf einem Haufen Luftpolsterfolie gelandet. Daher hat er außer der Gehirnerschütterung nur Prellungen und ein gebrochenes Bein. Ich schätze, ohne den Beinbruch hätte er sich einfach aus dem Staub gemacht, und wir hätten nie die Wahrheit erfahren.«

Manuela hob die Kuchengabel mit der blutroten Kirsche. »Und der Blutfleck?«

Doro sah betreten zur Seite. »Das war bloß das Himbeereis. Die Baustelle war unbeleuchtet, und ich habe vor Aufregung kaum klar denken können.« Wann immer sie sich an den Vorfall erinnerte, spürte sie einen Knoten im Magen.

»Da wäre ich gern dabei gewesen«, sagte Manuela mit leuchtenden Augen. »Sonst noch was Interessantes?«

Esme sah von ihrem Stück Butterkuchen auf. »Ich habe schmutzige Politikerwäsche zu bieten! Während wir auf den Krankenwagen gewartet haben, hat der Bürgermeister mir sein Leid geklagt. Einer der Arbeiter sei zu Tode gestürzt. Und eine Passantin hätte deshalb Zeter und Mordio geschrien und wäre ihm auf den Pelz gerückt …«

»Das hat er behauptet?«, monierte Doro giftig. »Obwohl doch er mich verfolgt hat? Ich hätte ihn stärker piksen sollen.«

Esme hob die Hand. »Nicht so blutrünstig. Ich schmücke das hier nur ein bisschen aus.«

Manuela hüstelte und liebäugelte nun mit einem Mohnstriezel. »Kann sich bitte jeder einfach an die Fakten halten?«

Wie schafft Manuela es bloß, bei dem ganzen Drama so sachlich zu bleiben?, überlegte Doro. Am liebsten hätte sie selbst all das vergessen. Ihre Kehle wurde trocken, daher goss sie sich neuen Kaffee ein.

»Und was hatte es mit diesen Edeltreter-Schuhen auf sich?«, wollte Manuela wissen.

Esme räusperte sich. »Das waren wirklich dieselben Schuhe. Mir waren auf dem Foto von Karsten die teuren Edelhards aufgefallen. Mir kam das komisch vor, denn die passten einfach nicht zu so einem armen Schlucker wie Karstn. Es schien sogar Wickers Schuhgröße zu sein.«

»Die einzustecken war nicht sehr clever von ihm!«, bemerkte Manuela. »Einerseits war er schlau genug, um mit den nassen Handtüchern eine falsche Spur zu legen, und dann begeht er diese amateurhafte Leichenfledderei.«

»Ja, flötepiepe.« Esme nickte. »Er hat dummerweise Salzwasser für die Handtücher genommen, nicht das Chlorwasser aus dem Swimmingpool des *Schlosshotels*, wie üblich. Was Eva Wickers sogar aufgefallen ist. Sie konnte sich nur keinen Reim darauf machen.«

»Karstn ist wahrlich kein Heiliger, trotzdem bin ich froh, dass er noch lebt …«, wandte Doro ein.

Manuela nickte. »Ich wundere mich bloß, wieso er dir alles so freimütig gestanden hat, Doro. Und wieso wollte er sich ausgerechnet jetzt absetzen?«

Doro wurde rot. »Das lag am Gerede in der Klinik um ›Frau Kommissarin‹. Da hat sich ein blödes Missverständnis unter den Mitpatienten selbstständig gemacht! Karstn dachte, ich würde ihn beschatten, dabei wollte ich ihm bloß sein Trinkgeld geben.« Langsam fühlte sich Doro wie ein Aufblasball, aus dem man alle Luft gelassen hatte, und tat sich selbst ein bisschen leid. »Wieso musste ausgerechnet *ich* in diese Mord- und Totschlagsgeschichte verwickelt werden?«

»Glaubst du Karstn, dass er das in beiden Fällen nicht gewollt hat?«, fragte Manuela. »Das wäre wirklich verdammt viel Pech für einen Einzelnen.«

»Es gibt Leute, die ziehen so was an!« Doro dachte an

ihre eigenen Missgeschicke. Fiel der Punkt »von einem Wahnsinnigen verfolgt werden« etwa unter Reisepech?

»Was ich im Kurzentrum belauscht habe, passt ebenfalls. Auch die Sachen, die ich mir nur zusammenreimen konnte. Karstn war praktisch abhängig von den Gelegenheitsjobs, die Eichler ihm vermittelt hat. Dieser hatte seit Heikos Tod ein Druckmittel gegen ihn und hat das weidlich ausgenutzt. Karstn wusste im Gegenzug Dinge, mit denen er den Bürgermeister jetzt erpressen wollte, um sich danach mit dessen *Finanzspritze* abzusetzen. Dabei sah der Bürgermeister die Gelegenheit, ihn *abzuservieren*, wie das in manchen Kreisen so heißt. Tod auf der Baustelle, ganz unauffällig.«

Esme klopfte mit einer der Krücken auf den Boden. »Stattdessen ist Eichler sozusagen über seine eigenen Taten gestürzt ... Auch wenn er kaum wissen konnte, *wessen* Gebeine er im Park abgeschlagen hatte, hat die Knochensache ihn vor der Bürgermeisterwahl kalt erwischt.«

»Als die Geschichte Fahrt aufnahm, bekam wiederum Karsten Angst, man würde ihm über DNA auf die Schliche kommen«, erinnerte sich Doro.

»DNS-Analysen sind nicht auf Fingerschnippen fertig, wie es in Fernsehserien gern dargestellt wird!«, warf Manuela ein. »Die Labore sind extrem überlastet, und es ist nur ein teures Mittel zur Überführung unter vielen. Der Kerl wäre also vielleicht davongekommen.«

»Oder tot, ohne Doros Hilfe. Karsten zufolge waren sowohl Heikos als auch Klaus Wickers' Tod Unfälle«, meinte Esme. »Auch wenn er da seine Taten verharmlost: Unterlassene Hilfeleistung muss man ihm mindestens vorwerfen. Diesen Heiko hat er im Wasser liegen lassen und auch Wickers nicht zu retten versucht. Dass er dann auch noch die Leiche beseitigt hat, verrät ebenfalls kriminelle Energie. Aber Eichler hat im Kurzentrum noch ganz andere Dinge abgezogen: Er wollte Karsten umbringen und schien auch fest entschlossen zu sein, Doro was anzutun.«

Doro lief ein Schauer über den Rücken. »Gut, dass er mich unterschätzt hat!«

»Seine Tage als Bürgermeister sind auf jeden Fall gezählt!«, bemerkte Manuela mit einiger Genugtuung. »Lasst Karsten erst mal auspacken.«

Ein paar Minuten saßen sie bloß da und verspeisten einträchtig den restlichen Kuchen.

Doros Telefon signalisierte mit einem »Wuff« den Eingang einer neuen Nachricht. Es handelte sich um ein Bild von Cabanossi, der sich eine Wurst schmecken ließ. Im Hintergrund sah man eine Männerhand mit einem Pflaster am Finger.

Doro grinste in sich hinein und reichte das Handy mit dem Foto herum, das so wirkte, als wäre es im Anschluss an das Video vom Freitag entstanden. »Tja«, sagte sie, »ärgere niemals einen Dackel!« Aber alles in allem schien es dem Hund ja gut zu gehen. Ihr fiel ein Stein vom Herzen!

Manuela holte eine Flasche Asti Spumante aus dem Kühlschrank. »Bei mir gibt es etwas zu feiern!«, verkündete sie und verteilte das spritzige Getränk auf Gläser. »Wir haben herausgefunden, wer für die Verbreitung des Fotos aus dem geschützten Foren-Bereich verantwortlich war. Der Nutzer ist vom Admin bereits abgemahnt und wird bei Wiederholung gesperrt.«

»Weiß man schon, was die Aktion sollte?«, erkundigte sich Esme.

»Die Userin hat das vermutlich nicht gemacht, um mich in Schwierigkeiten zu bringen. Hinter ›BestBest-Friend‹ steckte ein sechzehnjähriges Mädchen mit Namen Noelle. Ich glaube, sie wollte ein bisschen Aufmerksamkeit. Noelle hat das Knochen-Bild unter einem frischen Account in anderen Kriminalforen gepostet. Einer der User hat die Informationen zu meinem Aufenthaltsort aus der Fotodatei extrahiert, weil ich Doofi vergessen hatte, die Standortkennung vom Handy auszuschalten.«

»Sieh an«, bemerkte Doro.

»Normalerweise wäre die Einsendung im Sande verlaufen, weil die Zeitungen nicht einfach alles ungeprüft abdrucken!«, fuhr Manuela fort. »Nur, dass das Foto bei Radek genau zum richtigen Zeitpunkt eintraf und so eben doch veröffentlicht wurde.« Sie prostete ihnen zu. »Also trinken wir auf den Abschluss der Vermisstensache Klaus Wickers.«

»Und des Falls des ›Gepökelten Mannes‹!«, ergänzte Doro. Sie hatte am vergangenen Tag bereits eine entsprechende Aussage bei der Polizei gemacht und ihre Bürgerpflicht erfüllt.

»Ausnahmsweise!« Esme hob ihr Glas. »Ich stoße aufs Bergfest an! Wir haben die Hälfte der Reha überstanden. Und es kann nur besser werden.«

»Beschrei es bloß nicht!«, meinte Doro abergläubisch.

Aber es wurde besser.

Als Doro angeheitert mit Esme in die Klinik zurückkam und gewohnheitsmäßig nach dem neuen Therapieplan schaute, lag auch ein angeschmutzter Briefumschlag im Fach. *Für Doro*, stand in Esmes Handschrift darauf. Sie fühlte an der Dicke des Kuverts, dass da etwas drin war.

Doros Herz machte einen fröhlichen Hüpfer, und sie steckte den Umschlag rasch ein. Der Finder musste den Gutschein bei Frau Sperling abgegeben haben, die ihn dank ihres phänomenalen Namensgedächtnisses zugeordnet hatte.

Doro fühlte, wie sich ihr verkrampfter Nacken löste.

So! Die Detektivarbeit war endlich erledigt, und nun konnte sie sich voll und ganz den Reha-Zielen widmen.

Das fand ihre Fitness-Uhr auch und läutete just in diesem Moment den Treppenrekord ein.

»Doro, du brummst!«, sagte Esme.

Doro konnte gar nicht mehr aufhören zu lachen.

Danksagung

Mit diesem Roman habe ich schreiberisches Neuland betreten und bin sehr froh über folgende Reisebegleiter:

Alexander, der von Anfang an als Komplize dabei war und mit mir zusammen diese Idee ausheckte. Danke für das praktische Fahrrad – und alles andere!

Andreas, mit dem ich im Vorfeld Todesursachen diskutierte.

Ulrike für Hinweise in Dialektfragen (auch wenn ich die Ergebnisse äußerst sparsam dosiert habe).

Petra, die vorab unzählige Fragen zu journalistischen Vorgehensweisen und Motivationen beantwortete und trotzdem noch den Roman gelesen hat.

Meine Agentur Langenbuch & Weiss mit der tatkräftigen Unterstützung bei der Verlagssuche.

Rebecca Schaarschmidt und Stephan Trinius, die Verantwortlichen beim Lübbe Verlag, die meine Idee mit offenen Armen aufnahmen und so Wohlfühl-Wirklichkeit werden ließen.

Dagmar, die sich dem Roman als Cosy-Testleserin gewidmet hat.

Uschi, bei der Cabanossi bleibenden Eindruck hinterlassen konnte.

Und Dorothee Cabras, die mit mir in angenehmer Atmosphäre am Feinschliff des Manuskripts gearbeitet hat.

In liebevoller Erinnerung an Hilla Krüger, die bestimmt Freude an dieser Geschichte gehabt hätte!

Mord in bester Tradition

MIT SCHIRM, CHARME UND SPÜRNASE

Der Landhauskrimi in englischer Tradition ist zurück – für alle, die es bei Muffins und Earl Grey gern mysteriös, humorvoll und atmosphärisch mögen! Sympathische Amateurdetektive stolpern zufällig über Leichen und begeben sich mit patentem Spürsinn auf die Spur des Mörders. Schließlich darf das idyllische Landleben nicht allzu lange gestört werden! Mit dabei: exzentrische Nachbarn, pfiffige Fellnasen und jede Menge köstliche Kulinarik. Vollendeter Spitzengenuss für einen (ent)spannenden Nachmittag auf der Couch!

Hier werden Leserinnen und Leser zu
Wiederholungstätern: Charmante Rätselkrimis in
der Tradition des »Goldenen Zeitalters«
der Detektivliteratur. Die neue Krimireihe für
alle Fans von Agatha Christie, Ann Granger
und M.C. Beaton

Nordsee – Mordsee
Caro Falk und der Tote in der Strandsauna

Emmi Johannsen
MORDSEELUFT
Ein Borkum-Krimi

320 Seiten
ISBN 978-3-404-17976-3

Eine perfekt gegarte Leiche in der Strandsauna? Nicht gerade das, was Caro Falk sich von ihrer Kur auf der Insel Borkum erwartet hat. Eigentlich wollte die schlagfertige Kölnerin vor allem eins: möglichst großen Abstand gewinnen zu ihrem ebenso reichen wie untreuen Gatten. Trotzdem ist sie empört, als die örtliche Polizei den Fall einfach zu den Akten legen will. Notgedrungen beginnt Caro selbst zu ermitteln und erfährt dabei unerwartet Hilfe von Jan Akkermann, dem Türsteher von Borkums einziger Disko. Zwischen Kurklinik und Watt kommen die beiden pikanten Geheimnissen auf die Spur – und schon bald müssen Polizei und Mörder sich verdammt warm anziehen …

Lübbe

Mit Herz und Schnauze – Siggi ermittelt auf Sylt!

Dorothea Stiller
INSELMORD &
KRABBENCOCKTAIL
Siggi ermittelt auf Sylt

240 Seiten
ISBN 978-3-404-18905-2

Kosmetikerin Siggi Pizolka aus Dortmund erbt unerwartet ein Haus auf Sylt. Kurzentschlossen zieht sie mitsamt Lebensabschnittspartner Torsten auf die Insel. Hier möchte Siggi mit dem Verkauf von Dessous, Kosmetika und erotischem Spielzeug bei der gut betuchten Kundschaft landen. Bis das Geschäft floriert, schlägt sie sich als Reinigungskraft durch – und findet dabei das erfolgreiche Schlagersternchen Lenka tot in der Badewanne! Die Polizei geht von einem Selbstmord aus. Siggi allerdings hat so ihre Zweifel ... Mit ihren Ermittlungen mischt die pfiffige Ruhrpott-Blondine die Reichen und Schönen auf der Insel gehörig auf ... bis sie schließlich selbst in Gefahr gerät!

Lübbe

Keine Hochzeit, aber ein Todesfall!

M. C. Beaton
AGATHA RAISIN UND
DIE TOTE RIVALIN
Kriminalroman
Aus dem Englischen
von Sabine Schilasky
256 Seiten
ISBN 978-3-404-18859-8

Agathas Ex-Mann James Lacey ist mit einer schönen jungen Frau verlobt – und Agatha wird sogar zur Hochzeit eingeladen. So eine Misere! Aber schlimmer geht es bekanntlich immer, und am Tag der Hochzeit kommt es zur Katastrophe: Die Braut wurde tot aufgefunden! Plötzlich ist die taffe Detektivin als eifersüchtige Ex die Hauptverdächtige. Und das ist noch nicht das Ende der Fahnenstange, denn die untröstliche Brautmutter bittet Agatha, den Mord an ihrer Tochter aufzuklären. Da Agatha sowieso ihre Unschuld beweisen muss, trifft sich das immerhin ganz gut. Doch ehe sie sichs versieht, befindet sie sich selbst in großer Gefahr ...

Lübbe

Die charmante Ermittlerin sticht wieder in See!

Charlotte Gardener
LADY ARRINGTON
UND DIE RÄTSELHAFTE
STATUE

400 Seiten
ISBN 978-3-404-18332-6

Mary Elizabeth Arrington kehrt zurück auf die Queen Anne – und auch diesmal lässt das Unheil nicht lange auf sich warten. Zunächst belächelt Mary die Gerüchte, dass auf dem Schiff ein Monster alte Damen erschreckt. Doch dann geschieht ein Mord – und eine mysteriöse Drachenstatue wird aus der Kabine der Ermordeten gestohlen ... Kann Mary auch in diesem Fall auf die Hilfe ihres Zimmermädchens und des Kapitäns setzen?

Lübbe

Fingerzeig auf einen Mörder

Cathrin Geissler
EIN KALTSCHNÄUZIGES
VERBRECHEN
Ein Fall für Tierärztin
Tina Deerten
Kriminalroman

416 Seiten
ISBN 978-3-404-18480-4

Als Tina Deerten in ihrer Kleintierpraxis in Plön einen Beagle behandelt, der mit Magen-Darm-Problemen kämpft, kommt ein Knochen zum Vorschein. Ein menschlicher Fingerknochen. Aber wie kam der in den Magen des Hundes? Etwa über das Bio-Futter der Firma »Canis et Felis«?
Tina geht der Sache nach, zusammen mit ihrer chaotischen Assistentin Sanne und gegen den ausdrücklichen Willen ihres Freundes Jan, seines Zeichens Kommissar der Mordkommission. Schon bald stoßen die beiden Frauen auf eine ganze Reihe Ungereimtheiten ...

Lübbe